KB132236

이반과 이바나의
경이롭고 슬픈 운명

LE FABULEUX ET TRISTE DESTIN D'IVAN ET IVANA
by Maryse Condé

이반과 이바나의
경이롭고 슬픈 운명

마리즈 콩데 장편소설

백선희 옮김

LE FABULEUX ET TRISTE DESTIN
D'IVAN ET IVANA
Maryse Condé

문학동네

일러두기

1. 주석은 모두 옮긴이주다.
2. 본문 중 고딕체는 원서에서 이텔릭체나 대문자로 강조한 부분이다.
3. 원서의 크레올어 부분은 우리말로 음차하여 고딕체로 표기하고 각주에 뜻을 밝혀주
   었다.

리샤르에게, 레진에게,
이들이 없었다면 이 책은 쓰이지 못했을 것이다.
마리즈에게.
"무구한 지평선의 사바나, 동풍의 뜨거운 애무에 전율하는 사바나."
레오폴 세다르 상고르는 이렇게 노래했다.
어쩌면 전혀 다른 세상을 겪게 될지 모를 파델에게.

차례

네 삶이 서서히 너를 KO시켰지.

알랭 수송, 〈란비우에 바가드*〉

---

* 바가드(bagad)는 프랑스 브르타뉴 지방 민속 백파이프 밴드를 일컫는 말이며, 란비우에 바가드는 프랑스 해군 소속 밴드를 가리킨다.

자궁 속 혹은 호두 껍데기 속[*]
(『햄릿』, 윌리엄 셰익스피어)

    무슨 신호라도 따르는 듯한 불굴의 힘이 쌍둥이를 덮쳐왔다. 어디서 오는 힘일까? 뭘 원하는 거지? 쌍둥이는 거세게 아래쪽으로 끌어당겨지며 수십 주 동안 지내온 따뜻하고 평온한 주거지를 강제로 떠나야 한다는 느낌이 들었다. 떠밀려 내려갈수록 지독한 냄새가 점점 콧속을 파고들었다. 뭔가 잔뜩 썩어가는 듯한 냄새였다. 다리 사이에 돌기가 달린 녀석이 성기 모양이 창상처럼 푹 팬 조금 더 작고 덜 자란 녀석보다 먼저 내려갔다. 앞선 녀석이 좁은 길목에서 머리로 길을 트자 내벽이 서서히 벌어졌다.

---

    *『햄릿』 2막 2장에 나오는 표현. "나는 호두 껍데기 속에 갇혀서도 무한한 공간을 다스리는 왕이라 생각할 수 있어 — 나쁜 꿈만 꾸지 않는다면."

그때까지 시간을 수놓은 건 한 가지 사건뿐이었다. 서로 살을 맞대고 있는 것이 그들의 평소 모습이었다. 꼭 붙어서 온몸을 휘감는 시큼하지만 기분좋은 냄새를 맡는 것이 그저 좋았다. 둘이 오랫동안 함께 지낸 공간은 어두웠다. 빛이라곤 없었다. 반대로 소리는 온갖 종류가 모두 들렸다. 쌍둥이는 들려오는 여러 소리 가운데 한 가지를 알아차리게 됐고, 그들을 품은 몸에서 나오는 소리라는 걸 깨달았다. 노래하는 듯 감미롭고 한결같은 그 소리는 그들 안에 조화로운 화음을 듬뿍 쏟아부었다. 이따금 그 소리는 좀더 날카롭고 덜 친근하고 덜 유쾌한 소리로 바뀌었다. 때로는 별안간 어수선한 금속성의 요란한 합주로, 그야말로 야단법석으로 변하기도 했다.

태아들은 떠밀려 하강을 계속하다 갑자기 쭉 뻗은 통로에 들어섰는데 도무지 끝이 보이지 않았다. 그러다 이상하게 출렁이고 움직거리는 원형의 공간에 이르렀다. 그곳을 통과하자 빛이 쏟아져내리는 평평한 표면에 급작스레 떨어졌고, 그 환한 빛에 눈이 아팠다. 거기서 무언가가 둘의 어깨 쪽을 붙들었는데, 눈을 찌르는 빛만큼이나 거슬리는 감촉이었다. 본능적으로 방어하려고 둘은 주먹 쥔 두 손을 눈으로 가져갔다. 그때 알 수 없는 바람이 폐로 훅 들어와 질식할 것 같았고, 무심코 입을 열었더니 별안간 비명이 제어할 길 없이 뒤죽박죽 튀어나왔다. 가차없이 쌍둥이는 따뜻한 액체에 담겼는데, 그들이 익히 아는 냄새도 맛도 나지 않았다. 무언가가 그들을 감싸자 별안간 몸이 느껴졌다. 그리고 둘은 폭신하고 볼록한 살무덤 위에 놓였는데, 짜릿한 냄새가 향수처럼 콧속을 파고들었다. 그 행복감이 조금 전 좁은 곳을 통과한 끔찍한 경험을 치유해주었다. 그들은 자신들을 품었던 사람, 목소리만 아는 그 사람의 가슴에 기대고 있다고 짐작했다. 관능적 쾌감을 느끼며 그 사람의 냄새와 그 사람의 감촉을 알아갔다. 그리고 누군가 입에 물려주는 향긋한 액체가 가득 든 주머니를 게걸스레 빨기 시작했다. 그 순간 그들의 삶이 시작되었다.

쌍둥이 신생아들의 귀에 시몬이 속삭였다.

"잘 왔다, 내 아들과 딸, 너무 닮아서 눈이 밝지 못한 사람은 쉽게 혼동하겠어. 얘들아, 잘 왔어! 너희가 막 발을 디딘, 살아서는 벗어나지 못할 삶은 녹록지 않아. 어떤 사람들은 삶이 흉악하다고 하고, 또 어떤 사람들은 길들지 않는 심술궂은 마귀할멈 같다고도 하고, 또다른 이들은 다리가 셋뿐인 절뚝이는 말 같다고도 하지. 그래도 어쩔 수 없어! 내가 구름으로 너희의 베개를 만들어 머리맡에 놓아줄게. 그게 너희 머릿속에 꿈을 가득 채워줄 거야. 우리가 겪는 온갖 괴로움을 비추는 태양도 내가 너희한테 쏟을 사랑보다 뜨겁진 못할 거야. 환영한다, 내 아가들아!"

자궁 밖

쌍둥이가 이 땅에서 보낸 첫 몇 달은 불편했다. 둘은 떨어져 지내는 데 길이 들지 않았다. 요람에서 따로 떨어져 자고, 한 사람씩 차례로 씻고, 번갈아가며 젖을 먹어야 했다. 처음에는 둘 중 하나가 옹알거리고 울거나 소리치면 나머지가 이내 따라 했다. 이 짜증나는 연동 작용에서 서로 벗어나기까지는 시간이 걸렸다. 차츰 그들 주변의 세계가 형태와 색채를 갖추어갔다. 쌍둥이의 첫 감탄은 햇살에서 시작되었다. 햇살은 오두막의 활짝 열린 창문을 통해 들어와 그들이 누운 깔개 위로 내려앉았다. 햇살은 내리쬐면서 온갖 익살스러운 형태를 만들어 그들을 웃게 했고, 그 웃음은 작은 종소리처럼 울렸다. 두 아기는 금세 제 이름을 알아듣고, 기억하기 아주 쉬운 그 몇 음절이 발음되면 귀를

쫑긋 세우고 작은 발을 꼼지락거렸다. 하지만 도단*의 신부, 그 뚱뚱하고 둔한 남자가 둘에게 세례 주는 것을 거절할 뻔한 사실은 알지 못했다.

"이럴 수가!" 신부는 노발대발하며 시몬에게 소리쳤다. "그런 이름을 붙이겠다니요! 이반, 이바나라니! 그렇지 않아도 아버지도 없는 아이들인데! 진짜 신앙 없는 애들로 만들고 싶은 겁니까?"

사실 시몬의 집안에는 이상할 정도로 다둥이가 많이 태어났다. 19세기에 다섯 쌍둥이 가운데 가장 먼저 세상의 빛을 보았던 조상 쥘레마는 노예의 후손이 문명의 냄새를 마시면 어떤 꼴이 되는지 보이기 위해 파리 생제르맹앙레 만국박람회에 초청되었다. 넥타이에 스리피스 정장을 갖춰 입은 그의 직업은 측량기사였다. 그는 '클래식? 클래식이라고요!'라는 과들루프 라디오방송을 애청하며 오페라곡들을 혼자 터득했다. 후손들에게 전해내려온 음악에 대한 취향을 주입한 사람이 바로 그였다.

쌍둥이는 얼마 후 바다와 모래를 발견했다. 조개껍데기 같은 분홍 손톱이 달린 오동통한 손가락 사이로 흘러내리는 따뜻한 모래는 얼마나 경이로운지. 시몬은 매일 아이들을 유모차에 태워 도단의 어느 포구로 데려갔고, 엄마 목소리가 쩌렁쩌렁 울

---

* 마을 이름으로, '당나귀 등'이라는 뜻.

리는 동안 바닷바람이 아이들의 얼굴을 어루만져주었다.

그런 행복한 세월이 몇 년쯤 흘렀을까? 사 년, 오 년? 두 아이
는 엄마의 얼굴을 아주 일찍 알게 되었는데, 검은 벨벳처럼 매끈
한 피부에 때때로 색깔이 달라지는 눈을 반짝이며 언제나 그들
을 향해 기울인 그 얼굴이 그들에게는 무척 아름다워 보였다. 엄
마가 노래를 흥얼거리면 아이들은 황홀해졌다. 엄마는 이마에
땀흘리며 일할 때면 아이들을 바구니에 담고 천으로 덮어 나무
밑에 두었다. 그러면 함께 일하던 아주머니들이 와서 홀린 표정
으로 아이들을 보곤 했다. 아이들은 엄마의 이름이 시몬이라는
걸 금세 알았다. 기억하기도 따라하기도 쉬운 조화로운 음절이
었다. 차츰 그들 삶의 배경이 그려졌다. 둘에게는 다른 형제자매
가 없어 엄마의 사랑을 오직 연로한 할머니와만 나눴는데, 그건
참 좋았다. 가장 경이로운 건 여전히 모래여서 둘은 지칠 줄 모
르고 모래를 손가락 사이로 흘렸다. 황금빛 모래였다. 콧속을 파
고드는 향기를 품은 모래. 누우면 몸 모양대로 패고, 공중에 날
리며 놀 수도 있는 모래.

몇 달이 지나자 두 아이는 활처럼 휜 다리로 일어서 걷기 시작
했다. 두 다리는 점점 곧게 펴지더니 두 개의 예쁜 기둥이 되었
다. 말도 빨리 시작해서 주변 세상을 표현하려고 애썼다. 필요할
땐 소란스럽게 굴지 않는 법도 터득했다. 그래서 시몬은 두 아이

를 저녁에 합창단으로 데려갈 수 있었다. 두 아이는 작은 의자에 앉아 그림처럼 얌전하게 엄지손가락을 빨며 음악에 박자를 맞추었다. 과들루프 전역에 알려진 이 합창단은 이 고장의 오래된 노래들을 특히 잘 불렀다. 이를테면 〈무구에〉는 흑인들이 쇠사슬을 차고 지내던 노예 시절에 불린 아주 오래된 노래였다.

"무구에 예 코크라 상테 코키요코."*

〈머플러도 안녕, 숄도 안녕〉은 과들루프에서 르아브르항구로 향하는 대서양 횡단 선박들이 해외령 근무를 마치고 업무 휴가를 받아 떠나는 공무원들을 잔뜩 싣고 출항할 때 군중들이 부두에서 노래하던 시절의 곡이었다.

"머플러도 안녕, 숄도 안녕, 금붙이도 안녕, 목걸이도 안녕."

〈방 무앵 앙 티 보〉**는 두두이즘***이 한창이던 시절, 크레올어가 저항의 언어가 아니라 새 지저귀는 소리로 여겨지던 때 만들어진 곡이다.

"방 무앵 티 보, 데 티 보, 트와 티 비 랑무."****

---

* 머플러도 안녕, 숄도 안녕.

** 내게 입맞춤을 해줘.

*** 프랑스 해외령, 특히 앤틸리스제도 프랑스의 현실에 대한 진부한 표상을 즐겨 사용하던 문학 경향을 부정적으로 일컫는 말.

**** 내게 입맞춤을 해줘, 두 번의 입맞춤, 세 번의 입맞춤을, 내 사랑.

시몬은 노래하고 나서 맨발로 춤을 추곤 했는데, 활처럼 휜 그녀의 실루엣은 참으로 우아하고 아름다워 견줄 수도 없을 만큼 다른 여자들 사이에서 도드라졌다. 종종 시몬은 어머니와 함께 다녔는데, 그녀의 어머니 역시 피부는 검었지만 머리카락은 소금처럼 새하얬다. 어머니의 이름은 마에바다. 그녀는 젖이 나오지 않아서 맛있는 묽은 수프를 숟가락으로 떠먹여 아이들을 길렀다. 마에바와 시몬은 종종 손을 잡고 몸을 숙였다가 앙트르샤* 동작을 했다. 그것이 두 아이에게 보여준 첫 공연이었다.

시몬은 아이들에게 왜 이름을 이반과 이바나로 정했고, 그 문제로 왜 자신이 신부와 맞섰는지 설명해주었다. 이반! 온 러시아를 다스린 차르의 이름이었다. 16세기에 살던 변덕스럽고 성미 까다로운 인물이었다. 이바나는 그 이름의 여성형이다. 어릴 적 시몬은 너무 가난해서 바스테르에 있는 연극 공연장인 샹 다르보의 입장권 한 장조차 살 형편이 안 됐다. 그래서 문화단체인 시네 브라보에서 도단 중앙광장에 스크린을 설치할 때만 영화를 볼 수 있었다. 그런 식으로 그녀는 다 이해하지는 못해도 음악이 점차 뒤따르는 요란한 이미지의 행렬을 두 눈 가득 채우며 꽤 많은 영화를 보았다. 아이들은 번호 붙여진 철제의자 맨 앞줄에 앉

---

* 수직으로 뛰어올라 공중에서 두 다리를 교차시키는 발레 동작.

왔다. 비 오는 날 바퀴벌레들이 기어나오듯이 늙은 몸들도 오두
막의 온갖 구멍에서 나왔다. 조용히 하라는 종이 울릴 때까지 모
두가 아주 큰 소리로 떠들었다. 종이 울리면 마법이 시작되었다.
그렇게 본 영화 중 하나가 특히 깊은 인상을 남겼는데, 바로 〈폭
군 이반〉이었다. 시몬은 그 영화의 감독이 누군지 기억하지 못했
고, 배우들 이름도 별로 신경쓰지 않았다. 오직 들끓는 화려한
이미지들만 마음속에 간직했다.

먼저 태어난 이반은 맏이로서 언제 어디서건 이바나를 통솔할
운명이었다. 그는 춤추는 법을 먼저 배웠고, 타고난 리듬감으로
주변 사람들의 감탄을 한몸에 받았다.

날짜 하나가 눈길을 끈다. 두 남매가 다섯 살이 되었을 때 시
몬은 아이들을 목욕시키고, 가장 좋은 옷을 입혔다. 천연색 천에
십자가가 수놓인 몸에 꼭 맞는 옷을 입히고 카타니 스튜디오로
사진을 찍기 위해 데려갔다. 엄밀한 의미의 과들루프 주민이라
면(그 시절에는 이렇게 불렸다) 누구도 피하지 못할 의무였다.
루이 카타니는 1930년대에 토리노에서 온 이탈리아인 세르지오
카타니의 아들이다. 세르지오가 이곳으로 온 건 형제들처럼 피
아트 가문과 결혼하고 싶지 않아서였다. 그는 자동차 모터에도,
차체에도 관심이 없었다. 오직 사람들 얼굴에만 관심이 있었다.

우툴두툴하고 여드름이 많거나 아니면 반대로 피부가 매끄럽고 팽팽한 얼굴들. 죽어가거나 혹은 화살처럼 날카로운 눈. 부유한 백인 상속녀이던 아내의 지참금에 안락하게 기댄 채 세르지오 카타니는 작은 사진관을 열어 '눈 속에 비친 그림자'라고 이름을 붙였는데, 곧 바스테르 사람 모두가 그곳으로 몰려들었다. 주말이면 그는 카메라를 야외에 설치하고 눈에 보이는 모든 걸 찍었다. 그렇게 해서 책을 세 권이나 냈는데, 지금은 잊혔으나 그 시절에는 큰 성공을 거두었다. 『도시 사람들』『시골 사람들』『바다 사람들』.

이반과 이바나의 사진은 '어린 연인들'이라는 제목을 달고 첫번째 책 15쪽에 실렸다. 두 아이가 손을 잡고 카메라 렌즈를 향해 미소 짓고 있다. 왠지 이유는 모르겠지만 남자아이가 여자아이보다 훨씬 까만데, 그래도 두 아이 다 사랑스럽다.

이반과 이바나 주변에는 여자들만 득실거렸다. 엄마, 할머니, 고모들, 사촌들, 이모들, 이종사촌들. 이종사촌들은 돌아가며 둘을 목욕시키고, 옷을 입히고, 음식으로 배를 채워주었다.

이바나는 둘 중 더 몽상에 빠지는 쪽이었다. 그녀는 꽃과 나뭇잎을 유심히 살폈고, 코에 대고 향기를 맡았고, 온갖 종류의 동물을 곁에 두고 싶어했다. 그녀가 가장 매혹된 건 새소리와 색색의 나비였는데 오동통하고 서툰 손으로 날아가는 새와 나비를 붙잡으려 애썼다. 어머니는 딸에게 뽀뽀를 퍼부었고, 사랑을 가득 담아 오직 딸을 위해 짧은 노래들을 지어내곤 했다.

이반은 쌍둥이 누이를 자기 소유물처럼 여겼고, 누이가 어머니에게 쏟는 사랑을 삐딱하게 바라보았다. 어느 정도 자라자마자 그는 직접 누이를 씻기고 옷을 고르고, 곱슬곱슬한 머리카락에 머릿기름을 바르고 정성껏 매만지며 땋아주었다. 밤이 되면 시몬은 쌍둥이가 서로 껴안고 잠든 모습을 보았고, 이 모습을 못마땅히 여겼다. 그렇지만 차마 끼어들진 못했다. 그 사랑의 힘에 왠지 주눅들었던 것이다.

첫 몇 해는 완벽한 행복 속에서 흘러갔다.

이반과 이바나는 도단이라는 곳에서 태어났다. 코트수르방 해안을 따라 흩어져 있는 다른 마을들보다 더 멋지지도 않고 더 추하지도 않은 촌락이었다. 이곳 마을들을 장식해주는 건 드넓은 바다, 머리 위에 펼쳐진 붉고 푸른 하늘, 에메랄드빛 사탕수수밭뿐이었다.

학교는 도단의 중심에 있었다. 과들루프가 지금껏 경험해본 적 없는 무시무시한 태풍 '위고'가 휩쓸고 간 뒤 시의회에서 바닥부터 꼭대기까지 다시 지어준 학교였다. 학교는 구릉 제일 높은 곳에 자리하고 있었다. 그 중턱에는 오두막들이 층층이 자리했다. 이반과 이바나는 그들의 아버지가 과들루프에 없다는 사실을 아주 일찍 깨달았다. 아버지 란사나 디아라는 만딩고 전통 음악 그룹에서 연주하려고 푸앵트아피트르로 왔다. 시몬을 임신시키고는 다시 자기 집이 있는 말리로 떠났다. 그는 자신이 있는 곳으로 올 수 있게 시몬에게 비행기표를 보내겠다고 약속했지만, 그럴 기미는 보이지 않았다. 시몬이 과들루프를 떠나는 일은 아주 드물었다. 이따금 합창단이 마르티니크나 기아나로 초대받았을 때 몇 번뿐이었다. 그래도 란사나 디아라는 아이들에게 정기적으로 카드와 편지를 보내 자신의 존재를 드러냈다. 그래서 이반과 이바나는 훗날 부모가 다시 만나 함께 살아갈 경이로운 고장을 꿈꾸며 자랐다. 엄마에 아빠까지 함께할 날을 꿈꾸며.

란사나 디아라는 말리의 세구 출신이고, 예전에 말리 왕국을 통치한 왕실 가문의 일원이었다. 나라가 식민지화되면서 오늘날 몰락한 그 가문은 키달로 은신해 콜라너트를 밀매하며 근근이 살아갔다. 란사나와 그의 형제 마디는 학교에 가는 대신 성질 고약하게 울부짖는 낙타 등에 올라타고 콜라너트가 든 거대한 자루를 운반했다. 종종 그들은 소금을 생산하는 대도시 타우데니까지 갔다. 온갖 담장과 가시덤불에서 어두운 환영들이 튀어나오는 듯했다. 아버지와 함께 여행하지 않을 때면 두 형제는 불결하고 떠들썩한 시장에서 어머니 곁에 자리를 잡았다. 어느 날 그 때까지 본 적 없었던 어느 오두막 앞을 지날 때 란사나는 갑자기 귓속에 가득 울리는 음악에 사로잡혔다. 두 악기가 조화롭게 연주되고 있었는데, 하나는 가냘프고 날카롭고 흉내낼 수 없는 소리를 내는 은고니였고, 다른 하나는 풍성하고 장엄하고 묵직한, 처음 들어보는 소리를 내는 악기였다. 악기 소리가 그치더니 사람 목소리가 들렸다. 그리오*의 목소리였는데, 말로 형용할 수 없을 만큼 잘 어우러졌다. 란사나는 걸음을 멈췄다. 그리고 이튿날에도 자석에 이끌리듯 그곳으로 갔다. 그리고 그다음날에도, 그리고 이어지는 날들에도. 그렇게 회전목마처럼 그곳을 찾은 지 일주일쯤 지났을 때 오두막 문이 벌컥 열렸다. 거기서 키가 크고 마른 수척한 얼굴의 남자가 나왔는데, 어린아이 모양의 마스코트처럼 헝클어진 희끗한 머리카락을 길게 늘어뜨린 모습이었다. 그가 란사나에게 말을 걸었다.

"원하는 게 뭐야?"

란사나는 달아나려 했지만, 남자가 손목을 잡더니 거칠게 군 걸 후회하기라도 하듯 온화하게 말했다.

"왜 도망쳐? 나쁜 짓 안 했잖아. 음악은 모두가 함께 나누는

---

* 아프리카 전통음악가, 구술 역사가.

달콤한 빵이야."

그는 란사나를 오두막 안으로 데리고 들어갔다. 안에 또다른 남자가 있었는데, 백인이고 곱슬머리에 바이올린처럼 생긴 커다란 악기를 끌어안고 있었다. 두 남자는 그 유명한 그리오인 발라 파세케와 역시나 유명한 첼리스트 빅토르 라크루아였다. 그렇게 란사나는 그 시대 최고 음악가들의 제자가 되었다.

열일곱 살이 되자 란사나도 견줄 데 없는 명성을 얻었다. 스무 살에는 곳곳에서 초청받았다. 도쿄, 자카르타, 베이징, 그리고 파리에서 콘서트를 열어 수많은 사람들을 홀렸다.

어린 시절부터 이바나는 학업에 재능을 드러냈다. 선생님은 이바나가 해온 프랑스어 숙제를 모두가 듣게 큰 소리로 읽었고, 높은 점수를 주었다. 이바나는 얌전하고 고분고분하고, 언제나 좋은 말만 하고, 꽃망울을 닮은 미소를 지었다. 모두가 그녀를 좋아했고, 합창단의 이모들은 더더욱 그랬다. 이모들은 이바나의 앞길이 창창하며, 그 황금 목소리는 바스테르만이 아니라 다른 세계까지 사로잡을 거라고 말했다.

반면에 이반은 반항적이고, 욕설을 입에 달고 있는 진짜 조무래기 깡패 같아서 아무도 그를 견디지 못했다. 그는 셔츠를 열어젖히고 땀에 젖은 가슴을 드러낸 채 자기보다 큰 남자와 여자 들

앞을 지나며 그들을 업신여기는 듯한 태도를 보였다. '호래자식'이라는 별명이 붙을 만했다. 그러나 세월이 흘러도 두 아이를 잇는 애정은 변함이 없었다.

단호하고 거친 이반의 목소리도 누이를 향할 때만은 부드러워졌다. 누이가 나타나기만 하면 그는 허세를 접고 순한 양처럼 변했다. 이반은 누이의 몸이 안겨주던 기쁨을 어렴풋이 떠올렸다. 언제였지? 더는 기억나지 않았다. 다른 생에서였나? 어느 생? 그래서 이바나가 끊임없이 자극하는 그 욕망 때문에 조금 두렵기도 했다. 그녀의 갈색 피부, 볼록한 젖가슴, 숱진 거웃.

잊지 말아야 할 두번째 날짜가 있다. 두 아이가 열 살이 되었을 때 시몬은 아이들을 바스테르로 데려갔다. 바스테르는 별 특징이 없는 작은 도시다. 알리 튀르*가 세운 건물들만 강한 인상을 남긴다. 이 튀니지 건축가는 1928년 태풍으로 인한 피해를 복구하도록 정부로부터 위촉받았다. 그가 세운 건물 가운데 사람들이 특히 감탄하는 건 시위원회와 도청 건물이다. 시몬은 작곡용 오선지를 사려고 정기적으로 바스테르에 갔다. 아이들을 데리고 가는 경우는 드물었다. 왕복 버스표를 세 장이나 살 돈을 어디서 구하겠는가? 시장 인근의 싸구려 레스토랑 중 한 곳에서 대구 샌

---

* 튀니지 출생 프랑스 건축가.

드위치 하나라도 살 돈은 또 어디서 구하고?

하지만 그녀는 이번만큼은 아이들을 기쁘게 해주기로 마음먹었다. 세 사람은 목적지까지 족히 한 시간은 달리는 '하느님께 희망을'이라는 버스에 올라탔다. 도단에서 바스테르로 가는 길은 화려했다. 관광 안내책자에 묘사된 그대로였다. 길가에는 제철이 되어 진홍빛으로 물든 화염목이 심겨 있다. 바다가 내려다보여 그 도로를 달리면 자동차 왼편으로 펼쳐지는 형광빛 파란 양탄자와 새파란 하늘 사이를 여행하게 된다.

여느 열대지방 시장들처럼 시끌벅적하고 알록달록한 시장에 도착했을 때 그들은 사포딜라라고 불리는 갈색 껍질의 과일을 사려 했다. 흑인 여자들의 매끈한 피부에 사람들은 이 과일 이름을 붙이기도 했다. 과일을 파는 여자와 어쩌다가 싸우게 되었을까? 아무도 알지 못한다. 헝클어진 머리 위에 노랑과 초록 체크무늬 숄을 두른 채 뺨이 땀으로 번들거리는 그 여자는 시몬과 아이들에게 욕설을 퍼부었다. 걸쭉하고 공격적인 크레올어로 여자는 매섭게 쏘아붙였다.

"이 새카만 맨발 거렁뱅이들 좀 보게. 어디서 내 과일이 안 달다고 불평이야. 너희 같은 것들은 이 땅에서 걸어다니지 말아야 해."

이날 이반과 이바나는 자신들이 이 사회에서 가장 빈곤한 계층에, 사람들이 내키는 대로 욕하는 계층에 속한다는 걸 깨달았다. 도단에서는 사회적 차이를 의식하지 못했다. 학교와 시청 말고는 큰 건물도 없고, 예쁜 집도 없고, 꽃이 만발한 개인 정원도 없기 때문이다. 모두가 볼품없는 오두막에 살았다. 어떻게서든 생계를 꾸려나가려 애쓰고, 조금이나마 행복을 찾아보려는 사람들밖에 없었다.

두 아이는 자신들의 피부가 검고 곱슬머리라는 걸, 그리고 어머니가 형편없는 보수를 받으며 밭에서 지치도록 일한다는 걸 단번에 자각했다. 이 사실은 이바나의 마음에 큰 고통을 안겼다. 그녀는 언젠가 어머니의 복수를 해주겠다고, 어머니가 응당히 호사를 누리게 해주리라 다짐했다. 그렇다, 언젠가 이바나는 엄마 입속에 달콤한 막대사탕을 가득 넣어줄 작정이었다. 반대로 이반은 삶에 대한 분노에, 자신을 가난뱅이로 태어나게 한 운명에 대한 분노에 사로잡혔다.

시몬은 아이들의 마음속에서 무슨 일이 일어나고 있는지 짐작하지 못했다. 그녀에게는 과일장수와의 싸움 정도는 흔한 일이어서 대수롭지 않았다. 그녀의 가장 큰 고통은 아마도 란사나에게서 비롯되는 것 같았다. 피부색 따위는 중요하지 않고, 부자도 가난뱅이도 없는 나라를 눈앞에 아롱대게만 만든 남자. 란사나는 말이 번드르르한 사람이었다. 그것이 우리가 그에 대해 말할 수 있는 전부다.

시몬과 이반과 이바나는 시장을 벗어나 시의회 근처에 있는 '콤 호숫가'라는 가게로 향했다. 그곳에서는 아코디언, 색소폰, 현악기, 온갖 종류의 북을 팔았다. 연주자가 타고 앉아서 치는 거대한 북부터 세워놓기 힘들 만큼 아주 작은 북들도 있었다. 그 가게에서 가장 인기 있는 품목은 지미 헨드릭스가 치던 기타와 존 레넌의 시타르였다. 가게 주인은 나이 많은 흑백 혼혈이었다. 제라르 라 비니*가 파리의 '라 시갈'**에서 노래하던 시절 그와 함께 다니며 영광의 시간을 맛본 사람이었다. 그가 아이들에게 엄하게 일렀다.

"제발 아무것도 만지지 마라."

때론 아주 작은 불씨가 큰불로 번지듯이, 시장에서 막 실랑이를 벌이고 온 이반은 이 말을 듣고 극도로 화가 치밀어 반항의 의지를 다졌다.

이날부터 이반의 학교 성적은 점점 더 나빠졌고, 그때까지는 장난처럼 불리던 별명대로 진짜 '호래자식'이 되어갔다. 아직 어렸지만 그는 절도와 날치기를 하기 시작했다. 시몬은 어쩔 줄 몰

* 과들루프 출생 가수 겸 작곡가.
** 1887년에 생긴 파리의 유서 깊은 공연장.

랐다. 이때부터 떠오른 한 가지 생각이 점점 구체화되었다. 이제 껏 한 번도 신경쓰지 않았던 아들이 어쩌면 훗날 골칫거리가 될지도 모른다고 란사나에게 알려야겠다는 생각이었다.

최악의 일은 곧 일어났다. 10월 개학 때 도단의 학교에 제레미 씨가 부임했다. 희끗희끗한 머리를 꽤 짧게 자르고, 각진 얼굴에 아야톨라*처럼 수염을 기른 샤뱅**이었다. 그는 보통 사람은 아니었다. 질 나쁜 면 셔츠에 많은 사람이 할인된 가격에 사는 똑같은 청바지를 입은 그의 겉모습을 믿지 말아야 했다. 그는 세상을 많이 돌아본 사람이었다. 어느 나라들을 여행했느냐고? 그건 정확히 알려지지 않았다. 사람들은 그가 무슨 규율상 문제를 일으켜서 도단으로 보내졌다고 속닥거렸다. 그 문제에 관해서는 의견이 분분해서, 어떤 이들은 그가 머리카락 수만큼 많은 여자를 임신시켰다고 주장했고, 또 어떤 이들은 그가 남자들을 사귀었다고 했고, 또다른 이들은 그가 마약을 했다고 말했다. 하지만 누구도 무엇이 확실히 진실이라고 주장하지 못했다.

제레미 씨는 졸업반을 맡게 되었다. 그때까지는 도단의 자긍심이 되어온 반인데, 매년 만족스러운 결과를 얻지는 못했다. 그

---

* 이슬람 시아파 고위 성직자를 일컫는 말.
** 주로 프랑스령 앤틸리스제도에서 쓰는 말로, 생김새는 아프리카인이나 피부색이 밝은 사람을 일컫는다.

런데 그가 부임하면서 열심히 공부하던 우등생들이 등한시되었다. 더는 질의응답 시간도 없고, 발표 시간도, 작문 시간도 거의 없었다. 제레미 씨는 몇 시간이고 끝없는 장광설을 늘어놓으며 자신이 세상을 개혁하겠다고 주장했다. 이를테면 서구 이념들에 맞서 싸워야 한다면서, 어떤 특정 종교와 사상의 우월성에 대해 설명했다. 그는 유급해서 졸업반을 다시 다니고 있던 이반과 금세 가까워졌다. 곧 이반은 틈만 나면 이 선생의 집에 틀어박혀 지냈다.

이반은 허세를 부리며, 선생의 말을 깊이 생각해보지도 않고 메아리처럼 그대로 따라 했다.

"프랑스는 백인의 나라야. 이건 알려진 사실이야! 드골 장군처럼 높은 자리에 있는 사람들이 한 말이라고. 우리 흑인들은 그 나라와 공유할 게 아무것도 없어."

시몬은 자기 아이들에게 관대했기에 그 불경한 말을 그냥 참고 넘겼다. 이반이 입이 거칠다는 건 모두가 아는 사실이었지만, 내면은 그렇게 악한 아이가 아니었기에 누구도 그의 말에 주의를 기울이지 않았다.

그러던 어느 날 시장 보좌관 뒤카도스 씨가 찾아오자 그녀는 깜짝 놀랐다. 뒤카도스 씨는 키가 작고 피부색은 새카만데 기이하게도 머리는 빨간색이었다. 과한 흡연으로 잇몸과 치아가 거무스름하게 변색해 있었다.

"아들한테 관심을 좀 가지세요." 그가 무게를 잡으며 말했다. "제레미 씨가 그애 머릿속에 이상한 생각들을 심어놓고 있어요. 당신의 아들을 프랑스에 비판적인 아이로, 심지어 적으로 만들고 있다고요. 프랑스가 야만인이었던 우리 아프리카인들을 문명인으로 만들어주었는데 말입니다."

사실을 밝히자면, 시몬은 그가 하는 말을 제대로 이해하지 못했다. 평생 사탕수수밭에서 지내온 그녀는 자신과 자기 나라의 처지에 대해 의문을 품어본 적이 한 번도 없었다. 그녀는 뜬눈으로 밤을 보냈고, 아침이 되자 행동에 나서기로 결심했다. 그런데 어떻게? 그건 아직 알지 못했다.

사실 제레미 씨는 사람들이 속닥이는 것처럼 동성애자도, 게이도, 마쿠메*도 아니었다. 그렇다고 여자를 좋아하지도 않았다. 그의 머릿속에는 온통 정치뿐이었다. 그가 프랑스에서 종적을 감춘 오 년 동안 아프가니스탄이나 리비아에서 보냈다고 고발하는 편지 한 통이 교육부에 접수되었다. 뭔가 석연찮았다. 그가 그렇게 평판 나쁜 나라들에서 무슨 일을 벌였을까? 교육부는 조사를 시작하기 전에 늘 그랬듯이 한참이나 뜸을 들였다. 마침내

---

* 프랑스령 앤틸리스제도에서 남성 동성애자나 여성화된 남성을 일컫는 말.

결정을 내렸을 때는 실마리가 흐려져서 제레미 씨의 혐의를 입증할 수 없었다. 따라서 사람들이 바라던 대로 그를 면직시킬 수가 없었다. 그저 그를 출신지 과들루프로 돌려보내고, 오지인 도단의 학교로 발령낼 수밖에 없었다. 제레미 씨는 니세팔이라는 이름—16세기 여행객이라면 객주가 방을 내주지 않아 밖에서 자야 했을 이름—을 가지고 있었는데, 그가 이반과 우정을 맺은 건 이반의 멋진 골격과 섬세한 근육, 항상 발기해 있다고 착각할 정도로 도드라진 성기와는 전혀 무관한 이유에서였다. 처음에 그는 이반이 나토의 폭격 때 엄마 뱃속에 든 채 죽은 자기 아들보다 나이가 정확히 두 배 많다는 계산을 했다. 그리고 아직 거칠고 교육을 제대로 받지 않은 정신의 토양 속에서 반짝이는 덤불처럼 이 아이의 생각들이 싹트고 있다고 느꼈다. 그는 이 아이가 조금 지루한 표정으로 의자에 앉아 몸을 젖히고 두 손을 배 위에 올려 맞잡고서 그의 말에 귀기울이는 모습을 특히 좋아했다. 그래서 그는 맘껏 말했다.

"사막에 겨울이 닥치면 어떤지 넌 상상도 못할 거야. 바람이 울부짖으며 사방에서 휘몰아쳐. 고난의 십자가들처럼 드문드문 가파르게 심어진 나무들에는 가지마다 투명한 결정들이 매달리는데, 그 결정들은 하늘 한가운데 걸린 파르스름한 태양의 빛줄기에 따라, 그리고 그 광대한 사막에 떠오르는 달빛에 따라 색깔이 달라져. 그러면 진짜 장관이 펼쳐지는 거야. 나는 아주 얇은 간두라*에 종잇장처럼 얇은 신발을 신고도 추위가 겁나지 않았어. 그곳이 내 고향만큼이나 좋았지. 알리야의 나라였으니까. 알리야는 나를, 이방인인데다 흑인이고 그 나라 말도 못하는 나를 선택했어. 내 피부색 때문에 그녀의 가족은, 특히 그녀의 남자 형제들은 우리의 결혼을 찬성하지 않았어. 그들은 까다로운 요구사항을 자꾸 내놓았고, 나는 그걸 채우려 애썼지. 마지막으로 그들은 내게 무슬림이 되라고 요구했어. 나는 할례 의식이 그렇게 고통스러운 건 줄 몰랐어. 피를 그렇게 많이 흘리게 되는지 상상도 못한 채 그걸 받아들였지. 이럴 수가! 살조각을 아주 조금 떼어내는데 그렇게나 아프다니! 하지만 대충 꿰매놓은 성기로도 나는 내가 원할 때면 언제든 충분히 알리야의 몸속에 들어가 내 몸 아래서 그녀를 신음하게 할 수 있었지. 우리의 행복은 일곱 달 동안 계속됐어. 짧은 시간이었지. 그후 그들이 알리야를 죽였어. 내가 사랑하는 여자를. 어느 저녁 친구들과 함께 바에서 차를 마시고 있었는데, 타다닥거리는 소리가 들려 서둘러 밖으로 나가봤지. 우리 눈앞에서 온 동네가 불타고 있었어. 오렌지색 불꽃이 이미 하늘을 향해 날름거리고 있었지. 살아남은 몇몇 사

* 주로 북아프리카에서 입는 소매 없는 전통의상.

람이 피투성이가 된 채 달아나면서 외쳤어. '모두 죽었어!' 내 삶
은 바로 거기서 멈춰버렸어."

상당히 걱정스러운 뒤카도스 씨의 방문 후 다음날 시몬은 친
구인 미샬루 영감을 찾아갔다. 사람들이 그를 영감이라고 부르
는 건 그의 머리가 온통 새하얬기 때문이다. 사실은 노인이 아니
었다. 기껏해야 오십대였다. 그는 프랑스 본토에서 오래 살았다.
그러다 어느 날 자동차를 조립하는 일이 싫어졌다. 정작 그는 자
동차를 살 형편이 안 돼 항상 연착하거나 고장나고 늘 붐비는
RER*를 타고 다녀야 했던 것이다. 그래서 그는 고향으로 돌아왔
고, 아버지와 할아버지의 업을 물려받았다. 한때 그는 시몬과 함
께 그녀의 오두막에서 남편과 아내로 살길 바랐다. 시몬은 쌍둥
이들이 새아버지를 받아들이지 못할 거라는 핑계를 대며 거절했
었다. 사실은 머릿속에 끈질긴 꿈을 간직하고 있었다. 언젠가 란
사나가 돌아오면 함께 잃어버린 세월을 만회할 수 있으리라는
꿈. 미샬루는 별로 안달하지 않았다. 그가 원할 때마다 그녀가
잠자리에 응해주었기 때문이다. 시몬이 찾아갔을 때 그는 그물
을 수선하고 있었는데, 그녀의 말을 귀기울여 듣더니 어깨를 으
쓱하며 말했다.

---

* 수도권 급행 철도.

"이 고장에는 우리가 정치적으로 독립하면 훨씬 행복할 거라
고 말하는 사람들이 있지. 하지만 그건 사실이 아니야. 우리 주
변을 돌아봐. 예를 들어 아이티 사람들이나 도미니카연방 사람
들을 한번 보라고. 제레미 씨는 아마 독립주의자일 거야. 혹시
모르니, 신중을 기해 당신 아들을 그 사람한테서 멀리 떼어놓는
게 좋겠어."

"뭐라고?" 시몬이 탄식했다. "내가 그 아이를 어떻게 하는 게
좋겠어? 어디로 보내면 좋지?"

"걔가 몇 살이지? 어딘가 일할 데로 보낼 수 있잖아. 조금이라
도 돈을 벌어오면 당신한테 도움도 될 테고."

시몬은 그 생각이 마음에 들지 않았다. 그래서 어머니에게도
조언을 구하러 갔다. 예순 살에 접어든 마에바는 생기를 잃은 듯
보였다. 늘 그랬던 건 아니다. 마에바는 그녀 세대에서 가장 강
한 여성으로 꼽혔었다. 그녀에게는 비할 데 없는 능력이, 예시력
이 있었다. 그 능력은 느닷없이 생겼다. 열여섯 살이던 어느 날
그녀는 낮잠을 자다가 꿈에 아버지를 보았다. 벽돌공이던 아버
지 티로로가 지붕에서 작업하다가 톱처럼 날카로운 쇄석 한가운
데로 굴러떨어지는 꿈이었다. 그후 태풍 위고가 닥쳐 곳곳을 폐
허로 만드는 광경도 꿈에서 보았다. 그리고 블랑셰 공장의 사탕
수수가 한밤중에 불타는 장면도 보았다. 기생충에 감염돼 발작

36

을 일으키며 질식하는 아이들도 보았고, 남녀 가릴 것 없이 사람들이 초록색 설사를 하는 광경도 보았다. 바스테르부터 푸앵트아피트르까지 모두가 그녀의 입을 두려워했다. 그때 갱강 신부가 고향 브르타뉴에서 이곳으로 왔고, 그녀를 고해실로 불렀다. 지금까지 뭘 하신 겁니까? 신부가 그녀에게 물었다. 하느님은 은밀하게 활동하시며, 그분의 길은 헤아릴 수 없다는 걸 모르셨습니까? 지금까지 해온 대로 계속하신다면 영벌을 받게 될지도 모릅니다. 그후로 마에바는 입을 다물었고, 검은 옷을 입고 매일 성체배령을 하는 신도 무리에 합류했다. 하지만 그녀의 능력이 사라진 건 아니었다. 그녀는 손주 이반과 이바나가 두텁고 붉은 핏빛 장막에 휘감겨 있는 모습을 보았다. 그게 무슨 뜻일까? 무엇이 그들의 운명일까? 마에바는 딸의 말을 주의깊게 듣더니 어깨를 으쓱했다.

이반을 학교에서 빼낸다? 못할 이유 없잖나?

두 여자는 의견 일치를 보았다. 마에바는 문을 잠갔고, 두 모녀는 합창단 연습을 하러 갔다. 연습은 매일 있었고, 때로는 몇 시간 동안 계속되었다. 연습을 마치고 합창단원들이 흩어질 때쯤에는 종종 이미 달이 떠 있어서, 부드러운 달빛에 보잘것없는 도단의 뜻밖의 매력이 드러나기도 했다. 두꺼비 같은 오두막은 나비가 되어 날아가기 직전의 번데기로 둔갑하기도 했다. 또 어

떤 밤은 먹물처럼 새카맸다. 그럴 때면 두 여자는 길을 더듬어가
며 울퉁불퉁한 자갈길 위를 비틀비틀 나아갔는데, 마치 지옥의
문을 밀고 자기 영구차 뒤를 따라가는 느낌이 들었다.

합창 레퍼토리는 아주 다양했다. 합창단원들은 〈방 무앵 앙 티
보〉나 〈사랑의 열병〉 같은 너무 부르기 쉽거나 너무 알려진 곡은
피하고, 그 지역 전통이 담긴 노래를 찾느라 골몰했다. 단원들은
앙리 살바도르*나 프랑키 뱅상** 같은 현대 뮤지션들의 노래도 마
다하지 않았다. 그러던 어느 저녁 마에바는 아무도 알지 못하는
여가수의 노래 한 소절을 소개했는데, 바르바라***의 노래였다.
단원들은 더없이 열정적인 관심을 보이며 그 노래를 들었다.

어느 화창한 날

혹은 어느 밤

호숫가에서 나는 잠들었죠

문득 깨어나니 하늘은 갈라진 듯 보였고

어디에선가

검은 독수리 한 마리 나타났죠

---

* 기아나 출생 프랑스 뮤지션.
** 푸앵트아피트르 출생 프랑스 뮤지션.
*** 파리 출생의 가수.

노래가 끝날 때쯤 단원들이 입을 모아 말했다.

"우리랑 전혀 맞지 않아." 단원 한 사람이 용기 내어 말했다.

"아무도 안 좋아할 거야." 다른 단원도 지지했다.

마에바는 버럭 화를 냈다.

"뭐라고? 어째서? 바르바라는 온 시대를 통틀어 가장 위대한 여가수라고."

소용없었다. 그녀는 다른 합창단원들의 반대를 이길 수 없었다.

몇 년 뒤, 메모리알악트기념관 개막식 때 합창단은 로랑 불지*의 아주 유명한 곡을 부르며 확실한 성공을 거두었다. 이것이 과들루프를 둘로 갈라놓았다. 크레올어를 옹호하는 사람들은 분개했다. 저 프랑스어 노래는 대체 누가 고른 거람? 게다가 합창단에는 '저녁의 미녀들'이라는 우스운 이름이 붙어 있었다. 그것만 봐도 단원들의 정신이 이상한 건 분명했다. 그렇지만 지방의회 의장이 수천 유로를 기부한 덕택에 저녁의 미녀들은 마르티니크로 갈 수 있었다.

그리하여 시몬은 아들을 위해 일자리를 찾기 시작했다. 인구

---

* 파리 출생의 싱어송라이터.

의 35퍼센트가 실직자인 고장에서 그건 쉬운 일이 아니었다. 그녀는 수없이 많은 계단을 오르내리며 문마다 벨을 누르고 이력서를 보내고 전화를 걸고 텅 빈 대기실에서 몇 시간을 기다리기도 했지만, 돌아오는 대답은 언제나 똑같았다. 채용 계획 없어요.

그래서 완전히 좌절할 참이었는데 코트수르방 쪽에 자리한 '라카라벨'호텔에서 이반의 면접을 보겠다고 했다. 라카라벨호텔은 전 세계로 확장해나가고 있는 코랄리 체인에 속했다. 꽃무늬 장식은 세이셸에 있는 호텔과 다르지 않다. 다만 과들루프 관광의 매우 가족적이면서 소박한 특징을 고려해 대규모 투자는 이루어지지 않았다. 라카라벨은 정원이 있는 평범한 건물이었다. 잔디가 깔려 있고, 여인목 두 그루가 뻣뻣하게 팔을 뻗고 있었다.

이반은 경비 자리를 제안받았다. 실제로 이 지역에는 폭력이 이미 자리잡고 있었다. 특정 시간에 사람들이 차마 가지 못하는 마을과 장소, 동네 들이 있었다. 연장자들은 의심 많은 젊은 사람들에게 옛날에는 문도 창문도 닫지 않고 살았고, 열쇠나 금고를 쓰는 법도 몰랐다는 이야기를 해주었다. 이반에게는 검푸른 색 바지에 같은 색 티셔츠와 모자가 제공되었다. 그리고 무기로 마우저총이 주어졌다. 그는 무기를 소지한다는 상상을 한 번도, 터무니없는 꿈속에서조차 해본 적이 없었다. 지금은 퇴직했으나 정식 경찰이었던 에스테반 씨가 경비팀에 와서 총 쏘는 법을 가르쳐주었다.

"불한당들을 만나면 절대 다리를 겨냥하지 마." 그가 충고했다. "그놈들은 일단 나았다 싶으면 범행 장소로 돌아오니까. 머리를, 심장을 겨냥해. 그놈들이 즉사해서 다시 돌아와 골치 아픈 일을 일으키는 일이 없도록."

이제 이반은 두 가지 열정을 알게 되었다. 하나는 그가 사랑하고 욕망하는 누이를 향한 열정인데, 이 열정은 나날이 더 강렬해져서 돌이킬 수 없는 일이 일어난 줄 알고 한밤중에 덜컥 잠에서 깰 정도였다. 또하나는 자신의 무기 마우저총을 향한 열정이었다. 그는 이 차갑고 딱딱한 금속을 만지작거리며 손대중해보고, 표적을 겨냥하듯 폼 잡아보기를 좋아했다. 그리고 살아 있는 먹잇감에 총알을 박아넣는 꿈을 꾸었다. 그는 시몬이 월말까지 기르다 시장에 내다팔려던 흰 암탉들을 그런 식으로 죽였다. 그러고 나면 그는 스스로 신이 되고 왕이 된 느낌이 들었고, 전지전능한 존재가 된 것 같았다.

불행히도 이 행복 역시 다른 모든 행복과 마찬가지로 오래가지 못했다. 먼저 그는 이 마우저총이 한물가서 아무 가치가 없다는 사실을 알게 되었다. 그 총은 과들루프를 황급히 떠나던 어느 본토 사람이 헐값에 내다판 잡다한 물건들에서 나온 것이었다. 총 주인은 어느 밤 자기 집을 털려고 온 강도에게 총을 쏘았고, 강도의 머리를 죽도록 팼다. 그러고도 감방에는 단 하루도 들어가지 않았지만, 그의 집 문과 창문이 모두 '살인자'라는 낙서와 피로 뒤덮였다. 그래서 그는 대서양을 건너 본토로 돌아가는 편이 좋겠다고 생각했던 것이다. 이 사실을 알고 이반은 깊은 상처를 입었다. 자신의 무기가 보잘것없는 싸구려 장난감이라는 사실에 상처 입은 것이다. 하지만 진짜 심각한 상처는 앞으로 닥칠 터였다.

그가 라카라벨에서 일한 지 일주일도 채 되지 않았을 때 땀을 비오듯 흘리는 뚱뚱한 본국인인 인사부장이 그를 불렀다. 부장은 두 조각 하늘 같은 파란 눈으로 그를 응시하더니 물었다.

"네가 이반 네멜레야? 몇 살이지?"

이반은 어안이 벙벙해서 입만 벌리고 있었다. 그는 힘도 세고 체격이 좋아서 사람들이 자주 나이를 물어보곤 했다. 그런데 이번에는 뭔가 위험이 느껴졌다. 본국인이 다시 말했다.

"너에 관한 정보를 가지고 있는데, 네가 아직 열여섯 살이 안 되었다는 사실을 알게 됐어. 미성년자에게 무기를 맡길 수는 없어. 고발당해서 골치 아픈 법적 책임을 물어야 할지도 모르거든. 네 무기를 반납해. 이리 줘!"

이반이 몸이 굳은 채 머뭇거리자 남자는 그가 허리춤에 차고 있던 벨트를 빼앗았다. 그래도 이반을 해고하지는 않았다. 그냥 직무만 바꾸었다. 그에게 형광색 유니폼을 입게 하고, 어린아이들이 물놀이를 하는 얕은 수영장을 살피라는 임무를 맡겼다. 이 반은 이걸 끔찍한 모욕으로, 그를 덮친 불길한 함정으로 받아들였다.

그날부터 그의 급진화가 시작되었다. 오늘날 이 단어는 함부로 오용되고 있다. 검증된 사례를 보면 급진화는 감옥에 수감되면서부터 시작되는 것이 아니다. 그때까지 그는 제레미 씨의 장광설을 한쪽 귀로 흘려들었는데, 이제는 세상이 자신의 생각과 다르다는 사실을 깨달은 것이다. 지구는 그냥 둥근 게 아니라 깊은 구렁과 균열투성이여서 자신처럼 무방비 상태에 기댈 곳도 없는 개인은 거기 빠져 목숨을 잃을 수도 있다는 사실을 깨달았다.

이제 그는 라카라벨의 경비팀 소속이 아니었기에 제레미 선생의 집에 언제든 갈 수 있었다. 제레미 선생은 그가 찾아오는 걸 좋아했고, 그때마다 자신의 삶을 피로 뒤덮은 상처를 거듭 환기하며 수다를 떨었다.

"알리야가 죽고 나니까 테러고 매복이고 함정이고 그 모든 게 내겐 아무 의미가 없어졌어. 너도 이해하지, 난 진짜 무슬림이 아니야. 난 내가 잃어버린 모든 것과 더불어 낙원에 앉아 있는 사랑하는 아내를 다시 만날 수 있으리라고 믿지 않았어. 다시는 아내를 만나지 못하리라는 걸 알았지. 내 행복은 끝났다는 걸. 그래서 프랑스로 돌아갔고 교육부에 간청했지. 마침내 변두리의

다 쓰러져가는 보잘것없는 중학교에 발령을 내주더라고. 그런데 놀랍게도 거기 남학생이고 여학생이고 모두 나를 좋아해주었어. 그 아이들은 굴곡진 내 인생 이야기를 좋아했고, 내가 경험한 나라들에 가보고 싶어했지. 나는 수업시간에 내 모험담을 들려주고 대담한 아이들에게는 운명의 선택에 대해 조언해주며 시간을 보냈어. 안타깝게도 교장은 내 수업을 불신해서 나를 고발했지. 그 이후는 너도 아는 얘기고."

그랬다. 이반은 나머지 이야기를 알았다. 행복한 사람들에게는 사연이 없다고, 널리 알려진 속담은 말하잖나.

이바나는 행복했다. 그녀는 아름다웠다. 프랑스어와 수학 과목은 반에서 일등이었고, 여자 배구팀 주장까지 할 정도로 심지어 운동에서도 뛰어났다. 게다가 타고난 가늘고 예쁜 목소리로 합창단의 솔로로 뽑히기도 했다. 어느 날 도단에서 20여 킬로미터 떨어진 작은 해안도시 두르노의 성당에서 노래한 그녀는 은퇴한 음악 교사의 눈에 띄었고, 그가 구노의 〈아베 마리아〉와 슈베르트의 〈아베 마리아〉를 그녀에게 가르쳐주었다. 그 덕에 그녀는 기아나의 아파투성당에서 갈색 피부 흑인들 앞에서 노래해달라는 초청을 받았다. 이 땅에서 행복하려면 어느 정도 눈먼 상태가 되어야 한다는 걸 우리는 잘 안다. 이바나는 그런 능력을 가지고 있었다. 그래서 성장하는 내내 경험한 극도의 빈곤을 직시하길 거부했고, 언젠가 모든 것이 달라지리라고 믿었다. 그래서 그녀는 시몬이 수확기의 사탕수수밭이나 시장 매대 뒤에서 기진하고 시들어가는 모습을 보려 하지 않았다. 그저 자신이 엄마의 운명을 바꿔놓을 시간이 오리라 믿었다. 그런 그녀가 명철한 통찰력을 드러내는 점이 하나 있었다. 쌍둥이 형제의 서로에 대한 감정의 성격에 대해서였다. 둘이 쌍둥이라는 점을 감안하더라도 그녀는 서로에 대한 감정이 비정상적이라는 사실을 알았다. 이반이 몸에 붙는 검은색 낡은 티셔츠를 입고 마당과 집 주변을 쓰는 모습을 보면 가슴이 철렁했고, 커피잔이나 빵을 집다가 그와 손이 닿기라도 하면 온몸이 전율했다. 물론 둘은 한 번도 부적절한 대화를 나눠본 적도, 불온한 행동을 한 적도 없었다. 그래도 그녀는 그들 내면의 뜨거운 덤불에 언젠가 불꽃이 일어 자신들을 태워버리리라는 것을 알았다. 이반이 아침 일찍 라카라벨에 출근하게 된 뒤로 마주치는 일이 줄어들면서 그녀는 조금 여유를 찾게 되었다.

어느 날 그녀가 물을 가득 담은 커다란 유리병을 머리에 이고 깊은 계곡에서 돌아오는데, 빨간색 모토베칸 자전거가 달려들어 그녀를 넘어뜨릴 뻔했다.

"그런 짐은 당신한테 어울리지 않아요." 누군가 소리쳤다. "당신은 너무 아름다워요. 내가 대신 들어줄게요."

이바나는 제빵업자 마놀로의 아들 포스탱 플레레트를 알아보고 깜짝 놀랐다. 마놀로는 흑백 혼혈이었고, 도단에서 독특한 지위를 차지하고 있었다. 그는 벼락부자 같아 보였다. 시장과 막역한 사이였고, 바스테르에서 온 지역의회 의원들과 시의회 의원들을 집에 초대해 대접하기도 했다. 그는 전쟁 동안에 아버지가 유대인이었던 어머니를 보호하기 위해 마르세유로 피신한 바람에 그곳에서 자랐다. 그는 푸가스 빵과 파니스*를 만드는 것 말고는 별로 배운 것 없이 르네샤르중학교에서 2학년 때 퇴학당했다. 일요일이면 특산품들을 거덜내려고 그의 가게에 몰려든 부르주아들 때문에 그랑드앙스의 유일한 길이 자동차들로 붐볐다. 그의 큰아들 포스탱은 대학입학자격시험에서 아주 좋은 점수를 받았다. 그런데 행정 오류로 서류가 사라져버리는 바람에 그는 받아야 할 장학금을 받지 못했다. 그 오류가 바로잡히길 기다리면서 그는 중학교에서 보충학습 교사로 일했고, 대수학과 기하학을 어려워하는 학생들을 가르쳤다. 이바나는 비웃었다.

"네? 내가 이 짐을 이고 가는 걸 원치 않는다고요? 이걸 당신이 이고 가겠다고요?"

---

* 병아리콩 가루로 만드는, 남프랑스 지방에서 주로 먹는 튀김 요리.

"물론 그건 아니에요." 그가 웃으며 말했다. "내 자전거 뒤에 신겠다고요."

이날부터 두 젊은이 사이에는 뭐라 규정하기 어려운 관계가 형성됐다. 포스탱의 입장에서는 틀림없이 비록 사회적 지위는 낮지만 매혹적인 젊은 여자를 향한 청년의 욕망이 작용했을 것이다. 그는 그녀를 침대로 데려가고 싶었지만 감히 그 생각을 드러내진 못했다. 이바나는 우쭐했다. 그러나 그녀에게는 그 관계가 무엇보다 이반으로부터 멀어질 수 있는 수단이자, 그에게 느끼는 감정을 다른 사람에게로 옮기려는 시도였다.

바로 이날부터 포스탱은 매일 아침 이바나의 집으로 찾아왔다. 그녀는 그의 자전거 뒷자리에 앉아 학교가 있는 두르노까지 실려갔는데, 사실을 말하자면, 그녀가 쓴 모자는 그리 우아하지 못했다. 저녁이 되면 포스탱은 그녀를 다시 도단으로 데려다주었다. 코트수르방 해안길은 참으로 매혹적이었다! 잔인한 통치자 태양은 아직 떠오르지 않고도 모든 그늘을 지우고 모든 요철을 편평하게 깎아 마법 같은 우윳빛 광채로 풍경을 감쌌다. 밤은 절대적 어둠의 영역이다. 바다가 지평선 끝에서 파도를 몰고와 구르며 요란하게 울부짖는 소리만 들려온다.

어느 저녁 포스탱과 이바나는 이반과 맞닥뜨렸다. 이반이 평소와 달리 집에서 저녁을 먹으려고 일찍 돌아와 있었던 것이다.

시몬이 사랑하는 아들을 위해 급히 구해온 거미고둥 요리를 준비하는 동안 그는 평면 스크린 텔레비전으로 축구 경기를 보고 있었다. 집안으로 들어서는 이바나와 포스탱을 보고 그가 놀라 두 눈을 동그랗게 뜨고 입을 헤벌린 채 일어섰다. 그는 포스탱이 악수를 청하는데도 무시하고 누이에게 물었다.

"저놈은 뭐야?"

이바나가 우물쭈물 설명하는 동안 포스탱은 신중하게 재빨리 문으로 향했다. 시몬이 자른 아보카도와 크레올식 밥, 그리고 아주 맛있어 보이는 고둥 요리로 식탁을 차렸다. 그러나 저녁식사 내내 어머니와 두 아이 사이에는 말 한마디 오가지 않았다. 이바나는 무서웠다. 무시무시한 예감이 엄습했다. 그녀의 생각은 틀리지 않았다. 새벽 한시경, 이반은 옷 속에 어머니의 부엌칼을 숨기고서 포스탱이 친구들과 함께 술을 진탕 마시고 있던 '럼 앙코르' 바에서 그가 나오길 기다렸다. 그가 나오자 이반은 그에게 덤벼들어 바닷가까지 쫓아갔다. 거기서 두 젊은이의 형체는 어둠 속으로 사라졌다. 무슨 일이 일어났을까? 우리는 결코 알지 못할 것이다. 이튿날 앤티가섬에서 돌아오던 어부 두 명이 난자당한 채 피웅덩이 속에 쓰러져 있는 포스탱을 발견했다. 수많은 목격자가 앞다투어 나서서 그와 이반이 벌인 죽음의 난투극에 대해 증언했다. 이반은 라카라벨호텔에서 열시경에 체포되었다.

몇몇 성난 관광객들이 즉각 짐을 챙겨 떠났고, 그러면서 그곳 평판도 나빠졌다. 헬리콥터 한 대가 포스탱 플레레트를 푸앵트아피트르병원으로 긴급히 이송했고, 병원에 도착하자 의사 세 명이 매달렸다.

이렇게 이반은 첫 유죄판결을 받고 처음으로 감옥에 들어갔다. 포스탱을 상해한 죄로 그는 이 년 실형을 선고받았다. 비교적 관대한 판결을 받은 건 변호사 덕이었다. 국선변호사 뱅퇴유 씨는 독특한 변론으로 이미 소문이 자자했다. 어떤 이들은 그 변론이 탁월하다고 생각했다. 또다른 이들은 과들루프 현실에 대한 몰이해가 도드라지는 편향적인 변론이라고 생각했다. 그는 이반을 자기 누이가 부잣집 아들에게 장난감처럼 희롱당하는 걸 보고 성이 난 가여운 사람으로 묘사했다. 사실 포스탱과 이바나 사이에는 키스 몇 번과 포옹 외에 아무 일도 없었다. 하지만 그걸 어떻게 입증하겠나?

포스탱의 아버지 마놀로는 노여움을 가라앉히지 못했다. 자기 아들을 망가뜨려놓고 고작 이 년 형을 받다니, 충분한 처벌은 아니었다. 그는 복수를 결심했다. 그렇다! 악취를 풍기며 오염시키는 저 가족을 이 땅에서 척출해야만 했다. 그는 친구인 시장을 압박해 매달 고작 몇 유로를 지원받는 빈민 명단에서 시몬의 이름을 삭제했고, 게다가 쌍둥이가 태어나기 훨씬 전부터 이십 년째 살고 있던 영세민 임대아파트에서 그들을 내쫓기까지 했다. 어느 아침, 경찰들이 들이닥쳐 시몬과 이바나는 침대에서 끌려나와 보잘것없는 짐과 함께 길바닥에 내동댕이쳐졌다. 그건 마에바를 고려하지 않은 조치였다. 마에바는 딸과 손녀딸을 좁은 자기 오두막에 들였고, 가만있지 않았다. 그녀는 무한히 작은 존재 속에 숨어 있고 무한히 큰 존재 속에서 빛을 발하는, 눈에 보이지 않는 세계의 주인인 쿠쿠르미나에게 도와달라고 기도했다. 더이상 강자들이 약자들을 짓누르고 모욕하고도 벌받지 않는 일이 계속되지 않게 해달라고 기도했다. 쿠쿠르미나가 그 기도를 들은 것 같았다. 사흘 뒤 한밤중에 일어나 소변을 보러 가던 마놀로가 뭔지 모를 장애물에 발이 걸려 넘어졌고, 욕조 모서리에 부딪혀 머리뼈가 깨졌기 때문이다. 이 일로 과들루프 전역이 발칵 뒤집혔다. 마놀로의 장례식은 엄청난 사건이었다! 그의 친척들이며 동료들이 각지에서 찾아왔다. 파리, 마르세유, 스트라스부르, 리옹, 릴. 과들루프 사람들이 크게 두 부류로 나뉜다는 건 잘 알려진 사실이다. 이 지역에서 실업자로 지내는 사람들과 본토로 나가서 소일을 하며 근근이 살아가는 사람들. 이 부류에서 벗어나 외국으로 피신한 몇몇 운좋은 사람들도 있다. 하지만 그런 특혜받은 자들은 드물었다. 마놀로 가문 사람들은 이 애도의 순간을 관광 나들이로 바꿔놓았다. 어떤 이들은 자동차를 빌려 검은 강, 붉은 강, 마투바의 차가운 물속으로 물놀이를 갔다. 다른 이들은 '셀카' 사진을 찍었고, 트루아리비에르의 로슈 그라베로, 몽테벨로의 뤼세트 미쇼셰브리 원형교차로를 찾았다. 또다른 이들은 레생트섬이나 마리갈랑트섬으로 날아갔다.

"카리브해가 대서양보다 더 파랗다는 건 틀린 말이야." 마놀로의 여형제 하나가 외쳤다.

그녀는 생말로에 살았고, 브르타뉴 남자와 결혼해 앤틸리스제도 사람들과 브르타뉴 사람들 사이의 아주 오래된 끌림을 몸소 입증해 보였다.

맛난 음식들이 풍성하게 차려지자 그 순간 축제 같은 분위기가 더해졌다. 먼저 "손가락 두 개를 꼬아놓은 듯한 순대, 굵고 뚱뚱한 순대, 백리향맛의 순한 순대, 불타는 듯 매운맛이 나는 독한 순대"(에메 세제르*의 묘사다), 속을 채운 게 요리, 콜롬보 요리, 참치 찜, 문어와 거미고둥 프리카세…… 성당에서 장례식이 진행될 때 시장은 강론할 기회를 신부에게 넘기지 않고 직접 연단에 올랐다.

"'노인 하나가 죽는 건 도서관 하나가 불타는 일'이라는 아프리카 속담이 있습니다. 마놀로는 그 누구보다 전통을 잘 아는 사

---

* 마르티니크 출생 프랑스 작가, 시인, 흑인 해방운동의 지도자.

람이었고, 이제 그 전통들을 가지고 떠났습니다."

우리가 시장의 말을 수정해야 할까? 그건 아프리카 속담이 아니라 서아프리카에서 가장 위대한 사상가 중 한 사람인 아마두 앙파테 바*의 유명한 문장이다. 공연히 애써봤자 소용없는 일일 것이다. 시장은 이미 사진을 찍어서 페이스북에 올리려고 폼잡고 있으니.

장례식이 끝나고 나설 무렵 폭우가 쏟아지기 시작했다. 망자가 삶을 아쉬워한다는 증거였다.

아무튼 마에바와 시몬은 그렇게 같은 지붕 아래 살게 되었는데, 사실 이 모녀는 사이가 좋았던 적이 없었다. 시몬은 어머니가 끝없이 늘어놓는 신앙 고백과 환영을 보는 발작에 넌더리가 나서 열다섯 살이 되자마자 집을 떠났다. 그녀는 포르투네오라는 남자와 살림을 차렸는데 멀대같이 큰 아이티인인 그는 때로는 사탕수수를 수확하는 공장에서 일했고, 때로는 개인 징원 가꾸는 일을 했다. 포르투네오는 지칠 줄 모르고 떠드는 수다쟁이였지만 시몬은 언제나 즐겁게 그의 말에 귀기울였다.

"내가 태어났을 때 말이야." 그가 이야기를 시작했다. "얼마나 새까맸는지, 사실은 얼마나 새파랬던지, 산파가 나를 받아들었

---

* 말리 작가이자 민속학자.

는데 어디가 앞이고 어디가 뒤인지 구분할 수가 없었대. 그러다 나를 땅에 떨어뜨렸다지 뭐야. 그때 내 머리에 엄청 큰 혹이 생겼는데, 그게 지금도 있어. 광기의 혹일까? 내가 엄마 뱃속에 있었을 때는 혼자가 아니었어. 다른 형제가 있었어. 쌍둥이였던 거지. 그런데 죽었어. 아니 정확히 말하자면 내 안에 들어간 거지. 그애가 음악가였던 모양이야. 때로 내 머릿속이 멜로디로 가득차니 말이야. 그럴 때 난 아무것도 들을 수가 없어. 그래서 멍청이처럼 주변 사람들을 쳐다보는 거야. 또 어떤 때는 사파이어처럼 단단한 그애 목소리가 담긴 내 머릿속 레코드판이 뱅글뱅글 돌아가."

시몬을 음악에 입문시킨 건 포르투네오였다. 그는 여러 악기를 다뤘고, 목소리도 무척 듣기 좋았다. 그 덕에 그녀는 자기 기억을 뒤져 자장가들을, 어린 시절 흘려들었던 그 선율들을 떠올렸다. 저녁이 되면 두 사람은 달이 하늘 한가운데서 고장난 등대처럼 이리저리 비추는 동안 정원 한편에서 장미나무 산울타리에 등을 기대고 몇 시간이고 노래를 불렀다. 불행히도 함께 오 년을 살고 나서 포르투네오는 형제가 있는 미국으로 떠났다. 그의 형이 그 나라엔 일자리가 부족하지 않다고 장담했다. 시몬에게는 암울한 시기가 이어졌다. 그녀는 이 침대 저 침대, 이 남자 저 남자, 이 마초 저 마초로 옮겨 다녔다. 그러다 사랑과 음악의 바람이 기적을 일으켰다. 여느 날과 다름없던 어느 저녁, 그녀는 합창 연습에 갔다. 밤 열시경 평범하지 않은 차림의 남자들 한 무리가 도착했다. 그들은 헐렁한 바지를 덮는 면 원피스 같은 걸 걸치고 있었다. 시몬은 그것이 아프리카 전통의상인 부부라는 걸 나중에 알게 되었다. 그들은 이상한 악기들을 들고 있었다. 그중 리더로 보이는 한 사람이 이 낯선 사람들 때문에 주눅들고 반감까지 느끼던 합창단을 향해 말했다.

"이건 코라라는 악기입니다. 우리 왕들이 수훈을 세울 때마다 연주됐고, 전장으로 왕들을 따라다녔던 악기죠. 저건 발라퐁입니다. 막대 하나하나가 다른 소리를 내는데, 중요한 건 그 소리들을 조합해 하모니를 만드는 것이죠. 고집스럽고 완고한 이 작은 악기는 어디든지 끼어드는 은고니입니다."

말을 하며 이글거리는 눈길로 청중을 둘러보던 남자는 지난해 과들루프를 매혹하고, 아빔 스타디움을 수천 명의 관객으로 채웠던 그 유명한 모리 카테*의 사촌이었다. 그의 이름은 란사나 디아라였다. 시몬과 그 사이에 곧바로 사랑이 싹텄다. 처음 눈을 마주친 순간 세상을 보는 그들의 시선이 달라졌다. 두 사람의 눈속에서 별들이 반짝였고, 마치 오래전부터 알고 지낸 사이 같아 보였다. 처음부터 알던 사이 같았다.

---

* 기니 가수이자 연주자. 아프리카 음악가 최초로 음반이 밀리언셀러를 기록했다.

연습이 끝나고 두 사람은 어둠 속으로 나왔다. 그들의 눈 속에서 반짝이던 별들은 어느새 하늘 위로 올라가고 그들 눈에는 아주 부드러운 빛, 이해와 약속의 빛만 남았다. 란사나와 시몬은 서로의 손을 잡았다.

"당신은 사람이야, 요정이야?" 란사나가 물었다. "살면서 사랑의 소리를 한껏 들어왔지만 당신 같은 사람은 한 번도 만난 적 없었어. 당신 삶에 대해 얘기해줘."

시몬은 기꺼운 마음으로 웃었다.

"들려줄 만한 이야기가 아무것도 없어요. 내 삶은 오늘 시작된 것만 같아요. 당신을 만나기 전에는 아무 일도 일어나지 않았으니까."

란사나는 과들루프에서 보름을 지내고 떠났다. 그동안 시몬과 그는 한시도 떨어지지 않았다. 공항에서 그들은 열정적으로 키스를 나눴고, 이후 란사나가 나지막이 말했다.

"당신을 내가 사는 키달로 데려올 거야. 다른 어떤 도시와도 같지 않은 특별한 도시라는 걸 당신도 알게 될 거야. 그 도시는 사막에 맞설 만한 힘을 지녔어."

그리고 얼마 후 시몬은 임신한 걸 알아차렸고, 란사나에게 편지를 보냈다. 답장이 없었다. 그녀는 아연했다. 사헬 지역의 뜨거운 숨결을 가져다준 그 남자도 결국 다른 남자들과 다를 게 없었단 말인가? 몇 달이 흐르고 흐르자, 그녀는 결국 그렇게 믿고 말았다. 이반과 이바나가 태어났고, 그녀는 미혼모가 되었다. 그녀 주변의 많은 여자들처럼. 왜 어떤 땅은 유독 다른 땅보다 미혼모들로 넘쳐날까? 그곳 여자들이 더 예쁘고 더 유혹적이어서? 그곳 남자들의 피가 더 뜨거워서? 그 반대다. 오히려 극심한 곤궁에 처한 곳이어서다. 성행위만이 유일한 기쁨인 곳. 그곳에서는 성행위를 통해 남자들은 위업을 달성한 듯한 느낌을 받고, 여자들은 사랑받는다는 환상을 얻는다.

시몬은 시장에서 암탉을 팔려고 애쓰며 고단한 하루를 보내고서 어머니 집으로 들어갔다. 협소하지만 세심하게 정돈된 식당에는 이미 식사가 차려져 있었다. 밥과 훈제 청어의 맛있는 냄새가 공기 중에 떠돌았다. 시몬은 그 때문에 짜증이 났다. 그게 무슨 의미인지 알았기 때문이다. 그녀에게 늘 단정치 못하다고 질책하던 어머니가 바른 행실을 본보이려는 것이었다. 마에바는 잊지 않고 걸친 앞치마에 손을 닦으며 부엌에서 나왔다.

"또 그 꿈을 꿨어." 마에바가 불안한 표정으로 말했다.

"무슨 꿈요?" 시몬이 기진맥진한 얼굴로 물었다.

"거의 같은 꿈. 이반과 이바나가 핏빛 안개에 휘감겨 있는 꿈. 이게 무슨 뜻일까?"

"분명 나쁜 건 아닐 거예요." 시몬이 어깨를 으쓱하며 말했다.

"두 아이는 서로 너무 좋아해서 해치지 못해요."

그녀는 사랑이 반反-사랑만큼이나 위험하다는 사실을 알지 못했다. 어느 위대한 아일랜드 작가가 이렇게 노래했다는 걸. "누구나 자신이 사랑하는 것을 죽이지."*

양쪽이 아찔한 낭떠러지로 이루어진 구릉 꼭대기에 자리한 두르노 교도소는 18세기에 지어진 것이다. 국왕 시해를 꿈꾸던 반역자들을 잡아 그 죄를 깊이 반성하도록 멀리 보내던 시절이었다. 그 역사는 많은 사건으로 예증되었다. 가장 극적인 사건은 '대탈주'라고 이름 붙여진 1752년의 사건이다. 무장한 폭도들은 튼튼한 카라타** 섬유로 만든 밧줄로 벼랑을 타고 내려와 작은 만까지 잠입했고, 거기서 공모자들이 기다리고 있었다. 공모자들은 폭도들을 바다 한가운데 있던 '라고엘레트'라는 이름의 범선까지 데려갔다. 그후에 무슨 일이 일어났을까? 싸움이 일어났을까? 왜? 우리는 결코 알지 못할 것이다. 어쨌든 폭도들은 모두 전멸할 때까지 서로를 공격했다. 유령 선박은 그후 도미니카 해협을 따라 표류하다 마르티니크 해안에 악취 나는 시신들을

* 오스카 와일드의 시 「레딩 감옥의 노래」에 나오는 구절.
** 카리브해 인근 지역에 자라는 알로에의 일종.

무더기로 쏟아냈다. 시간이 흐르며 교도소 중앙 건물에 하나둘 부속 건물들이 더해졌다. 세상 모든 교도소처럼 두르노 교도소도 과밀 상태였던 것이다. 이유는 단순하다. 법을 준수하지 않고 조롱하고 비껴가는 사람들은 어디에나 있기 때문이다.

이반은 이 교도소로 이송되었다. 그는 A동에 던져졌는데, 경범죄자들이 수감되는 곳이었다. 파트너를 학대한 죄로 들어온 자들도 상당히 많았다. 멍들거나 피투성이가 된 여자들이 간신히 경찰서로 찾아가 용기 내어 상대를 고소하는 경우도 때때로 있었다. 여자들의 증언이 인정되고, 놀랍게도 그들을 학대한 자들이 체포되었다. 그자들은 속으로 생각했다. 뭐야! 요즘은 여자를 때릴 수도 없는 건가! 태초부터 우리 조상들은 이런 놀이를 해왔어. 세상이 바뀌고 있는 건가? 이반은 경범죄자 수감동에 배정되자 자존심이 상했다. B동이나 C동, 혹은 엄중 감시 구역에 들어가고 싶었던 것이다. 이따금 간수 여럿의 감시를 받으며 철조망이 쳐진 안마당에서 원을 그리며 걷는 모습이 보이는 그런 수감자들이 배정된 구역에. 신문에서는 그들에 대해 온갖 이야기를 떠들어댔다. 그 죄수들 중 한 명은 '메뚜기'라는 별명으로 불렸는데, 야위었지만 위협적이고, 수많은 개인을 싹 쓸어버릴 수 있는 인물이었기 때문이다. 또 한 죄수는 '몽구스'라고 불렸는데, 교활하고 잔인했기 때문이다. 또 한 명은 '검은 맘바'라고 불렸는데, 잔인하기가 모두를 능가했기 때문이다. 인내심을 가져, 내면의 목소리가 이반에게 속삭였다. 너의 날이 올 거야. 그러면 하늘에 네 이름을 멋들어지게 새기게 되고, 모두가 너를 기억하게 될 거야.

이반은 앙젤 파스투아 박사의 아들 미겔과 친해졌다. 그보다 다섯 살 많은 미겔이 그를 비호해주었다. 미겔이 감옥에 들어온 건 아내 폴리나가 노지에르가에서 옷감가게를 하는 레바논인의 애인이 되었다고 의심해서 그녀의 한쪽 눈을 멀게 만들었기 때문이었다. 미겔은 '불복종자'의 아들이었다. 앤틸리스제도에서는 군복무를 거부하고 알제리 민족해방전선 대열에 합류한 자들을 그렇게 불렀다. 그후 앙젤은 사면받고 과들루프로 돌아와 최고의 심장전문의 중 한 사람이 되었다. 이 정도면 미겔이 아주 어려서부터 비행 청소년이 되기에 충분했다. 항상 용감한 아버지라는 이미지만 보고 자랐으니 말이다. 미겔도 제레미 씨처럼 자신의 망상을 이반에게 이야기했다.

"알베르 카뮈는 이렇게 말했지. '정의와 나의 어머니 중에 선택하라면 나는 어머니를 선택할 것이다.'* 너, 알베르 카뮈가 누

---

* 알베르 카뮈는 어느 기자회견에서 알제리 독립운동에 가담하지 않는다는 비난에 대해 이렇게 답변했다. "나는 언제나 공포정치를 규탄해왔다. 알제의 거리에서 무분별하게 자행되는 테러행위도 규탄한다. 그것이 어느 날엔 나의 어머

군지는 알지?" 이반은 그 질문에 대답하지 않았다. 한 번도 들어보지 못한 이름이었기 때문이다. 그런 무지에 대해 인지하지 못한 채 미겔은 말을 이었다. "알베르 카뮈는 가장 위대한 진리를 말한 거야. 우리 아버지가 그놈의 민족해방전선 이야기를 해댈 때면 난 골이 지끈거렸어. 당신이 어떻게 싸웠는지, 프란츠 파농*을 어떻게 만났는지 어쩌구저쩌구 말이야. 그 모든 게 지긋지긋했어. 내게 알제리란 그저 블리다**였어. 이젠 볼 수 없는 내 어머니의 고향. 난 일곱 살 때까지는 어머니와 함께 살았는데, 그후 아버지가 나를 자기 곁으로 데려갈 고약한 생각을 해냈지."

미겔은 단호한 규칙 몇 가지를 공포했다. 성당에 발을 들여놓으면 안 되고, 특히 고해성사와 영성체도 절대 해선 안 된다. 가톨릭교회는 노예제도를 지지했었고 사제들은, 가령 라바 신부는 노예들을 소유했었잖나. 반대로 서양인들이 멸시하는 종교이지만 위대함과 품위를 갖춘 종교인 이슬람교에는 관심을 기울여야 한다고 했다. 최대한 빨리 과들루프를 떠나야 한다고도 했다. 이

나나 나의 가족을 덮칠 수도 있다. 나는 정의를 믿지만, 정의보다 먼저 나의 어머니를 지킬 것이다." 이 답변은 종종 "정의와 나의 어머니 중에 선택하라면 나는 어머니를 선택할 것이다"로 왜곡되어 인용되고 있다.
* 마르티니크 출생 프랑스 평론가, 정신분석학자, 사회철학자.
** 알제리 북부의 도시.

곳에서는 절대 아무 일도 일어나지 않으니 강자들과의 투쟁이 맹렬히 벌어지는 세상의 다른 곳으로 가야 한다고.

감히 말하자면, 이반에게는 이 년의 감옥생활이 이로웠다고 할 수 있다. 아침이면 재소자들은 테니스공과 라켓을 만들었다. 전축이나 다양한 악기를 구성하는 부품들을 조립하기도 했다. 오후에는 자원봉사를 하는 온갖 교사들이 주변 학교에서 찾아왔다. 그들은 프랑스어, 수학, 역사, 지리를 가르쳤다. 이반은 빅토르 위고는 당연히 이미 알고 있었지만 랭보, 베를렌, 라마르틴, 그리고 특히 폴 엘뤼아르라는 시인의 시를 새로이 알게 되었다.

되찾은 건강 위에
사라진 위험 위에
회상 없는 희망 위에
나는 너의 이름을 쓴다
그리고 한마디 말의 힘으로
나는 내 삶을 다시 시작한다
나는 태어났다 너를 알기 위해
너의 이름을 부르기 위해
자유여.

이반은 자신이 이 시구의 의미를 명료하게 이해하지 못한다는 걸 깨달았다. 하지만 그게 그리 중요하지 않다는 것도 직감적으로 알았다. 시는 이해하는 것이 아니다. 정신과 마음에 활기를 불어넣어주는 것이다. 시는 혈관 속 피를 더 경쾌하게 돌게 해준다. 형기를 마칠 무렵 그는 '최우수' 등급으로 중등교육 졸업장을 받았다. 심사위원은 별도로 당부의 말까지 덧붙였는데, 그 말에 그는 놀랐다.

"이반 네멜레가 더 노력하고자 한다면 그저 칭찬을 들을 일밖에 없을 것이다."

감옥에서 나온 이반이 이바나를 만났을 때 둘은 수줍음에 몸이 굳는 것 같았다. 이 년이라는 긴 시간 동안 그들은 일주일에 한 번밖에 보지 못했고, 그마저 사람들로 북적거리는 혼란스럽고 무질서한 면회실에서 철창을 사이에 두고 소통하느라 때로는 소리가 들리도록 고함을 쳐야만 했다. 낯선 목소리들이 간간이 그들의 대화에 섞여들기도 했다.

이제 서로 가까이 다가선 둘은 차마 눈을 마주치지도 못했고, 서로의 몸에 손을 대지도 못했으며, 끌어안는 건 엄두조차 내지 못했다. 두 사람은 합의라도 한 듯 예전에 좋아했던 장소로 향했다. 푸앵트 파라디, 옛날에 온갖 국적의 사략선들이 금은보화를 신고 가는 에스파냐 갈리온선들을 노리고 매복하던 만이다. 그 유명한 장 발미가 왕의 병사들이 쳐놓은 함정에 빠진 곳도 바로 거기였다. 반역자로 프랑스까지 끌려온 그는 그레브광장에서 교수형에 처해졌다.

이반은 누이의 배를 폭신한 베개삼아 베고 중얼거렸다.

"온종일 널 생각해. 네가 뭘 하는지, 무슨 생각을 하는지. 네 생각을 너무 상상하다보니 그게 곧 내 생각이 되었고, 내가 네가 되고 말았어. 따지고 보면 난 너야."

이바나는 이반에게 그 멋진 졸업장도 받았으니 앞으로 뭘 할 거냐고 물으려다 참았다. 그때 이반이 물었다.

"너 폴 엘뤼아르라는 사람 얘기 들어봤어?"

그녀는 어안이 벙벙해서 어깨를 으쓱하며 대답했다.

"물론이지."

그가 거듭 물었다.

"그 사람에 대해 뭘 알고 있어? 그 사람이 자유를 박탈당했어? 감옥에 간 거야? 얼마 동안?"

"그런 건 전혀 몰라."

그렇게 말하고 그녀는 폴 엘뤼아르에 대해 배운 뻔한 사실들을 얘기했다.

초현실주의 시인. 초현실주의와 결별하기 전까지는 앙드레 브르통의 제자였고, 르네 샤르의 절친한 친구였다는 것. 이반은 그녀의 말을 더는 듣지 않는 게 분명했다. 그는 머릿속에 자신만의 폴 엘뤼아르를, 자신의 취향에 맞는 작가로 정립해두었다. 시몬 드 보부아르는 절대로 자신의 독자들을 만나지 말아야 한다고 쓴 바 있다. 내 생각에는 그 역도 사실이다. 독자들은 언제나 작가를 근사하게 상상한다. 언어를 우아하게 빚고, 유머 넘치며, 재치가 번득이는 그런 멋진 인물로. 사실을 알면 실망할 위험이 크다. 나태는 모든 악덕의 어머니다.

감옥에서 나온 이반은 일 년 가까이 실직 상태로 지냈다. 라카라벨에서는 더이상 그를 원치 않았다. 전과자가 되었기 때문이다. 그는 전과자의 사회 복귀를 돕는 기관 사무실에 정기적으로 가보았지만 그 기관도 그에게 아무 일자리도 제안해주지 못했다. 한때 서커스단에 일자리를 얻은 적은 있었다. 베네수엘라에서 온 '피피 로사' 서커스단이었는데, 카리브해 전역의 섬들을 돌아다니며 순회공연을 했다. 그런데 우리에 갇힌 그 가련한 짐승들을, 특히 얼이 빠진 듯한 모습으로 볼품없는 털을 단 사자한 쌍을 보고 그는 의기소침해졌다. 그리고 이 주 만에 그 일을 그만두었다. 그러자 미샬루 영감이 그를 도우려는 마음에 자기 어선을 같이 타고 대양과 맞서보자고 제안했다. 두 남자는 새벽

네시에 바다로 나섰다. 밤새 깔린 짙은 안개가 그들의 어깨를 짓눌렀다. 이내 하늘이 밝아졌다. 두 남자는 통발을 놓거나 건지고 여러 차례 그물을 던졌다. 그러나 요즘 어업은 예전 같지 않았다. 결국 반쯤 빈 배로 돌아왔고, 이반은 싫증을 냈다.

마침내, 놀라운 사건 하나가 그의 삶을 바꿔놓았다. 제레미 씨가 사립학교를 설립했고, 이반에게 보충학습 교사가 되어달라고 청한 것이다. 그러자 세 여자의 머릿속에서 온갖 의문이 비 오듯 줄기차게 쏟아졌다. 그들은 갖가지 추측에 빠졌다. 모두가 알다시피 교육부의 신임을 받지도 못했고, 대단한 인맥이 있는 것도 아니고, 돈도 한 푼 없는 제레미 씨가 어떻게 사립학교를 세울 수 있었을까? 사실 '눈부신 빛의 학교'는 인기 많은 어느 철학자가 세워 번창하고 있는 프랑스 시민대학의 지부였다. 소송당할 위험을 피하기 위해 그 철학자의 이름은 머리글자만 밝히겠다. BC다(기원전을 뜻하는 영어 'Before Christ'의 약자와 혼동하지 않기를). 프랑스에 있는 동안 제레미 씨는 BC가 세운 대학이 있는 누아르무티에섬에 간 적이 있었다. 두 사람은 친구가 되었고, 두 사람의 반려자가 비슷한 죽음을 맞이한 사실 때문에 더욱 가까워졌다. BC는 평소 과묵하고 근엄했는데, 죽은 아내 얘기를 할 때면 온화해졌다.

"우리 둘의 삶은 하나였지. 우리는 같은 방향을 바라보았어.

같은 순간에 웃었고. 우리는 동일한 한 사람이었던 거야."

그의 아내는 어느 엉터리 운전수가 몰던 차에 치여 뱃속 아이와 함께 즉사했다. BC와 제레미 씨는 과들루프에 대학을 세울 계획을 함께 구상했는데, 그 목표를 달성하기까지 팔 년 가까이 걸리리라는 건 알지 못했다. '눈부신 빛의 학교'에는 세 학과가 있었다. 문학, 인문학, 역사학. 그 학교에서 수업은 진행되지 않았다. 대신 프랑스뿐만 아니라 영국, 미국에서 온 최고 권위자들이 진행하는 강연회, 토론회, 세미나가 열렸다. 제레미 씨는 인문학과 부학과장이라는 소박한 직책만 맡았다. 그러나 그가 전체 책임자라는 건 모두가 알았다. 몇 년째 버려져 있던 피르맹 박사의 옛 병원 건물을 빌린 것도 그였다. 그곳에 다시 페인트칠을 하게 하고, 위풍당당한 글씨로 '눈부신 빛: 기초 연구 센터'라고 그럴듯하게 써놓은 것도 그였다. 반체제적이라고 알려진 독립 라디오방송에서 인터뷰를 해 떠들썩한 반향을 일으킨 것도 그였다. 뒤에 숨어서 발언자들을 선택하고 그들과의 대담 주제를 선택한 것도 그였다. 이를테면 반인류적 범죄 노예제도, 자본주의와 노예제도, 문학의 효용, 억압받는 인민의 의식화, 세계화의 폐해, 인간 해방을 위한 일 같은 주제였다. 겉보기에 이반의 역할은 그리 중요하지 않았다. 발언자들이 DVD나 블루레이가 필요할 때 제때 쓸 수 있도록 준비해두는 것이 그의 임무였다.

또한 청결 관리도 그의 책임이어서 빗자루를 챙겨 들고 틈만 나면 비싼 물가를 한탄해대는 청소부들을 지휘했다. 이때가 그의 삶에서 가장 멋진 시기였다. 그의 눈 아래서 세상이 파괴되었다가 다시 세워지곤 했다. 거짓과 신화, 가식은 무너졌다. 그는 부당하고 독단적인 제국주의적 지배력 아래 보낸 세월로 인해 오늘날까지도 사람들에게 고통을 안기는 폐해들이 초래됐다는 걸 깨달았다. 그는 저녁이면 와자지껄 쾌활한 도단으로 돌아왔다. 누이의 손을 잡고 리드하며 찰스턴이나 격렬한 부기우기 춤을 추었다. 조금 유행이 지난 춤이지만 몸을 비틀고 익살맞게 뛰어볼 구실이 되었다. 평생 처음으로 돈도 좀 생겨서 누이에게 온갖 선물을 안겼다. '그랭 도르' 목걸이, 크레올풍 귀걸이. 가장 놀라운 건 안쪽에 '티 아모'*라고 새긴 반지였다.

그렇게 치장한 이바나는 얼마나 아름답던지! 그녀는 소녀에서 아가씨로 변모해가는 나이가 되었다. 동글동글하던 뺨과 배와 허벅지가 야위면서 콩고 사탕수수처럼 곧게 뻗어 올라갔다. 시몬은 딸을 바라볼 때면 자신도 모르게 질투가 섞인 감정을 느꼈다.

'내가 저 나이에 저렇게 예뻤던가?'

결코 아니었다! 마에바는 그녀를 일찍이 사탕수수밭에 던져놓

---

* 이탈리아어로 '사랑해'라는 뜻.

았다. 물론 오늘날 사탕수수밭은 옛날처럼 지옥이 아니다. 지금은 기계로 사탕수수를 벤다. 조세프 조벨이 자주 묘사하던 누빔 원피스 차림으로 사탕수수밭에서 일하던 여자들은 사라졌다. 그래도 밭일은 여전히 끔찍하다. 시몬은 두꺼운 면 스타킹을 신고 일했지만 소용없었다. 다리는 긁혀 상처투성이였고, 손은 못투성이였다. 피부는 새카맣고 갈라졌다.

'눈부신 빛의 학교'는 문을 열자마자 맹렬한 열풍의 대상이 되었다. 10월 한 달에만 학생 삼백 명이 등록했다. 등록금이 거의 없다시피 했고, 중등교육 수준을 모집했으니 그럴 만도 했다. 이 학교는 광적인 비판의 표적이 되기도 했다. 본토에 대한 증오를 드러내는 저런 기관을 공공권력이 어떻게 허용했을까? 하고 부자들은 생각했다. 교사들은 십자군원정이 첫 식민 통치 시도였고, 위대한 나폴레옹 보나파르트는 한낱 추악한 노예제 지지자였을 뿐이며, 모두가 존경하는 프랑스 공화국 대통령은 독일 부역자들과 공모했다고 주장하는데, 그런 학교를 어떻게 허용했을까?

화약에 불을 당긴 건 프랑스에서 몸소 온 BC가 연 강연회였다. 강연회 제목은 '지배가 남긴 정신적 상처'였다. 명성 덕에 그는 시청률이 높은 시간대 텔레비전방송에 초대받았다. 그는 잘생긴 오십대 남자였다. 그의 목소리와 고갯짓, 눈빛에서 그가 스스로를 이 땅에서 가장 지적인 존재로 생각하는 게 역력히 드러

68

났다. 그는 앤틸리스제도에서 수세기 전부터 유지되어온 종속관계가, 이름은 달라졌지만 근본적으로 본질은 그대로 남아 있는 종속관계가 주민들 개개인에게 돌이킬 수 없는 트라우마를 낳았다고 침착하게 설명했다. 곰곰이 생각해보면 이 견해는 세제르의 글을(『그리고 개들은 입을 다물었다』에서 주인을 죽이고 피투성이가 된 노예는 "이것이 내가 오늘날 기억하는 유일한 세례다"라고 외친다), 그리고 프란츠 파농의 글을 그대로 옮긴 것에 불과하다. 그렇지만 우리가 살고 있는 시대를 고려하면 이런 말은 각별한 위험성을 안고 있다. BC가 다시 비행기에 오른 지 일주일도 채 되지 않아서 철모를 쓰고 군화를 신은 기동대가 '눈부신 빛의 학교'를 점령했다. 그들은 학생들을 해산시키고, 마틴루서 킹의 거대한 사진이 걸려 있던 제레미 씨의 집무실로 들어가 학교를 폐쇄한다고 통고했다. 내무부의 명령이라고 했다. 기동대는 그곳을 봉쇄해두고 떠났다.

화가 난 학생들이 시위행진을 계획했고, 좌파고 우파고 모든 당이 하나가 되어 표현의 자유를 침해한 이 중대한 행위에 맞서 함께 시위에 나서달라고 부탁했다. 그들의 말은 호응을 얻지 못했다. 한 줌 남짓한 남녀 무리가 빅투아르광장에 모였다. 두려움이 엄습해왔다. 기동대 지원군이 마르티니크와 기아나에서 도착했다는 소식이 들려왔던 것이다. 그러자 제레미 씨는 자살했다.

그는 집에서 멀지 않은 사탕수수밭까지 걸어가 자기 머리에 총을 쏘았다. 커다란 독수리에게 이미 파먹힌 그의 시신을 농장 노동자들이 발견했다.

제레미 씨의 장례식은 몇 년 전 마놀로의 장례식과 너무도 달랐다! 이번에는 애도를 표하는 사람들이 한 손에 꼽힐 정도였다. 연로한 그의 어머니는 뜨거운 눈물을 흘리며 자신이 어쩌다 이런 아들을 갖게 되었을까 한탄했다. 제레미 씨와 사이가 좋지 않았던 이부동모 형제는 퐁텐블로에서 불법 택시를 몰았다. 제레미 씨는 애인도, 공식 아내도, 비공식 아내도 둔 적이 없었다. 따라서 간통으로 생겼건 아니건 몰래 둔 자식도 없었다. BC는 당시 무슬림 '형제'들의 초대를 받고 튀니지에 머물고 있었기에 장례식에 참석하지 못했다. 하지만 그는 '눈부신 빛의 학교' 사건에 큰 의미를 부여해 자기 대학의 한 교실에 고인의 이름을 붙였다. 니세팔 제레미 교실.

이 죽음으로 이반은 완전히 피폐해졌다. 제레미 씨가 그의 아버지였더라도 그만큼 울지는 않았을 것이다. 이런 경우 늘 그렇듯이 그는 자신의 사소한 과실을 떠올리며 자책했다. 제레미 씨가 알리야와의 사랑 이야기를 거듭할 때마다 지루한 표정을 지었던 걸, 제레미 씨가 좋아하는 이론을 늘어놓을 때 회의적인 태도를 감추지 않았던 걸. 제레미 씨는 이런 이야기를 자주 했다.

"중국 다음엔 아프리카가 세상을 지배하게 될 거야. 내가 아프리카라고 할 때는 서양인들처럼 흑아프리카와 백아프리카로 나눠 생각하는 게 아니야. 대륙 전체를 말하는 거지. 같은 종교로 결속된 민족들 말이야."

이반은 매일같이 술집에서 밤을 꼴딱 지새웠다. 엉망으로 취해 길바닥에 쓰러져 있는 그를 누군가 데려오곤 했다. 시몬과 이바나는 이반이 자살하지 않을까 두려워하고 걱정했다.

어느 오후, 여전히 가깝게 지내던 미겔이 그를 찾아왔다. 미겔은 돈줄을 하나 찾았다며 그와 함께 나누고 싶다고 말했다. 유력한 와인 도매상인 알릭스 아벤은 몇 년 전 자기 아버지에게 심장 절개수술을 받아서 아버지의 부탁이라면 어떤 것도 거절할 수 없는 처지라고 했다. 그런 알릭스 아벤이 최근 생선 통조림 공장을 열었고, 그래서 호텔이나 레스토랑, 개인의 주문이 들어오면 배달을 맡아줄 믿을 만한 젊은이들을 찾고 있었다. 납입금을 받아 매달 '수퍼젤' 회사에 입금만 하면 된다고 했다.

"냉동 생선이라니!" 마에바가 한탄했다. "카 사 예 사!* 내가 어렸을 땐 수프를 끓이려면 살아서 팔딱이는 생선을 넣었는데 말이지."

---

* 세상에나!

이바나는 머릿속에 다른 생각들을 품고 있었다. 자기 아내의 눈을 멀게 한, 차마 뭐라 형용하기 힘든 범죄를 저지른 미곌을 그녀는 한 번도 좋게 생각한 적이 없었다. 그 아기천사 같은 얼굴 뒤에 저속한 생각들을 숨기고 있을 게 틀림없었다. 물론 이반은 다른 사람의 말을 듣지 않았다. 이반은 미곌의 꾐에 넘어가 얼마 안 되는 돈을 가방에 챙겨 넣고 먹여주고 재워주겠다는 그를 따라나섰다.

처음 몇 달은 모든 게 더없이 순조로웠다. 토요일마다 이반은 작은 트럭을 몰고 도단에 왔다. 트럭에는 이런 광고 문구가 있었다. "우리 생선은 신선하고, 고객님들을 애지중지하는 우리의 마음만 곰삭았지요." 그는 맵시나는 제복을 입고서 냉동 생선 몇 킬로그램을 들고 왔다. 참다랑어 도막, 큰아가리 농어, 동갈퉁돔, 알록달록한 메기를 가져오면 어머니가 찜 요리를 했다.

만성절 방학 때 이바나는 이반을 만나러 갔다. 코트수르방 사람들에게 푸앵트아피트르는 멀고 낯선 도시였다. 이바나는 생피에르에생폴대성당에서 구노의 〈아베 마리아〉를 부르기 위해 그곳에 한두 번 가본 적이 있었다. 복잡한 간선도로들과 최신 주크*

---

* 마르티니크와 과들루프에서 유래한 빠른 템포의 음악 장르.

음악이 쏟아지는 레바논인의 가게들 때문에 그녀는 이 작은 도시가 무서웠다. 그러나 폴리나는 애꾸눈이 되고도 다시 미겔과 살고 있었으며, 심지어 아들까지 낳아 이바나의 생각을 바꿔놓았다. 그녀는 이바나의 팔짱을 끼고 끝없이 도시 이곳저곳으로 이끌었다.

"이곳을 모르는 사람들에게 푸앵트아피트르는 사실 매력 없어 보일 수 있어요." 폴리나가 말했다. "그렇지만 여기서 살아보면 완전히 달라져요. 난 카날 바타블에서 태어났는데, 엄마가 사제관에 세들어 지냈기 때문에 가톨릭 교구에서 출생했어요. 엄마는 마루를 닦고, 은식기들을 광내고, 사제들의 침대를 정리했지요. 사람들은 나와 두 형제의 파란 눈과 노란 머리를 보고 어느 사제의 자식들일 거라고 떠들어댔어요. 더반에서 온 어느 남아프리카인의 자식일 거라고요. 밝혀지진 않았어요. 엄마가 비밀을 무덤까지 가져갔으니까. 내가 어렸을 때 빈민가에 살던 모든 사람에게 가장 큰 공포는 화재였어요. 집 전체가 활활 타곤 했으니까. 그렇게 사람들은 재산도 잃고 때로는 자식까지 잃었지요. 어느 오후 끝 무렵, 나는 우리 엄마랑 성모승천 대축일 미사에 참석하려고 성당에 갔어요. 알다시피 이 축일은 매년 8월 15일이잖아요. 돌아와 보니 우리집이 횃불처럼 타고 있었어요. 집에 있던 두 동생까지 함께요. 이날 이후로 나는 가난을, 비위생을, 불안정을 증오하게 됐어요. 그래서 미겔 곁에 남아 있는 거예요. 그 사람이 아무리 검둥이 노예처럼 굴고, 자기 눈에는 아무것도 중요하지 않다고 말해도 그이는 부르주아예요. 부르주아의 자식이지요. 그이의 어머니는 알제리 촌부여서 그의 아버지가 결혼하길 원치 않았대요. 마리잔 캅드비엘 같은 아름다운 혼혈을 더 좋아해서 그 여자를 자기 집 거실 한가운데 앉혔다지 뭐예요."

이바나는 뭐라고 대답해야 할지 알지 못했다. 자신이 가난을 증오하는지 알지 못했다. 가난은 그녀가 타고난 운명이었다. 영화는 학교 영화 동아리에서 보았고, 책은 손에 잡히는 대로 읽었다. 학교 교과과정에 나오는 발자크, 모파상, 플로베르, 또 쥘 베른, 마르그리트 뒤라스, 야스미나 카드라의 작품들, 그리고 르네 샤르의 시를 읽으며 그녀는 그 아름다움은 결코 해독해낼 수 없는 꿈과 같다는 걸 깨달았다.

갈기 없는 너의 질주 뒤에서 나는 피 흘리고, 울고, 두려움에 옥죄이고, 잊고, 나무 밑에서 웃는다. 우리가 집착하는 냉혹한 추격 속에서 모든 게 이중의 먹이에 맞서 작동한다. 눈에 보이지 않는 너와 팔팔한 나.*

---

* 르네 샤르의 시 「중얼거림」 일부.

74

그녀는 대학입학자격시험만 통과하면 직업을 가질 생각이다. 힘없고 못 가진 사람들을 치료해주는 간호사가 되거나 그들을 보호해주는 경찰관이 될 것이다. 그녀는 두 직업 사이에서 아직 망설였다.

넉 달이 지나고 모든 게 달라졌다. 미겔은 아내와 아들을 데리고 사라져버렸다. 처음에는 폴리나의 고향인 기아나의 생로랑뒤마로니로 갔나보다 했다. 그건 사실이 아니었다. 미겔의 어머니가 있는 블리다에도 그들은 없었다. 결국 신고를 받은 경찰은 그들이 파리행 비행기를 탔고 그후 터키로 갔다는 사실을 알아냈다. 거기서부터는 그들의 흔적을 찾을 수가 없었다. 그제야 알릭스 아벤은 몰랐던 사기 행각을 발견했다. 주문 계산서들에는 실제보다 부풀린 금액이 적혀 있었다. 어떤 것들은 여전히 미지불 상태였다. 금고에는 큰 구멍이 나 있었다. 이반이 체포되었다. 미겔의 집에 살았고 그와 함께 어울렸으니 공모자가 틀림없다는 것이었다. 그렇게 이반은 두번째로 감옥에 들어갔고, 시몬은 애통하게 울었다.

그때 시몬의 머리에 란사나 디아라에게 편지를 쓰겠다는 생각이 뿌리를 내리더니 굳건해졌다. 이반은 인생의 길 위에서 손을 잡아줄 아버지 없이 그럭저럭 자랐다. 란사나는 임신 기간 동안 함께 꾸었던 멋진 꿈을 기억할까? 그런데 이내 한 가지 걱정이 들었다. 란사나와 어떻게 연락하지? 요즘 사람들은 손편지를 쓰지 않는데. 손편지가 아니라면 이메일 주소를 알아내고, 컴퓨터 사용법을 배워야 했다. 고심하며 눈물을 쏟은 뒤 그녀는 결심했다. '말리공화국, 바마코, 연주 그룹 소속 뮤지션 란사나 디아라' 앞으로 편지를 썼다. 딱하게 여긴 우체국 여직원이 편지봉투 뒷면에 그녀의 주소를 쓰라고 조언했다.

"그러면 편지가 배달되지 않을 경우 돌아올 겁니다. 적어도 뭔가 알게는 되잖아요."

지역신문 일면에 실린 이반의 사진을 보고 시몬은 더욱 비통하게 울었고, 이바나는 깊은 저항심을 느꼈다. 사진은 그의 이마와 눈을 뭉그러뜨리고 턱뼈와 귀를 키워서 완전히 불량배처럼 보이게 만들었다. 이어지는 기사 내용도 마찬가지였다. 보아하니 앙젤 파스투아에게 매수된 기자가 쓴 것 같았다. 그는 이반을 이 사건의 핵심 인물로 그렸다. 도단 출신의 이 가난뱅이가 유력가의 아들을 타락시켰다는 내용이었다. 소송은 이미 결정난 것처럼 보였다. 그러나 그건 미처 뱅퇴유 씨를 고려하지 않은 생각이었다. 뱅퇴유 씨는 고향 클레르몽페랑으로 돌아가지 않았을 뿐 아니라, 최근에 흑인 여자와 결혼까지 했다. 크레올 백인 여자도 아니고, 흑백 혼혈도 아니고, 샤페쿨리*도 아니고, 바타쟁디앙**도 아니고, 샤뱅도 아니고 카프르***도 아니고 갈색 머리도 빨간 머리도 아니었다. 그냥 흑인 여자였다. 처음에도 이반을 구하러 나섰던 그가 다시 이반의 변호사로 나섰다. 뭐라고요! 그는 또다시 약자가 강자를 대신해서 대가를 치르고 그들 때문에 파괴되는 걸 가만히 두고 보지 않겠다고 말했다.

초현대식 교도소가 벨에르에 막 지어졌다. 교도소는 재소자들의 탈출을 막기 위해 바다로 나가는 여객선처럼 밤에도 환히 불을 밝혔다. 그러자 근방 몇 킬로미터 안에 사는 사람들이 잠을 잘 수가 없어 청원서가 나돌았다. 그곳에는 컴퓨터와 구술 녹음기가 갖춰진 사무실들이 있었다. 뱅퇴유 씨는 매일 그곳에서 이반을 만났고, 그의 삶에 대해 오래도록 심문했다. 자기 자신에 대해 말하고, 가장 비밀스럽고 내밀한 이야기까지 파고들고, 깊숙이 파묻힌 생각들을 끌어내는 건 얼마나 즐거운 일인가. 이반은 그 기쁨을 발견하고 놀랐다.

"왜 제레미 씨가 너에게 이상적인 인물이 되었지?" 뱅퇴유 씨

---

* 머리카락만 아메리칸인디언 같은 흑인을 가리키며, '쿨리'는 노예제가 폐지된 이후 농경 노동을 하던 인디언을 비하하는 말.
** 크레올어로 흑인과 아메리칸인디언 혼혈을 이르는 말.
*** 흑인과 흑백 혼혈 사이의 혼혈.

가 물었다.

이반은 망설였고, 머릿속에서 그 질문을 이리저리 굴려보다가 대답했다.

"그분 이전에는 누이와 어머니, 할머니 말고는 제게 관심을 기울여준 사람이 아무도 없었어요."

"그 사람이 너한테 무슨 얘기를 했지? 이를테면 읽을거리를 줬어?"

"책을 무더기로 줬죠. 프란츠 파농, 장 쉬레카날, 그리고 프랑스어로 번역된 미국 흑인 작가들의 책이 많았어요. 솔직히 많이 읽지는 못했어요. 좀 지루했거든요."

"그럼 뭐가 흥미로웠어?"

"제레미 선생님의 삶이죠. 그분의 삶 그 자체요. 그분은 아프가니스탄이랑 이라크에서 살았었어요. 카다피가 살해당한 해에는 리비아에 있었고요."

뱅퇴유 씨는 그 말을 들으며 소스라쳤다.

"그는 카다피를 어떻게 판단했지? 독재자로 아니면 영웅으로?"

"그의 눈에는 영웅이었죠. 카다피를 숭배했어요."

"그 사람이 너를 시리아나 리비아로 떠나라고 부추겼어?"

이반은 하늘을 향해 눈을 치켜떴다.

"떠나다니요? 어떻게 떠나요? 그분은 제게 돈 한푼 없다는 걸, 바스테르나 푸앵트아피트르로 가는 버스표 살 돈조차 없다는 걸 알고 있었어요. 저 스스로 제 주변의 세상을 개선해야 한다고 거듭 말했지요."

"개선하라고? 어떻게?"

"각자 제 몫의 할일을 해야 한다고 말했는데, 그게 정확히 무슨 의미인지는 잘 이해하지 못했어요."

이 사건은 결국 완전한 무죄 석방으로 끝났다. 다만 사회봉사 명령만 덧붙었다.

뱅퇴유 씨의 변론 때 몇몇 사람은, 특히 여자들은 눈물을 보였다. 박수갈채를 보내는 사람들도 있었다. 마지막에는 방청객 모두가 그에게 기립박수를 보냈다.

이반은 당당하게 도단으로 돌아왔다. 그의 어머니는 작은 트럭을 한 대 빌려서 자그마한 깃발을 바람에 휘날리며 끊임없이 경적을 울려댔다. 차가 달리는 내내 놀란 사람들이 문 앞에 나와서 무슨 일인지 궁금해했다. 저마다 자기 문제에, 고달픈 삶에 지쳐 그들은 이반에 대해 들어본 적도 없었고, 처음으로 정의가 바로잡혔다는 사실도 알지 못했다. 도단 중앙광장에서 학교 아이들이 작은 삼색기를 흔들며 〈라마르세예즈〉*를 불렀다. 알다시

---

* 프랑스 국가.

피 설교를 좋아하는 시장이 이런 좋은 기회를 그냥 놓칠 리 없었다. 그는 단 한 명의 국민도 잘못된 판결을 받게 두지 않는 정의롭고 관대한 프랑스를 찬양했다. 많은 관중은 이반이 발언권을 잡아 어머니 조국에 대한 찬양 합창에 목소리를 섞지 않는 데 놀랐다. 사실 그는 단 한 마디도 할 수 없었다. 그는 세탁기에서 꺼내 탈수한 후 빨랫줄에 넌 빨래 같았다. 그는 뱅퇴유 씨에게도 고마움을 느끼지 못했다. 자기 주변에서 일어나는 일을 전혀 이해하지 못했던 것이다. 미겔의 수수께끼 같은 말만 떠올랐다. 미겔은 사라지기 전날 그에게 알쏭달쏭한 말을 했다.

"내가 먼저 갈게. 어떻게 되고 있는지, 네가 이바나를 데리고 내가 있는 곳으로 와야 하는지 편지로 얘기해줄게."

여유가 생기자마자 이반과 이바나는 자신들이 좋아하는 장소인 푸앵트 파라디로 갔다. 이반은 누이에게 열정적인 입맞춤을 퍼부었고, 그녀는 그의 귀에 대고 속삭였다.

"이젠 감옥에 들어가지 마, 제발 부탁이야. 날 생각해줘. 네가 여기 없으면 난 너무 괴로워. 네가 수감된 내내 나는 죽을 것만 같았어. 학교 공부에 집중할 수도 없었어."

이반은 모래밭에 앉아 발밑에서 물거품이 되어 부서지는 바다를 바라보았다. 그는 아무 생각 없이 그저 미겔이 했던 말을 반복했다.

"언젠가 우린 떠나게 될 거야. 다른 곳으로 가자."

"어디로 가고 싶은데?" 놀란 얼굴로 그녀가 물었다.

"몰라. 하지만 더 정의롭고 더 인간적인 곳으로 갈 거야."

여섯 달 뒤, 이반은 사회봉사를 이행하기 위해 카리푸드로 갔다. 대가족의 아버지들이자 영양학 전문의 둘이 만든 회사였다. 카리푸드는 공익성으로 이름나 있었고, 해외영토부의 폭넓은 지원을 받았다. 지역의회에서 나오는 든든한 보조금도 받고 있었다. 그렇다고 해도 하나도 놀랍지 않았다. 카리푸드는 모든 종류의 민족주의를 흡족하게 할 만한 말을 일관되게 하기 때문이다. 회사를 경영하는 두 영양학 의사는 카리브해의 아이들이 먹는 이유식에 앤틸리스의 영양가 있는 재료가 전혀 들어가지 않는다는 걸 지적했다. 마도, 고구마도, 카사바도, 토란도, 빵나무 열매도, 노란 바나나도, 초록 바나나도 들어가지 않았다. 그러니 그 이유식들은 위험한 영양 불균형을 야기할 수 있으며, 어린아이들이 그 낯선 입맛에 길들어 미각이 변질될 위험이 상당히 컸다.

예전에 다르부시에 공장 소유였던 넓은 작업장에서 일하는 열두 명의 남녀가 이반을 떨떠름하게 맞이했다. 생각해보라, 온 신문에 사진이 도배되었던 전과자가 아닌가. 이반에게는 거기서 멀지 않은 마사비엘의 모른 지역에 있는 어느 건물의 작은 원룸 아파트가 제공되었다. 이반은 한 번도 혼자 살아보지 않았고 요리를 할 줄 몰랐기에 으레 하루 두 번씩 '아 베르스 투주르'라는 카페 겸 레스토랑에 갔다. 그곳 사람들은 그를 바로 알아보았다. '전과자'라는 말이 떠돌았고, 그는 극단적인 고독 속에 틀어박혔다. 그는 깊이 상처 입었지만 그럼에도 계속 '아 베르스 투주르'에 드나들었다. 그곳 분위기가 좋았기 때문이다. 정말 그랬다! 마사비엘 지역은 다른 어느 곳과 비교해도 독특했다. 16층짜리 고층건물 하나만으로도 그곳의 현대성이 입증되었다. 그 고층건물은 뜰과 정원을 갖춘 목조 집들, 혹은 좁은 발코니를 갖춘 높고 낮은 집들에 둘러싸여 있었는데, 발코니의 철제 난간 너머로 꽃을 피운 라타니아 종려나무가 오랜 세월을 환기했다. 평판 좋은 사립학교 하나가 있었다. 아침이면 희고 파란 교복을 입은 아이들이 구름처럼 몰려와 수업이 시작되기를 기다리며 돌차기를 했다.

이반은 원룸으로 들어서기 전 좁은 현관에서 종종 마주치던 이웃 여자와 알고 지내게 되었다. 그 나라 특유의 격정을 품은 에스파냐 혼혈이었다. 그녀는 곧 그에게 자기 이야기를 들려주었다.

과들루프 비외자비탕 마을 출신인 그녀의 어머니 릴리안은 물리치료를 배울 때 프랑스 남부의 작은 온천 마을로 보내졌다. 온천요법을 받던 희멀겋고 피둥피둥한 몸들이 그려내는 그 참담한 광경 속에서도 그녀는 일자리를 찾아 피레네산맥을 넘어온 에스파냐 청년 라몬과 아름다운 사랑을 경험했다. 파리로 돌아온 그녀는 자신이 임신했다는 사실을 깨달았다. 그녀가 라몬의 거취를 마침내 알아냈을 때 그 에스파냐 청년은 그의 어린 시절 사랑이었던 안젤라와 이미 결혼했고, 역시나 일자리를 찾아 아르헨티나로 이민을 떠난 뒤였다. 그녀는 슬프게도 딸의 이름을 라모나라고 지었다. 아이의 아버지에 대한 추억도 떠오르고, 어린 시절 그녀의 어머니가 흥얼거리던 사랑 노래도 떠오르기 때문이었다.

라모나, 경이로운 꿈을 꿨어요
라모나, 우리 둘이 함께 떠났죠
천천히 걸어
시기어린 눈길들을 멀리하고
그 어떤 연인들보다
감미로운 밤을 보냈죠

라모나는 어머니와 함께 비외자비탕에서 자랐다. 어머니처럼 딸도 물리치료를 배웠고, 어머니처럼 카루케라 재활센터에서 일했다. 하지만 엄마와 딸의 공통점은 거기까지였다. 릴리안은 그저 성모성월이나 연중 중요한 시기가 되면 저녁 미사에 참석해서 묵주를 돌리고, 거의 짓지도 않는 죄를 한 달에 두 번씩 엄밀하게 고해한 뒤 성단 앞에 무릎을 꿇는 것밖에 할 줄 몰랐지만, 라모나는 뜨거운 여자, 남자들을 잡아먹는 여자였다. 그녀는 이반을 맛보기로 바로 결심했다. 키 180센티미터, 탄탄한 엉덩이, 그리 멋지지 않은 옷 아래로 드러나는 운동선수 같은 체격. 전과 자일지는 몰라도 허우대가 근사했다.

그녀는 우선 매콤한 순대나 알맞게 소금 친 바나나칩에 티퐁 슈*를 한잔하자며 이반을 초대했다. 목적을 달성하기에 이 정도로는 충분하지 않다는 것을 깨닫자 그녀는 저녁식사 후 텔레비전을 같이 보자고 청했다. 그래도 소용없었다. 자정 즈음 이반은 그녀의 이마에 점잖게 입맞춤을 하고 자기 집으로 돌아갔다. 어느 저녁 그녀는 더이상 참지 못하고 여기저기 적당하게 벌어져 속살이 드러나는 유혹적인 실내복을 입고 이반의 집 문을 두드렸다. 그는 성가신 표정으로 문을 열었다. 이바나에게 문자를 보내던 중이었던 것이다. 그가 꽤나 무뚝뚝하게 말했다.

"또 무슨 일이야?"

라모나는 그를 끌어안으며 말했다.

---

* 럼주에 라임, 사탕수수 시럽 등을 넣어 만드는 칵테일. 크레올어로 '가볍게 즐기는 펀치'라는 뜻.

"강도야! 우리집에 강도가 든 게 분명해."

이반은 한숨을 내쉬며 빗자루를 들고 층계참을 가로질러 갔다. 라모나의 집에 들어가 보니 고요하고 평온한 원룸아파트에 악당의 모습은 전혀 보이지 않았다. 그가 어깨를 으쓱하며 말했다.

"네가 착각한 거야. 아무도 없잖아."

라모나는 그에게 달려들어 입술에 뜨겁게 키스했다. 그는 당황하지 않고 그녀를 소파에 강제로 앉혔다.

"내가 설명해줄게." 그가 부드럽고 나지막한 목소리로 말했다.

"뭘 설명해?"

"난 좋아하는 여자가 있고, 그 여자를 배신할 수 없어." 그가 진지하게 말했다. "그 여자는 내 안에 있고, 그녀 생각이 나를 떠나지 않아. 이해해줘."

라모나는 아연해서 눈을 동그랗게 뜨고 그를 응시했다.

"무슨 얘길 하는 거야?"

그녀는 그를 이해할 수가 없었다. 그녀는 그에게 약혼도 결혼도 요구하지 않았다. 그저 약간의 쾌락을 바랄 뿐이었다. 한 여자를 사랑하는 남자가 다른 쾌락에 빠지는 건 처음 일어나는 일도 아닌데.

그래도 이반은 그 난감한 상황에서 벗어나 라모나의 유혹에 넘어가지 않고 집으로 돌아갔다. 다음날 오후 경찰차 한 대가 카리푸드 앞에 멈춰 섰고, 무장한 경찰관 둘이 차에서 내렸다. 그들은 작업장으로 들어가 작은 병들을 상자 속에 꼼꼼하게 정리하고 있는 이반에게 다가갔다.

"네가 이반 네멜레야?" 그들이 크게 소리쳤다. "라모나 에스쿠디에가 너를 강간죄로 고소했어."

"난 아무 짓도 안 했어요." 이반이 아연실색해서 말을 더듬었다. "건드리지도 않았다고요."

회사 직원들이 몰려들었고, 카리푸드 입구 쪽에도 군중이 몰려들었다. 경찰관들은 이반의 말은 듣지도 않고 그를 밖으로 내몰아 거칠게 경찰차에 태웠다. 이반은 푸앵트아피트르 경찰서로 실려갔고, 거기서 한 경찰관이 그에게 기소 내용을 읽어주었다. 그리고 그를 굵은 창살이 쳐진 유치장 안에 집어넣었다. 이반은 생각을 정리해보려 애썼다. 최대한 빨리 뱅퇴유 씨에게 연락해야만 했다. 그가 도와주러 올 것이다. 번번이 되풀이되는 의뢰인의 몹쓸 짓에 그가 좌절하지 않는다면. 저녁 여섯시경, 잔뜩 차려입은 웬 뚱뚱한 남자가 푹신한 배에 카메라를 얹고 와서 그를 내려다보며 말했다.

"또 너군, 이반 네멜레! 이젠 강간범이 되었어."

"난 건드리지도 않았어요." 이반이 다시 항의했다.

남자는 어깨를 으쓱하더니 허락도 받지 않고 사진을 마구 찍어댔다.

요약해보자. 두 가지 모순되는 일이 동시에 발생했다. 첫째, 다시 한번 지역신문 〈트로피카나〉 일면에 이반의 얼굴과 함께 그를 거의 공공의 적 1호로 만드는 기사가 실렸다. 둘째, 라모나는 분별력을 되찾고 고소를 취하했다. 이반은 풀려났다. 하지만 그런 스캔들 이후로 카리푸드는 더이상 그를 원치 않았다.

'세상이 이런 거야?' 그는 도단으로 향하는 버스에 앉아 좌절한 채 자문했다. '친구들은 설명할 기회조차 주지 않고 나를 버린 건가? 여자들은 나를 중상모략하고? 기자들은 나에 관해 제멋대로 거짓말을 써대고? 사람들은 나를 한입에 집어삼키려 들고? 폭발물만 손에 넣으면 당장 세상을 날려버리겠어.'

하지만 그는 어떻게 해야 하는지 알지 못했다.

버스 양쪽 차창 밖으로 지나가는 화려한 풍경도 그의 마음을 가라앉히지 못했다. 사실 풍경은 눈에 들어오지도 않았다. 그는 자연의 아름다움에 주의를 기울이는 법을 배운 적도 없었다. 바다, 하늘, 나무들이 그에겐 자기 얼굴만큼이나 익숙해서 무관심한 요소들이었다.

도단에서의 삶은 장밋빛이 아니었다. 이바나는 대학입학자격시험을 준비하느라 거의 보이지 않았다. 학교가 끝나자마자 그녀는 같은 시험을 치르는 친구들과 새벽 두세시까지 공부했다.

그러고 나면 지치고 기진맥진한 상태로 돌아와 따뜻한 침대에서 기다리던 이반을 끌어안았다. 전에 그렇게 강건했던 마에바는 이제 일어서지도 못했고, 걷기는 더더욱 불가능해서 거의 침대에 누워 지냈다. 그녀는 두 눈 가득 눈물을 머금은 채 자기 침대 머리맡에 놓인 예수성심을 묘사한 그림을 가리키며 알아들을 수 없는 말을 늘어놓았다.

"마리아의 아들 예수그리스도는 아버지 오른편에 앉아 있어. 봐! 우리가 저지른 모든 죄를 대신해 그의 심장에서 피가 흘러. 그분을 유독 고통스럽게 하는 죄가 하나 있지. 누구도 그 죄명을 감히 입 밖에 내지 못해. 아빠가 자기 딸에 대해 자신이 만들었으니 자신에게 모든 권리가 있다고 말해선 안 돼. 형제끼리도 그렇게 생각해선 안 되는 거야."

한편 시몬은 란사나 디아라의 침묵에 심장이 쪼개지는 듯했다. 그의 답장을 기다린 지 이 년 가까이 되었는데, 여전히 아무 소식이 없었다. 그녀는 그가 콘서트를 열고 박수갈채에 취해 팬들의 손을 잡는 모습을 상상하자 화가 치밀었다. 그래서 그녀는 마치 예언을 늘어놓듯 남자들에 대해 안 좋은 소리를 했고, 미샬루 영감은 마뜩잖게 생각했다. 그는 투덜거렸다.

"당신, 내 말 잘 들어. 남자들을 모두 한 자루에 집어넣고 똑같이 취급하면 안 되는 거야. 난 당신한테 한 번도 나쁜 짓을 한 적이 없어. 당신이 원하기만 했다면 쌍둥이 아이들을 내 자식처럼 키웠을 거야."

시장이 선의를 보였다. 멀티미디어 도서관 공사에 필요한 일 꾼 중 하나로 이반을 채용한 것이다. 도단에 멀티미디어 도서관 이라고요? 안 될 게 뭐 있어요. 마을마다 하나씩 두려고 경쟁하 는데, 별일 없으면 따놓은 당상이에요. 이제 이반은 자갈을 깨 고, 들보를 다듬고, 시멘트를 이기는 팀의 일원이었다. 전에 배 워본 적 없는 일이었다. 그는 동트기 전 일어나 마당에서 찬물로 씻고 더 일찌감치 일어난 어머니가 그를 위해 준비해둔 커피를 마셨다. 어머니와 아들은 서로 할말이 없었다. 사실 그들 사이에 는 서로를 향한 사랑과 애정이 듬뿍 실린 다정한 표현이 소리 없 이 오갔다. 그들은 그 묵직한 사랑을 가장 평범한 말에 담았다.

"꽈배기 빵 먹을래?"

"아뇨, 비스킷 먹을래요."

그 일을 하며 이반은 녹초가 되었다. 그렇지만 육신의 무게로 단순해지는 그 느낌이 불쾌하지 않았다. 세상의 잘못된 모양새 에 대한 자신의 생각을 마주하는 무시무시한 일보다야 무엇이건 나았다.

갑자기 모든 게 밝아졌다. 6월에 놀라운 사건 하나가 처음 일어났다. 이바나는 '최우수' 등급을 받고 대학입학자격시험을 통과했다. 사실 누구에게도 놀랄 일은 아니었다. 그녀는 어떤 반에서건 언제나 최우수 학생이었기 때문이다. 그래도 두르노고등학교에서 합격자 명단에 적힌 그녀의 이름을 보고 이반은 혼란스러웠다.

"의심할 여지가 없어. 이바나가 일등이었을 거야." 기쁨에 겨워 그가 웃으며 말했다. "그런데 난 그저 근육덩어리일 뿐이야."

마에바가 기운을 차리더니 침대 발치에서 무릎을 꿇고 손녀딸에게도 똑같이 따라하게 시키며 감사기도를 열 번쯤 암송했다. 데오 그라티아스.* 시몬은 한술 더 떴다. 그녀는 보잘것없는 액수지만 조금씩 해오던 저축을 헐었다. 이제 나이가 들면서 사탕수수밭에서 일하는 대신 두르노에 사는 혼혈 커플의 아이들을 돌보고 있었고, 그게 벌이가 조금 나았다. 그래서 그녀는 게살 파테와 마블케이크까지 주문했다. 오두막의 식당을 꽃으로 장식하고 열 명 남짓 젊은이들을 초대했다. 흥겨운 주크 음악을 틀어놓았고, 파티는 아침까지 이어졌다. 이반과 이바나가 줄곧 함께 춤을 췄는데도 누구도 불평하지 않았다. 둘을 항상 그런 모습으로 알고 있었기 때문이다. 둘이 아주 어렸을 적, 열 살 또는 열두 살

---

*라틴어로 '하느님 감사합니다'라는 뜻.

때 일을 모두가 아직 기억하고 있었다. 모른알로의 이름난 타악기 연주자들이 중앙광장에서 콘서트를 하는 날이었다. 그들 가운데 뤼카 카르통도 있었다. 명성이 예전 같진 않았지만 모두가 그를 명인이라 불렀다. 그들이 잠시 쉬는 동안 이반이 대담하게 거의 자기 키만한 그워카*에 걸터앉아 연주했고, 이바나가 치마를 들썩이며 가느다란 종아리를 드러내고 춤을 추자 관중 모두가 즐거워했다.

"그워카 치는 건 누가 가르쳐줬어?" 뤼카 카르통이 놀라서 물었다.

"아무도 가르쳐주지 않았는데요." 이반이 허세 가득한 표정으로 대답했다.

시몬이 달려왔다.

"물려받았나봐요. 이애들 아버지가 말리 최고 뮤지션 중 하나거든요."

"살리프 케이타 말인가요?" 그 방면에 대해 조금 알고 있던 뤼카가 물었다.

이 년 전 그는 말리 페스티벌에 초대받은 적이 있었고, 거기서 카리브해의 새로운 음악을 들려주었던 것이다.

---

* 과들루프 전통북.

두번째 놀라운 사건이 일어났다. 마침내 기다리던 란사나의 답장이 온 것이다. 캐나다 몬트리올에서 부친 편지였다. 란사나는 그의 삶을 뒤흔들어놓은 슬픈 사건들에 대해 얘기하며 그간의 침묵을 해명했다. 카다피 대령의 사망 후 완전무장한 군인들이 말리를 점령했고 그 세력은 바마코까지 내려갔다. 키달에서 그들의 사령부는 엘 아크바르 모스크에 자리잡고 생활 방식을 바꾸고 종교를 쇄신하겠다고 주장했다. 우상 앞에서 절하던 시절은 끝났다. 수세기 된 육필 원고를 성스러운 유물처럼 다루던 시대는 끝났다. 특히 노래하고 춤추고 음악을 하던 시대는 끝났다. 신이 흡족해할 침묵만이 요구되었다.

어느 날, 란사나가 큰돈을 들여 만든 녹음실로 난폭한 군인들이 들이닥쳐 모조리 약탈해 갔고, 한쪽 구석에 피신한 그 가련한 뮤지션에게 달려들어 반송장을 만들어놓았다. 놀라서 달려온 이웃들이 그를 병원으로 데려갔고, 그는 거기서 육 개월을 보냈다. 그동안 이 나라의 북에서 남까지 최악의 폭정이 일어났다. 몸을 회복한 란사나는 겁에 질려 캐나다로 망명을 떠날 수밖에 없었는데, 거기서 좋은 평판을 얻었다. 그곳 사람들은 그를 환대했다. 지금 그는 캐나다를 떠나 저항 세력이 조직되고 있는 말리로 가고 싶어했다. 캐나다로 도망쳐온 것이 이제는 비겁한 행동처럼 느껴졌다. 그런 악행을 저지른 세력을 처단하기 위해 용기를 내어보아야 했다. 그는 늘 이반과 이바나를 생각했지만 자신의 문제가 해결되기 전에는 그들을 말리로 부를 수가 없었다.

"시간이 얼마나 걸릴지 모르겠어." 그는 편지에 이렇게 썼다. "육 개월이 될지, 일 년이 될지, 이 년이 될지. 어쨌든 내가 아이들에게 곧 비행기표를 보낼 거야."

란사나는 이 편지에 사진 한 장을 동봉했는데, 그걸 보고 시몬은 눈물을 펑펑 쏟았다. 사진에 그의 최근 모습이 담겨 있었다. 헐렁한 옷을 걸친 그는 석류나무 꼬챙이처럼 말랐고, 머리카락이 희끗희끗하고 듬성듬성했으며, 얼굴에 주름이 가득했고, 격다리 같은 병든 몸을 목발 두 개에 의지하고 서 있었다. 시간은 그를 봐주지 않았다.

이반과 이바나는 그 사진을 무심하게 응시했다. 어릴 때는 둘 다 아버지에 대해 자주 꿈꾸었다. 어린 시절에는 가족을 자기 불안을 에워싸는 마법의 원으로 상상하니까. 사실 그들은 운명에 혹독하게 희생당한 어머니와 헤어지고 싶은 마음이 조금도 없었다. 종교도 다르고 언어도 알지 못하는 아프리카의 나라, 말리로 가고 싶은 마음은 더더욱 없었다. 말리는 아프리카의 다른 나라들과 마찬가지로 프랑스나 영국처럼 하나의 언어가 아니라 십여 가지, 심지어 수백 가지 방언을 쓴다는 이야기를 들었기 때문이다. 이웃 사람의 말조차 이해하지 못한다고 했다. 그런 생지옥에 가서 무얼 하겠는가? 특히 이바나는 어머니의 무거운 짐을 덜어줄 나이가 되었다는 생각이 들었다. 그녀는 두 직업 사이에서 아직 결정을 내리지 못했다. 약자들과 못 가진 자들을 돌보기 위해 간호사가 될지, 아니면 그들을 보호해줄 경찰관이 될지. 그래서 그녀는 두르노 진로상담 센터를 찾아가보기로 마음먹었다.

두르노고등학교는 도단의 공립학교와 달리 태풍 위고로 완전히 파괴되는 행운을 얻지 못했다. 그랬더라면 최신식으로 다시 지어졌을 텐데. 아스팔트 운동장에 군데군데 목조건물이 자리한 게 그 학교의 교정이었다. 나무 몇 그루가 여기저기 처량하게 서 있었다. 온두라스 마호가니, 흑단나무. 진로상담 담당자는 햇볕에 자주 노출된 피붓빛의 본토 출신 젊은 여자였는데, 그녀가 이바나를 연민어린 눈길로 응시했다.

"그러니까 과들루프를 한 번도 떠나본 적이 없고, 학교를 모두 도단에서 다녔군요!"

그 말투에 살짝 화가 난 이바나는 그렇다고 외출을 전혀 안 한 건 아니라고 설명했다. 마르티니크에도 여러 번 갔고, 기아나에 두 번, 아이티에도 한 번 가보았다고.

"그런데 왜 경찰관과 간호사 두 가지 직업에만 한정짓죠?" 젊은 여자가 다시 물었다. "대학입학자격시험에서 최우수 등급을 받았으니 그랑제콜*을 노려볼 수도 있을 텐데요."

이바나는 격렬히 고개를 저었다. 그녀는 그런 직업, 그런 대단한 직업은 원치 않았다. 그저 자신처럼 소박한 사람들에게 도움이 되고 싶었다.

"그러면 경찰을 선택하는 쪽이 낫겠군요. 경찰이 되면 주변의 더 넓은 세상을 발견하게 될 거예요. 프랑스에는 우수한 경찰학교들이 있어요."

이바나는 혼자서는 본토로 떠날 의향이 없다고 말했다. 이반과 함께 갈 생각이라고.

"형제와요?" 젊은 여자가 놀라서 반문했다.

"네, 쌍둥이거든요."

그러자 젊은 여자가 수긍하는 몸짓을 했다.

"쌍둥이 형제분은 아마 수습생으로 일할 수 있을 거예요."

"수습생이라면, 어디서요?"

"그거야 구인 사정에 달렸지요. 수습생 교육센터에 문의해봐야 할 거예요."

그러나 제안은 인간이 해도, 처분은 신께서 하시지 않는가. 계

---

* 프랑스의 엘리트 고등교육기관으로 대학입학자격시험만 통과하면 누구든 입학할 수 있는 일반 대학과 달리 별도의 시험에 합격해야 한다.

획되어 있던 일은 정해진 날짜에 이루어지지 못했다. 며칠 뒤 마에바가 세상을 떠났기 때문이다. 마에바는 시몬에게 안락의자를 마당으로 내놓아달라고 청하곤 했는데, 그렇게 햇볕을 쬐면서 '모두의 친구 태양'의 우정어린 손을 거머쥐었다.

어느 날 정오 무렵, 점심시간에 집으로 돌아온 시몬이 바닥에 쓰러진 마에바를 발견했다. 혼자 일어나서 걸으려 했던 걸까? 그녀는 쓰러지면서 돌에 부딪혔고, 엉겨붙은 피웅덩이 속에 머리가 잠겨 있었다. 시몬이 이웃들을 불러오고, 누가 진료비를 낼지 걱정하지 않고 부를 수 있는 유일한 의사인 베르토갈 박사를 부르러 간 사이 마에바는 우는 딸의 귀에 한마디도 속삭이지 못한 채 세상을 떴다. "이반과 이바나에게 관심을 가져. 지난밤에도 그애들이 피웅덩이 속에 잠겨 있는 꿈을 꿨어."

시몬은 어머니의 죽음이 불러온 슬픔이 너무도 격렬해서 놀랐다. 그녀는 자신이 어머니를 사랑하지 않는다고 생각했다. 어머니는 그녀의 결정과 선택에 언제나 눈썹을 찌푸리기만 하던 사람이었다. 두 사람을 가깝게 이어주는 건 합창단에서 함께 연습하던 노래의 아름다움과 음악에 대한 열정뿐이었다. 마찬가지로 이반과 이바나도 눈물을 흘리는 자신들의 모습에 놀랐다. 할머니는 마치 그들이 중범죄의 싹을 내면에 품고 있기라도 한 듯이 그들을 잠재적 범죄자처럼 대하던 사람이었다. 그들은 그걸 잊을 수가 없었다.

둘이 열다섯 살 때, 서로의 품에 안겨 쉬고 있던 어느 날 할머니가 별안간 방에 불쑥 들어오더니 거칠게 둘을 갈라놓으며 소리쳤다.

"이 저주받은 것들! 이 저주받은 것들아! 대체 뭘 하고 있는 거냐!"

"우린 아무 잘못도 안 했어요." 그들은 발끈했다.

마에바는 아무 소리도 들으려 하지 않았다. 시몬이 개입하지 않았더라면 빗자루를 들고 손주들을 두들겨팼을 것이다. 이날부터 둘은 다시는 함께 자지 않았다. 누구도 마에바가 그렇게 행동하게 된 비밀스러운 동기를, 그녀가 왜 합창단 레퍼토리에 바르바라의 〈검은 독수리〉*를 집어넣고 싶어했는지 짐작하지 못했다. 마에바는 아버지에게 강간당했다. 그녀의 아버지는 허풍스럽고 말 많고 자신만만한 남자가 아니었다. 오히려 가장자리 올이 해져 너덜거리는 바지 차림에 수줍음 많고 우유부단하고 침울한 표정의 흑인이었다. 그런 그가 열두 살이던 그녀에게 덤벼들었고, 몇 년 뒤 어린 여동생 나디아까지 덮쳤다. 그가 집 지붕에서 작업하다 떨어졌을 때 마에바는 기쁨을 느꼈고, 그녀는 그런 자

_____

* 어릴 적 아버지에게 당한 강간을 암시하는 듯한 가사가 있다.

신을 스스로 결코 용서하지 못했다. 그것이 이후 모든 쾌락의 순간을 망쳤다. 그녀는 아버지의 담배 냄새와 당시 성기가 화끈거리던 느낌을 기억했다. 그런 일은 오 년 동안 계속되었고, 그후 아버지는 어머니와 두 딸에게 싫증이 나서 집을 떠났다. 마에바는 몇 년 전부터 자기 수의를 준비해두었다. 검은 퍼케일 천에 흰 문양으로 장식된 마타도르* 드레스, 검은색과 흰색 체크무늬 숄, 보라색 벨벳 신발이었다. 마지막 몇 년 동안 참으로 보잘것없어 보였던 그녀가 그 수의로 치장하자 무척 아름다웠다. 죽음은 위대한 평준화를 이루어낸다. 공화국 대통령들과 길거리 청소부들, 저명인사들과 극빈자들을 모두 똑같이 쓰러뜨리니까. 그러나 저마다 죽음을 맞이하는 방식은 사회계층 간에 존재하는 차이들을 명백히 드러낸다. 시몬은 어머니에게 삼류 장례밖에 치러주지 못했다. 장례회사 벨록시아에서는 마에바 네멜레의 약자 MN을 은박으로 새긴 검은 천을 문과 창문에 걸었고, 오히려 가난을 부각시키는 흰 아룸꽃**들을 놓아두었다. 유일하게 어울리는 요소는 밤샘 조문객을 위해 이웃집 여자 아나스타시아가 준비해준 양파와 당근, 감자와 소고기를 넣어 만든 기름진 수프

---

* 크레올 전통의상 중 하나.
** 칼라와 유사하며 유럽과 북아프리카, 서아시아 등에서 자생한다.

였다. 이틀 동안 오두막은 사람들로 북적였다. 마에바를 모르는 사람이 없었기 때문이다. 그녀는 합창단원이기도 했고, I자처럼 꼿꼿이 서서 하늘을 향해 두 주먹을 쳐들었을 때 그녀가 보여주던 예지력을 누구도 잊지 않았던 것이다. 애도 행렬이 작은 성당을 가득 채웠다. 시장은 무척 훌륭한 연설을 했다. 시몬을 지역 영세민 임대아파트에서 내쫓았던 게 양심의 가책이 됐던 것이다. 이반을 멀티미디어 도서관 공사 용역팀에 넣어준 것도 그런 이유에서였다. 그는 이반을 도로 청소팀에 넣어줄 생각이었다. 천한 직업이란 없고, 천한 사람만 있을 뿐이니까. 그러나 그는 제안을 보기 좋게 거절당했다. 이반은 도단의 쓰레기를 주물럭거리고 싶은 마음이 눈곱만치도 없었다. 얼마 전에는 낳은 지 몇 시간밖에 안 된 사내아이가 쓰레기통에서 발견되어 바스테르에서 경찰관들이 급파되기도 했잖나? 게다가 누이와 함께 프랑스 본토로 가서 파리 외곽의 초콜릿가게에서 일을 배우기로 마음먹은 차였다.

이 소문이 퍼지기 시작하더니 곧 기정사실화되었다. 여자들은 고통스레 고개를 저었다. 시몬은 외로워질 것이다! 그러나 영국인들은 "Every cloud has a silver lining"*이라고 하잖나. 시몬

---

* 아무리 안 좋은 상황에도 긍정적인 면은 있다는 의미.

의 상황은 미샬루 영감의 마음을 움직였다. 그는 그녀에게 프러포즈를 하기에 이상적인 순간이라는 걸 깨달았다. 그 무렵 시몬은 삼중으로 고통받고 있었다. 란사나 디아라의 불행한 소식에, 어머니의 죽음에, 곧 떠날 자식들 때문에. 혼자 지내는 동안 노화가 찾아올 것이다.

어느 일요일, 미샬루 영감은 단벌 양복을 꺼내 입고 프러포즈를 하려고 시몬의 집으로 갔다. 두 사람은 십여 년째 어울려 지냈다. 그는 그녀에게 물질적 부를 안기지는 못하지만 매 순간 함께해줄 수는 있었다. 시몬은 감정을 전혀 드러내지 않고 고개를 숙인 채 가만히 그의 말을 들었다. 그가 말을 마치자 그녀는 그저 이렇게 말했다.

"우리 아이들이 8월 말에 떠나요. 그애들이 떠나면 곧 당신 집으로 가서 지낼게요."

그런 다음 두 사람은 합의를 마무리짓기라도 하듯 정사를 나누었다. 최근까지 그랬듯이 기계적이고 으레 하던 대로가 아니라 마치 서로를 다시 발견하고 새롭게 욕망하듯 열정적으로.

한 나라를 완전히 떠나거나 오랜 기간 떠날 사람은 성향이 완전히 달라진다. 전에는 한 번도 듣지 못했던 소리, 고요했던 나무, 초원, 물가의 소리, 무척 달콤한 말을 속삭이는 목소리가 들려오고, 주위 풍경이 생경한 조화로움에 감싸이는 듯한 느낌이

든다. 이반과 이바나도 이 법칙에서 벗어나지 못했다. 출발 날짜가 확실해지자 두 사람은 곧 세상을 떠날 혈육을 대하듯 과들루프를 애틋하게 바라보기 시작했다. 둘은 네스토르 자전거가게에서 자전거 두 대를 빌려 도단 주변을 돌아다녔다. 특히 버스 외에는 도로에 다니는 차가 거의 없는 일요일이면 꼭 밖으로 나섰다. 먼저 그들은 여태 한 번도 관심 없었던 쿠스토 해양보호구역으로 갔다. 토요일도 일요일도 모르는 관광객들에 둘러싸인 채그들은 바닥이 유리로 된 배에 올라 바닷속 경이로운 풍경을 발견했다. 그런 다음 보트를 빌려 두 개의 흑옥처럼 솟은 평평한바위섬까지 갔다. 사람들은 그곳을 '영국인 머리'라고 불렀다. 같은 이름을 가진 가시식물들이 그곳에 많았기 때문이다. 방문객들이 다가가도 째진 눈의 이구아나들은 달아나지 않고 위아래로 눈을 굴려가며 훑어보았다. 햇볕 쬐기를 좋아하는 이바나는옷을 벗고 모래밭에 누웠다. 욕망이 일어 괴로워진 이반은 생각했다. '내가 생각하는 대로 바로 여기서 그녀를 가질 수만 있다면!' 그는 욕망을 가라앉히기 위해 북쪽에서 흘러온 해류로 차가워진 바닷물에 머리를 집어넣었다. 이바나는 쌍동선을 타고 생트섬으로, 테르드바로 가고 싶었다. 어린 시절 시에서 운영하는여름학교가 주로 열리던 곳이었다. 반대로 이반에게 그 기억은끔찍했다. 그때 묵었던 음침한 목조건물이 떠올랐다. 습하면서도 숨이 막혔고, 침대는 좁았고, 음식은 맛이 없었다. 불행의 친구였던 프레데리크와 그는 어느 날 배가 고파서 돌팔매질로 이웃집 닭 한 마리를 죽였고, 능숙하게 털을 뽑아 모닥불에 구워 먹었다. 이 범죄는 금세 들통이 났고, 살면서 그때 맞은 매가 가장 독했다. 이반과 이바나는 한뜻이 되어 아델의 집에서 보낸 청소년기 최고의 휴가를 떠올렸다. 아델은 어머니의 이복자매, 늘 곁에 없고 눈에 보이지 않으며, 어디 사는지 어떤 사람인지 정확히 알지 못했던 그녀의 아버지가 낳은 또다른 딸이었다. 아델과 시몬은 무슨 이유인지 사이가 틀어져 서로 왕래하지 않았다. 시몬은 두 자식이 아델이 살고 있는 포르루이로 가는 걸 막기 위해 할 수 있는 모든 수단을 동원했다.

"엄마가 돌아가셨을 때 오지도 않았단 말이야." 시몬이 핑계를 댔다.

"어쩌면 소식을 못 들었는지도 모르잖아요." 이바나가 중재해보려 했다. "완전히 반대편에 살고요."

"신문에 그 집 아들 중 하나 얘기가 실렸더라. 감옥에 갔대."

"나처럼 말이죠. 전 두 번이나 다녀왔잖아요." 이반이 응수했다.

"그래, 그렇지만 넌 부당하게 간 거였지. 넌 아무 잘못도 안 했잖아."

오! 아들이 저지른 모든 일을 눈감아주는 앤틸리스제도 어머니들의 맹목이라니. 결국 둘은 어머니가 하는 말을 괘념치 않고 포르루이로 갔다.

바다 이쪽과 저쪽이 서로 비슷하다고 말하는 사람은 자신이 무슨 말을 하는 건지 모르는 것이다. 우선, 물색이 전혀 같지 않다. 햇빛에 반짝이는 물은 때로는 보라색이고, 때로는 초록색이다. 이제 손글씨를 쓰지 않게 되어 더는 만들지 않는 잉크 색깔처럼. 그리고 때로는 청남색이다. 마찬가지로 모래도 때로는 야생동물 갈기 같은 황갈색을, 때로는 갓 태어난 병아리의 솜털 같은 황금빛을 띤다. 하늘의 반구마저도 전과 사뭇 다르게 영롱한 빛을 띤다.

아델 이모는 바다 건너편 끝에 살고 있었다. 시청 소속 청소부라 공무원이어서 시몬보다는 사정이 나았다. 그녀는 넓은 집에서 딸들과 함께 살았다. 막내딸은 이번에 대학입학자격시험을 치렀는데, 이바나만큼 운이 좋진 못해서 통과하지 못했다. 아델은 시몬과 생김새가 비슷했다. 이반과 이바나는 낯선 그 얼굴에 어머니의 이목구비가 섞여 있는 걸 보고 놀랐다. 아델은 마음 깊이 상처를 간직하고 있었던 터라, 곧바로 조카들에게 속마음을 털어놓았다. 오 년 전, 아들 브뤼노가 프랑스로 일자리를 찾아 떠났다. 체격이 좋아서 누아르무티에라는 회사에 안전요원으로 금세 채용되었다. 그곳은 낙원이었다! 아들은 매달 포르루이로

월급의 절반을 보내왔다. 그는 아델과 누이들을 자기가 사는 사비니쉬르오르주로 초대해 빛의 도시 파리의 경이로운 것들을 보여주겠다고 약속했다. 그러다 갑자기 연락이 두절되었다. 수십 번 전화를 걸어도 받지 않자, 아델은 먼 사촌이 사르셀에서 실직자로 지낸다는 사실을 떠올리고 그에게 도와달라고 부탁했다. 사촌이 누아르무티에 회사로 찾아갔더니 어느 날 저녁부터 브뤼노가 출근하지 않았다고 알려주었다. 그의 집에 가봐도 없었고, 브뤼노의 친구 말리크 상살이 걱정이 되어 경찰에 알렸으나 그들은 꿈쩍도 하지 않았다. 그가 실종된 지 벌써 삼 년이었다. 실종이라니! 이반은 철조망 쳐진 담장처럼 완고하고 죽음처럼 무시무시한 이 단어에 벌써 두번째 부딪쳤다. 먼저 미겔이 사라졌고, 그다음 브뤼노였다. 사라진 사람들은 어떻게 되었을까? 어디로 갔을까? 이반은 차갑게 얼어붙은 고성소를 떠올렸다.

"그애를 어릴 때처럼 예쁘장한 꼬마로 상상하면 안 돼." 이모가 슬퍼하며 얘기했다. "그앤 나와 두 누이만 사랑했어. 특히 대녀인 카티를 사랑했지."

그 떨리는 목소리를 들으며 이반은 전율했다. 그는 프랑스에 도착하자마자 브뤼노의 자취를 찾아보겠다고 다짐했다. 그때 슬픔에 잠긴 아델이 가련한 보물을 가져왔다. 보잘것없는 사진이 가득 든 서류 뭉치였다.

"이 사진은 그애가 누아르무티에 회사에서 일하기 시작한 지 며칠 되었을 때 모습이야." 그녀가 설명했다. "요건 결혼식 때고. 요게 우리 아들과 결혼한 나스타시아야. 알제리 여자지."

"알제리 여자라고요?" 이반이 외쳤다. "어쩌면 브뤼노는 알제리에 가서 처가 식구들과 있는 건 아닐까요."

아델이 고개를 저었다.

"처가 식구들은 1950년대에 이민 와서 올네수부아에 살고 있어."

"나스타시아는 어디 있어요? 제가 만나볼게요."

아델이 대답했다.

"나스타시아도 사라졌어. 그애가 브뤼노한테 아주 나쁜 영향을 끼쳤지. 그애 때문에 내 아들이 무슬림이 되었어."

이 모든 걸 들으며 이반은 제레미 씨의 이야기를 떠올렸다.

"이슬람으로 개종하면 안 돼." 아델이 단호한 어조로 말했다. "우리 과들루프 사람들은 가톨릭 신앙 안에서 자랐어. 우리는 성부와 성자와 성령 삼위일체의 유일신만을 섬겨야 해."

"유일신!!! 그분이 우리를 좀 돌보셨으면 좋겠네요." 이반은 참지 못하고 빈정거렸다.

아델의 눈에 곧바로 눈물이 고였다.

"네 말이 맞아! 내가 뭘 잘못해서 이런 고통을 당하는 건지."

브뤼노의 실종에 관한 이야기가 포르루이에서 나눈 대화의 중심이었다. 이반과 이바나는 그 동네의 술집으로 향하면서 그 사실을 깨달았다. 브뤼노의 절친이었고, 사라지기 전달에 그를 찾아갔던 자노라는 사람은 이렇게 한탄했다.

"내가 럼주를 좀 가져갔었거든요. 다무아조 에 볼로뉴, 좋은 럼주였죠. 브뤼노는 그런 독극물은 이제 손도 대지 않는다며 단호하게 개수대에 술병들을 비워버리더라고요. 마찬가지로 음악도 이젠 듣지 않는다고 했죠. 포르루이에서 나랑 밴드까지 만들었던 그 친구가 말이에요. 완전히 달라졌더라니까요."

"내가 보기에 브뤼노는 시리아로 지하드* 활동을 하러 떠난 것 같아." 다른 친구가 말했다.

"시리아로? 거기 가서 뭘 하려고?"

그들은 브뤼노가 자취를 감춘 동기에 대해 여전히 의견이 분분한 채 헤어졌다.

지하드! 제레미 씨가 싫어하던 말이야. 이 말만 나오면 화를 냈지. 이반은 기억을 더듬었다.

"지하드! 지하드! 모든 종교는 광적인 포교를 해. 사람들은 종

---

* 이슬람교 전파를 위해 이슬람교도에게 부과된 의무를 일컫는 말로, 신앙이나 원리를 위한 투쟁을 의미한다.

교재판을 잊었어. 네거리마다 화형대가 불타올랐던 시절을 말이야."

도단으로 돌아온 이반은 자신의 미래를 생각하며 밤을 새웠다. 이탈리아 출신으로 프랑스에 정착해 생드니에서 초콜릿가게를 하는 세르지오 폴트로니라는 사람이 수습생을 모집했다. 정부가 후하게 인심을 쓴 덕에 수습생도 매달 작지만 월급을 받게 되었다. 이반은 이 제안이 썩 달갑지 않았다. 초콜릿 제조업자가 되고 싶은 마음이 전혀 없었기 때문이다. 우선 그는 초콜릿을 좋아하지 않았고, 게다가 어딘지 좀 우스운 계획처럼 보였다. 스스로 위안을 얻어보려고 그는 어떻게 보면 자신은 운이 좋은 거라고, 그래서 프랑스로 이바나를 따라갈 수 있게 된 거라고 되뇌었다. 안 그랬으면 이바나와 떨어질 뻔했잖은가.

8월 초에 시몬은 묵직한 등기우편을 받고 놀랐다. 란사나가 보낸 편지와 제트 투르 항공사에서 이반 네멜레와 이바나 네멜레 이름으로 발행된 비행기표 두 장이 들어 있었다. 제트 투르는 저가 항공사로 비행 노선이 상당히 복잡했다. 우선 파리에서 세 시간을 체류하고, 마르세유에서 한나절, 그리고 오랑에서 다시 한나절, 그렇게 바마코에 도착하면 거기서 키달로 갈 수 있었다. 삼일간의 여정이라니 너무 심했다! 란사나는 왜 자신이 바라던 것보다 더 빨리 말리로 돌아가는지 설명했다. 외세의 조력 덕에 정치 상황이 진정되는 것 같아 보였기 때문이다. 외세가 말리의 점령군을 북쪽으로 내몰았고, 모두가 다시 정상생활로 돌아가려 애썼다. 하지만 기력도 심하게 쇠약해졌고, 사실상 땡전 한푼 없는 그가 원래 의도한 대로 아무 일도 안 하는 열일곱 살짜리 청소년 둘을 부양할 수는 없었다. 그래서 아이들의 일자리를 찾았다는 것이다. 이바나는 고아원에 고용돼 내전으로 부모를 잃은 아이들을 돌볼 수 있을 거라고 했다. 이반은 순찰하며 나라를 지키는 민병대에 들어갈 수 있을 거라고 했다. 이 편지를 받고 이반과 이바나는 뾰로통한 표정을 지었다. 우선 그 기나긴 여정에 반감이 들었다. 그리고 이미 얘기했듯이 아버지를 본다는 것도 그리 달갑지 않았다. 게다가 그가 제안한 일자리도 전혀 끌리지 않았다. 그런 보잘것없는 일을 하려고 왜 그렇게 멀리까지 가야하지?

그러나 시몬은 버럭 화를 냈다. 그녀는 공연히 란사나에게 도움을 청한 것이 아니었다. 이반과 이바나는 말리로 가야 했고, 프랑스에서 하려던 계획을 보류해야 했다. 더구나 그 계획이 썩 흥미롭지 않기도 했다. 이바나는 그렇다 치더라도 이반은 정말 초콜릿 제조업자가 되고 싶었겠나? 미샬루 영감은 쌍둥이의 손을 들어주었다. 텔레비전 화면에 나오는 아프리카의 모습은 참담했다. 전쟁에 전쟁이 이어졌고, 난민들은 뿔뿔이 흩어졌으며,

몇몇 나라는 정부조차 없었다. 시몬은 고집을 부리며 단호하게 한마디했다. 쌍둥이는 마지못해 어머니의 말을 들어야만 했다. 심장이 죄어드는 느낌을 받으며 둘은 어머니를 끌어안았다. 물론 그녀는 지독하게 권위적이고 때로는 편협하기도 했지만, 자식들을 향한 사랑과 헌신만큼은 결코 거짓이 아니었다.

제트 투르 비행기 이륙 시간이 새벽 네시였기에 쌍둥이는 전날 푸앵트아피트르로 가서 엄청난 인구 밀집 지역인 베르돌에 사는 친척 마리아마의 집에서 하룻밤을 보내야 했다. 무척 다양한 연령대, 무척 다양한 피부색의 아이들이 그득한 동네였다. 마리아마의 집 맞은편에는 병원이 있었고, 병원 건물 전면에는 대학병원이라는 글자가 붉게 빛나고 있었다. 이바나는 자신이 간호사가 되어 날렵한 흰색 유니폼을 입고 저곳에서 일할 날이 절대로 오지 않으리라는 생각에 울적해졌다. 마리아마 아주머니는 갖은 정성을 기울여 크레올식 밥도 짓고, 아보카도도 자르고, 카레가루를 넣은 닭 프리카세도 준비해두었다.

"아프리카에서 뭘 하려고?" 아주머니가 물었다. "그곳 사람들은 야만적이라던데."

"우리도 반은 아프리카인이에요." 이반이 빈정거리는 어조로 응수했다. "우리 아버지가 말리 사람이라는 것 모르셨어요?"

이 대화를 듣는 사람들은 마리아마도 쌍둥이도 과들루프 사람들의 기원에 대해 모른다고 판단할 것이다. 이들은 앤틸리스제도 사람들 역시 노예선을 타고 아프리카에서 온 사람들이라는 걸, 조상들을 찾으려면 아프리카로 돌아가야 한다는 사실을 모르고 있었다. 이들을 변호하기 위해 우선 이들이 아프리카 해안 곳곳에서 벌어진 대약탈에 대해 거의 들어보지 못했다는 사실을 말해야겠다. 이들의 동족 대다수가 그렇듯 이들도 흑인 노예들이 처음부터 카리브해 출생이라고 생각했다. 두 사람이 제트 투르 비행기를 탄 건 동트기 전이었다. 파리에서는 비행기를 갈아탈 시간밖에 없었지만, 마르세유에서는 한나절을 보내야 했다. 낯선 도시에서 주머니에 돈도 없을 때는 뭘 할까. 이반과 이바나는 구항구 쪽을 거닐었고, 수많은 카페 중 한 곳에 들어가 샌드위치 하나를 집어삼키듯 먹으며, 최고의 부야베스 요리를 내놓는다는 고급 레스토랑들을 부러운 눈으로 바라보았다. 그 간소한 점심식사 후에 이바나는 이프성城에 가보자고 제안했다. 알렉싱드르 뒤마에 대해서도 몬테크리스토 백작에 대해서도 들어본 적 없는 이반은 그리 솔깃해하지 않았다. 그래도 두 사람은 노트르담드라가르드성당에 오르는 데는 의견 일치를 보았다. 그들의 어머니가 그곳을 방문한다면 느낄 듯한 기쁨을 생각하고서. 처음으로 그들은 오롯이 단둘만 남아 마음대로 자유롭게 행동할 수 있었다. 그들은 성인의 나이에 들어섰다는 느낌이 들었고, 그

것이 그들 마음속에 달콤한 두려움을 일깨웠다.

　오랑은 썩 마음에 들지 않았다. 이바나는 그 도시에서 알베르 카뮈와 빈곤했던 그의 어린 시절의 기억을 찾아보려 했지만 쉽지 않았다. 테러가 일어난 뒤로 거리에는 무장한 군인들이 빽빽이 배치되어 있었는데, 군인들은 시장에 다녀오는 여자들의 장바구니까지 검사했다. 무고한 음식물로 채워진 장바구니까지. 그 모든 공격용 소총들은 위험해 보였고, 변덕이 일면 행인들을 겨눌 듯했다. 그 테러는 왜 일어났을까? 이반과 이바나는 자신들이 주변 세상에 대해 아무것도 모른다는 사실을 깨달았다. 도단에서 그들은 가난했고 가난으로 인해 불안했지만, 그래도 고치 안에서 살았던 것이다.

　마침내 그들은 말리에 도착했고, 바마코공항에 내렸다.

아프리카 안

말리는 역사책에서 자랑스러운 자리를 차지한다. 황제 칸칸 무사*가 메카로 가는 순롓길에 가난한 이들에게 황금을 얼마나 나눠줬던지 금값이 떨어졌다는 그 유명한 일화는 모두가 들어 알고 있었다. 마찬가지로 지브릴 탐시르 니안**의 『순자타 또는 만딩고 서사시』는 안 읽은 사람이 없었다. 이 책 덕에 사람들은 힘든 어린 시절을 보내고도 영웅이 될 운명을 타고난 순자타왕의 공적에 대해 잘 알게 되었다.

"검은 민족의 자식들, 만딩고의 아들들이여, 들어라, 내 말을

---

* 말리제국의 황제 만사 무사. 칸쿤 무사라고도 한다.
** 기니 출생 작가이자 역사가.

들어라. 밝은 나라의 아버지, 사바나 나라의 아버지, 활 쏘는 자들의 조상, 패배한 백여 명 왕들의 스승 순자타에 대해 얘기하려 하니.

만딩고디아라, 만딩고의 사자, 소골론의 아들, 소골론 자타, 나레 마간의 아들, 나레 마간 자타, 소고 소고 심본 살라바 등 숱한 이름을 가진 영웅, 순자타에 대해 얘기하겠다.

무훈으로 오래도록 사람들을 놀라게 할 순자타에 대해 얘기하겠다. 그는 모든 왕 중에서도 가장 위대했고, 인간들 사이에서는 비할 대상이 없었다. 그는 신의 사랑을 받았다."

이 이야기에는 많은 논평을 불러온 세구 왕국 같은 몇몇 왕국의 번영에 대해서도 나온다. 유일신을 강조하기 위해 지하드 활동을 벌인 투쿨뢰르족이 기이하게도 오히려 종교를 약화시켰고, 식민지화를 재촉했다. 이반과 이바나는 이런 과거에 대해 아무것도 알지 못했다. 사실 그들은 아프리카에 대해 텔레비전에서 보여준 부정적인 이미지밖에 알지 못했다. 무지한 군인들에 의해 영속되는 쿠데타, 기근, 외부의 도움 없이 아프리카인들 스스로는 치유할 능력이 없는 에볼라 전염병 등. 둘은 바마코가 쾌적한 도시라는 걸 알고 놀랐다. 멋진 나무들이 직각으로 꺾이는 도로들에 그늘을 드리우고 있었다. 그들은 온갖 동물이 조각된 나무 담장이 쳐진 큰 시장 앞에서 멈춰 설 수밖에 없었다. 그리고

'장밋빛 시장'의 양탄자며 벽걸이용 천을 감탄어린 눈으로 바라보았다. 안으로 들어선 그들은 과일의 강렬한 색채와 이례적인 크기를 보고 놀랐다. 망고, 구아바, 체리 등등. 그걸 사서 맛볼 엄두는 내지 못했다. 묘한 경계심이 그들을 붙들어맸다. 란사나는 자기 누이들 중 한 사람, 그가 말하기로 젖을 나눠 먹었다는 누이가 운영하는 레스토랑의 주소를 그들에게 주었다. '사헬의 진미'라는 레스토랑이었다. 레스토랑이라고 해봐야 그저 짚을 엮어 만든 칸막이를 쳐놓은 조촐한 가건물일 뿐이었다. 우미 고모는 헐렁하고 긴 남색 옷을 끈으로 허리춤을 질끈 묶어 입은 뚱뚱한 여자였는데 마음은 따뜻했다. 우미는 두 사람을 다정하게 끌어안으며 외쳤다.

"너희가 진짜 디아라 가문의 자손이구나. 둘 다 아버지를 닮았네."

그러더니 몇 안 되는 손님들에게 둘을 소개하며 설명했다.

"내 형제 란사나의 아이들이에요. 어머니와 과들루프에서 살았지요. 이젠 아버지와 살려고 왔어요."

아버지와 살려고 왔다! 이반과 이바나는 차마 반박하지 못했다. "뭘 마실래?"라는 질문에 이반은 "맥주 한 잔 부탁합니다."라고 대답했고, 그러자 고모의 얼굴이 굳었다.

"여기는 술은 팔지 않아." 그녀가 엄한 얼굴로 말했다. "너희가 원하는 건 뭐든 마실 수 있어. 비삽주스*든 뭐든. 내가 직접 만드는 거야."

종업원이 이반과 이바나 앞에 진분홍색 음료가 담긴 커다란 잔 두 개와 거의 껍데기만 남은 새우와 밥이 담긴 접시 두 개를 갖다놓았다.

갑자기 레스토랑에 군복 차림의 남자들이 들어섰다. 그들은 모두 옛 세네갈 저격병 모자와 유사한 붉은색 모자에 초록색 군복 차림이었다.

"저 사람들은 누구예요?" 호기심이 동한 이반이 물었다.

"민병대야." 고모가 설명했다. "지난주에 메트로폴리스호텔에서 끔찍한 테러가 있었어. 스물일곱 명 넘게 죽었지. 그후로 비상사태가 선포되었고, 야간 통행금지를 실시한다는 얘기도 있어. 그러면 우리 장사에도 지장이 있겠지."

"또 테러예요?" 이반이 놀라며 물었다. "오랑에서도 그랬는데요."

고모는 어깨를 으쓱했다.

"서구 세력이 우리에게 막대한 영향을 미친다고 생각하는 소수의 사람들이 그걸 바로잡으려 하지. 그들은 우리 교육체계는

---

* 말린 히비스커스 꽃잎과 민트잎 등으로 만드는 아프리카의 대중적 음료.

처음부터 다시 검토되어야 하고, 종교가 전권을 쥐어야 한다고 말해. 레바논과 카메룬에서도 똑같은 일이 일어나고 있어. 시리아나 리비아는 말할 것도 없고."

과들루프를 떠나온 뒤로 이반과 이바나는 매일 점점 더 낯선 환경 속에 던져졌고, 도무지 설명할 수 없는 긴장감에 사로잡혔다.

마침내 다섯시경, 그들은 비행기로 한 시간이 채 안 걸리는 거리에 있는 키달로 가기 위해 다시 공항으로 향해야 했다. 하늘에는 진홍빛 구름이 걸려 있었다. 그들은 나무도, 오두막도, 동물도 없고, 생명의 기미라곤 보이지 않는 붉은 지대 상공을 날았다. 사막을 한 번도 본 적 없는 쌍둥이는 그 풍광에 깜짝 놀랐다. 란사나는 대략 열두 명 정도의 남자애들과 여자애들에 둘러싸여 공항에서 기다리고 있었다. 그는 아이들을 하나씩 앞으로 내세우며 소개했다.

"네 동생 마디야." 그가 말했다. "네 동생 파넬, 네 여동생 우무. 여동생 라시다야."

소개는 거의 한 시간 가까이 계속됐다. 이반과 이바나는 놀랐다. 자신들이 란사나의 유일한 자식일 거라 믿고 있었기 때문이다. '형제자매'라는 말이 친형제의 사촌까지, 그야말로 사촌부터 육촌에 조카까지, 요컨대 친척 전부를 아우르는 말인지 알지 못했다. 란사나는 건장하고 멋진 남자였던 게 분명했다. 지금은 시들고 메말라서 목발 두 개에 의지해 걸었고, 심하게 다리를 절었다.

이반과 이바나는 처음 만난 아버지에게서 아무 감정도 느껴지지 않아 놀랐다. 심지어 이반은 오밀조밀한 얼굴, 실눈, 반쯤 벗어진 머리, 누런 치아, 코와 귀 밖으로 삐져나온 희끗희끗한 털을 보며 그가 비호감이라고 생각했다. 흠, 이반은 생각했다. 지내다보면 조금씩이라도 애정이 생겨날까?

바깥 공기는 건조하고 뜨거웠고, 바마코보다 더 숨막힐 듯한 열기가 가득했다. 갑자기 예고도 없이 어둠이 내렸다. 한 번도 본 적 없는 짙은 밤이었다. 그 어둠 속에서 온갖 정령이 튀어나올 것만 같았다. 그들 안에서 갑자기 어린 시절의 두려움이 깨어났다. 밤도깨비 티사포티가 어린아이로 변신해 신이 난 듯 사람들을 데려다 죽음으로 이끌어간 것도 이런 밤이었을 것이다.

그들은 목발을 짚고 절뚝거리며 걷는 란사나를 따라 과거에는 옹내했을 어느 부락에 도착했다. 둥글게 둘러싼 담장 안쪽에 오두막 대여섯 채가 있었는데, 지하디스트들이 난입해 모두 약탈해 갔다고 했다. 지하디스트들은 온갖 귀한 악기들과 완벽하게 설비를 갖춘 녹음실이 들어선, 음악을 위해 꾸민 건물에 유독 증오심을 드러냈었다. 돗자리들이 마당 땅바닥에 놓여 있었고, 거대한 그릇에 담겨 나온 저녁식사를 함께 나누기 위해 모두가 앉았다. 한 번도 손으로 먹어본 적 없었던 이반과 이바나는 최선을 다해 다른 사람들을 따라 했다. 식사가 거의 끝났을 무렵 웬 남자가 불쑥 나타났다. 작달막하고 딱 바라진 체격에 모자 밑으로 땋은 머리를 늘어뜨린 그는 군복 차림이었고 허리춤에 총이 대롱대롱 달려 있었다.

"이분은 마디우 씨야." 란사나가 이반에게 그를 소개하며 이반의 옆자리를 내주었다. "우리 마을만이 아니라 나라 전체의 안전을 책임지고 있는 민병대 대장이야. 너도 이분 밑에서 일하게 될 거다."

마디우는 음식을 몇 입 삼키더니 이반에게 따라오라고 손짓했고, 마당 한구석으로 데려갔다. 거기서 그는 이반을 머리끝에서 발끝까지 훑어보았다.

"키가 몇이지?" 그가 위압적으로 물었다.

"192센티입니다." 이반이 질문에 놀라 대답했다.

"몸무게는? 아마 100킬로 가까이 되겠군. 넌 분명히 그 정도면 충분하다고 생각하겠지. 하지만 중요한 건 근육 무게가 아니라 머리야. 결정을 내리고 행동을 촉구하고 두려움에 맞서 싸우게 하는 건 머리거든."

보자마자 불쾌한 인상을 안긴 마디우는 이튿날 알파 야야 막사에서도 그런 인상을 더할 뿐이었다. 미국 영화에서 흔히 보듯

이 온 나라 사람들이 그를 '마디우 엘 코브라'라는 별명으로 불렀다. 그에 관해서는 오만 가지 이야기가 나돌았다. 그는 흉악한 전사였다. 몇 년을 외인부대에서 생활하다가 어떤 석연찮은 일로 쫓겨났다고 했다. 사람들이 쑥덕이는 말로는 그가 어린 꼬마를 강간했는데, 상관들이 그 사건을 서둘러 덮어버렸다고 했다. 그가 국가 민병대 대장으로 임명되었을 때 모두가 놀라고 동요했다. 처음부터 그는 이반을 가장 위험하고 괴상한 임무에 골라 파견함으로써 자기 권위의 무게를 제대로 느끼게 했다. 이를테면, 사막 한가운데로 가서 수상쩍은 움직임이 있는지 감시하게 했고, 금요일에 모스크에서 이맘*의 설교 직후 신도들의 얼굴을 관찰하게 했는데, 밤바라어, 말린케어, 풀라어, 사라콜레어 등 낯선 언어로 행해지는 설교를 이반은 이해하지 못했다. 쿠란 학교에 불쑥 들어가서 아이들이 쿠란을 암송하면서 고개를 가볍게 흔드는지도 확인하게 했다. 몇 주가 지나자 이반은 더이상 견딜 수가 없어 이바나에게 속마음을 털어놓았다.

"프랑스로 가서 초콜릿 만드는 걸 배우는 편이 낫겠어. 이렇게 계속 지내다가는 저 마디우에게 험악한 짓을 하게 될 것 같아."

이바나는 놀란 얼굴로 그의 말을 들었다. 그녀는 오히려 키달

---

* 이슬람 교단의 지도자.

에 도착한 뒤로 행복감에 젖었고, 주변 모든 것을 사랑하게 되었다. 감탄스러운 황갈색 사막이 펼쳐진 풍경부터 소박한 옷 너머로 아름다움과 우아함이 드러나는 사람들. 음악에 반한 그녀는 남녀 그리오들의 노래에 푹 빠져들었고, 안타깝게도 지금은 시들어버린 위대한 목소리 판타 뎀바의 제자가 하는 수업을 들었다. 그녀는 이 나라의 언어들을 배웠고, 그새 밤바라어나 풀라어로 종알거릴 수 있게 되었다. 맡은 일도 마음에 쏙 들었다. 그녀가 일하는 순자타 케이타 고아원에는 겨우 스무 명 남짓한 아이들만 지내고 있었다. 아프리카 가족들은 결속력이 강해서 한쪽 또는 양쪽 부모를 테러로 잃은 아이들을 떼어놓지 않았던 것이다. 삼촌, 이모, 사촌이 서로 맡겠다고 싸울 정도였다.

아침이면 이바나는 어린아이들을 씻기고, 숟가락으로 음식을 떠먹이고, 청결을 가르쳤으며, 무엇보다 그녀가 어린 시절에 듣고 자란 동요들을 가르쳤다. "우리 식으로 양배추를 심을 줄 아나요?" 혹은 "자크 형, 자크, 형, 자나요, 아침 종이 울려요. 딩, 댕, 동."

그녀는 이반에게 애원했다.

"제발 부탁이야, 인내심을 가져봐. 우리가 이렇게 일찍 말리를 떠나면 엄마가 얼마나 괴로워하실지 생각해봐. 몇 달 뒤에도 그렇게 불행하다 느껴지면 그때 생각해보고 결정을 내리자."

이반은 누이의 말이라면 어떤 것도 거절하지 못했다. 그는 체념하고 키달에 남기로 마음먹었고, 금세 친구 둘을 사귀게 되었다. 첫번째 친구는 만수르였다. 그는 난산 끝에 아기를 낳고 죽은 란사나의 누이의 아들이었다. 모두가 그 비극의 책임을 만수르에게 지워서, 그는 그 비극에서 헤어나지 못했다. 그는 부락에서 왕따였다. 침울한 얼굴에 왜소하고 싹싹하지도 못한데 목소리가 카스트라토처럼 가늘어서 듣는 사람마다 웃음을 터뜨렸다. 그는 심잠음 때문에 민병대에서 축출되었다. 그 때문에 그의 평판이 더 나빠질 건 없었다. 사람들은 그가 뭐 하나 제대로 하는 게 없다고 비난했다. 그는 지금 시내에 있는 '발라조'라는 레스토랑에서 일했다. 프랑스인들이 운영하는 작은 선술집인데, 거기서 그리 명예롭지 않은 직무인 설거지 담당이었다.

이반과 그 사이에는 금세 통하는 뭔가가 있었다. 둘은 서로가 같은 나무로 만들어졌다는 걸, 영원한 패자들을 새겨놓은 나무로 만들어졌다는 걸 즉각 느꼈다. 사실 누이에게 강박적으로 사로잡혀 있는 이반에게는 친구가 거의 없었다. 그는 반응과 긴장과 결론이 비슷한 존재를 거기서 발견하고 기쁨을 느꼈다. 그는 만수르에게 자신의 어린 시절 이야기를 했다. 그러면서 스스로 놀랐다. 늘 자신의 어린 시절은 흥미로울 게 전혀 없다고 판단해 왔기 때문이다. 그는 자기 나라를, 어머니를, 할머니를, 그리고 기억에 불쑥 떠오른 천 가지 작은 사건들을 묘사하면서 뜻밖의 단어들을 찾아냈다. 저녁마다 이반과 만수르는 접이식 간이의자를 가까이 당겨 앉아 밤늦도록 수다를 떨었다. 사람들이 쏟아내는 조롱 앞에서 말이 없던 만수르가 쉴새없이 지껄였다. 그는 같은 말을 즐겨 반복했다.

"이 나라를 떠나야 해. 여긴 독창적인 것이라곤 창조된 적 없고, 좋은 건 아무것도 나올 수 없는 유럽의 한 속국일 뿐이야. 유럽으로 가서, 거기서 자본주의의 심장부를 쳐야 해."

이반은 완전히 납득하지 못한 채 그의 말을 들었다. 초콜릿을 만드는 것만큼이나 그런 폭력에도 그는 공감하지 못했다. 유럽으로 가기를 바랐지만 자본주의를 파괴하기 위해서는 아니었다. 더 나은 삶, 그가 과들루프와 말리에서 경험한 것보다 나은 삶의 조건들을 찾기 위해서였다. 때때로 만수르는 대단히 심각한 비방을 쏟아냈다. 란사나가 술주정뱅이고, 주정뱅이 황새라고 했다.

"주정뱅이 황새라니?" 어리둥절한 얼굴로 이반이 되풀이했다. "왜 그렇게 말하는 거지?"

만수르가 목소리를 낮췄다.

"저녁에 집에 돌아올 때 어떤지 보면 알아. 등을 구부정하게 구부린 채 걷고, 집안에 틀어박혀서 다음날 아침까지 안 나와. 잔뜩 취해 있으니까."

그런 말을 자꾸 듣다보니 이반은 이미 반감을 느끼던 아버지를 면밀히 관찰하게 되었다. 그리고 만수르가 완전히 잘못 생각했다는 걸 금세 깨달았다. 란사나가 집안에 틀어박히는 건 술이 아니라 여자 때문이었다. 그는 여자에 대해 도무지 채우지 못할 욕구가 샘솟는 모양이었다. 여자들. 온갖 종류의 여자들이었다. 일부는 살림에 보탬이 되려는 유부녀들이었다. 또다른 여자들은 나이가 두 배나 많은 이 남자의 위엄에 홀린 천진한 젊은 여자들이었다. 또다른 여자들은 명백히 직업 여자들, 즉 돈을 받는 사랑의 전문가들이었다. 이반은 그 방탕함에 기겁했다. 누이를 향한 사랑이 그를 보호해주어 그는 지금까지 동정을 지켜왔기 때문이다. 그에게 여자의 몸은 성스러운 것이었다. 그는 사랑 없는 소유는 상상하지 못했다. 아버지의 위선이, 몹쓸 교훈을 전하기 좋아하고 언제나 쿠란을 인용하는 그의 위선이 역겨웠다.

이반은 날이 갈수록 점점 더 이 부락이 싫어졌고, 아버지의 권위를 견디기가 힘들었다. 란사나는 열 살짜리 아이를 대하듯 그에게 명령했고, 사람들 앞에서 서슴없이 매몰차게 대했다. 란사나는 그를 '어디를 디디는지도 모르고 걷는 놈'이라고 불렀다. 이반은 왜 그 말에 모두가 웃는지 알 수 없어서 줄곧 생각했다. 자만심이 강한 사람이라는 뜻일까, 의식이 없는 사람, 아니면 맹목에 사로잡힌 얼간이라는 뜻일까?

어느 저녁 만수르가 접의자를 이반의 의자 가까이 더 바짝 당겨 앉았다. 어떤 강렬한 감정에 사로잡혀 무시무시한 고백을 할 것처럼 보였다.

"어제 말이야, 람지라는 사람을 알게 되었어." 만수르가 속삭였다. "레바논 출신 국경 탈출 안내인이거든. 다른 아이들과 함께 나를 레바논까지, 그다음엔 유럽으로 데려다줄 수 있대. 모든 테러 활동의 중심부로. 너도 우리랑 같이 갈래?"

이반이 아연한 표정을 짓자 그가 말을 이었다.

"말리 프랑으로 오백밖에 안 들 거야. 람지는 돈을 벌려고 그 일을 하는 게 아니니까. 그 사람에겐 믿음이 있어. 우리가 예속되어 있는 세상을 파괴해야 해."

이반은 고개를 저으며 같이 못 가서 미안하다고 말했다. 누이와 헤어질 수 없고, 아는 사람이 별로 없는 이 부락에 누이를 홀로 남겨두고 다른 길로 갈 수는 없다고 했다.

며칠 뒤 만수르는 이반에게 이런 헌사를 적은 쿠란을 기념 선물로 남겨둔 채 사라졌다. "우리는 언젠가 다시 만날 거야. 너를 사랑하고, 영원히 사랑할 너의 형제가." 만수르가 사라지자 그에 관한 온갖 얘기가 날아들었다. 세상에, 그놈이 발라조에서 외국인들에게 몸을 팔았대. 물론 관광객들이지. 그놈 몸값으로 꽤 큰 돈이 들었다는 거야. 경찰이 정보를 입수했는데, 만수르는 벨기에로 떠났대. 테러를 준비하고 있는 테러리스트 무리에 합류하려고. 불행히도 부락의 누구도 정확한 정보를 내놓지 못해서 그런 의심을 확인할 길이 없었다.

이반은 자주 만수르 생각을 했다. 그가 떠난 후 부락이 더욱 공허해 보였다. 말할 사람이 아무도 없었다. 도무지 끝나지 않을 것 같은 밤들을 란사나의 오두막집 주변에 모인 가수들의 날카롭고 높은 노랫소리가 관통했다. 그는 언제나 똑같은 악몽을 꾸었다. 따뜻한 옷을 입고 양털 모자까지 쓴 그의 친구가 공항에 폭탄을 설치하고 바 테라스에 모여 앉은 사람들에게 칼라시니코프 자동소총을 쏘아대는 장면이었다. 자신도 모르게 그는 친구의 용기에 감탄했고, 함께 떠나지 않은 걸 후회했다.

그즈음 이반에게 두번째 친구가 생겼다. 만수르와 다르면서도 묘하게 닮은 친구였다. 알리라는 이름의 민병대원이었다. 그는 잘생겼고, 키가 거의 2미터나 되는 거구였으며, 어머니가 무이인이라서 피부색이 밝았다. 그러나 특권층 출신인 그를 질투하는 다른 민병대원들로부터 잔인한 조롱과 끈질긴 공격을 받았다. 그는 대단히 잘 알려진 쿠란 주해자와 위대한 움 쿨숨*에 비교되는 여가수의 아들이었던 것이다.

---

* 아랍에서 가장 유명한 이집트 가수.

이반과 그의 우정은 두 사람이 같은 임무를 맡게 된 날 시작되었다. 그들에게 키달에서 50여 킬로미터 떨어진 작은 마을 키타로 이동하라는 지시가 내렸는데, 그곳 농부들이 죽임을 당하고 염소떼를 탈취당했기 때문이었다.

"이건 상상할 수 있는 한 가장 어리석은 임무야." 알리는 군용 지프차에 올라타 이반 곁에 앉으며 말했다. "십중팔구 테러리스트들이 한 짓일 텐데, 지금쯤 염소떼는 안전한 곳에 두고, 몇 마리는 절벽 밑에 숨어서 굽고 있을 거야."

"그런 식으로 말하면 안 돼." 이반이 그에게 주의를 주었다. "네가 조롱하는 걸 누가 들을지 모르잖아. 이곳엔 그런 걸 당장 고발할 애들이 수두룩해. 대장에게 잘 보이려고 사소한 이야기까지 퍼뜨리려고 할 거야."

"넌 그런 애가 아니잖아." 알리가 시동을 걸며 자신 있게 말했다. "몇 주 전부터 널 지켜봤어. 어느 나라에서 왔다고 했지? 네가 이방인이라는 건 알거든."

"과들루프 출신이야." 이반이 대답했다. "거긴 정식 국가가 아니라 프랑스의 해외 주야."

"프랑스의 해외 주!" 알리가 빈정거렸다. "그게 무슨 뜻이야?"

이반은 자신이 속한 곳의 기묘한 점을 설명하려 애썼는데, 자신이 제레미 씨에게서 들은 말을 반복하고 있다는 걸 깨달았다.

그는 고향을 추하게 전락한 땅으로, 일자리 없는 청년들이 마약과 폭력에 빠진 땅으로 묘사했다.

"해방해야 할 땅이 또 있네." 알리가 말했다.

잠깐 침묵하던 그가 다시 말을 이었다.

"이리로 쭉 가면 금세 알제리에 도착할 거야. 거기서는 프랑스로, 아니면 벨기에로 가는 비행기를 타기가 쉬울 거야."

"프랑스? 벨기에?" 이반이 놀란 듯 물었다.

삶을 다시 시작하기에 좋을 장소로 유럽을 거론하는 말을 또다시 들은 것이다. 그가 재차 물었다.

"왜 프랑스로 가려고?"

알리는 그 질문에는 대답하지 않았다.

키타 마을에는 주민이 백여 명밖에 없었다. 거리는 황량했다. 오두막 안에는 남편을 잃고 혼자 남겨진 여자들이 온몸으로 오열하고 있었다.

"우리는 남편과 염소떼를 동시에 잃었어요." 여자들이 한탄했다. "우리가 뭘 어쨌다고 이런 저주를 받는 거죠?"

"아마도 신을 화나게 했겠죠." 알리가 퉁명하게 대답했다.

키달로 돌아와 알리는 곧 이반을 집으로 초대했다. 벽걸이용천, 비단 커튼, 장모 양탄자, 무덤처럼 깊은 침상의자를 갖춘, 부모님이 사는 진짜 왕궁 같은 집에서 알리는 좁고 천장 낮은 방을 개조해 침대 하나와 갈색 가죽 쿠션의자 몇 개만 놓고 지냈다. 이반은 왜 알리의 남동생 셋이 그를 아야톨라라고 부르는지 금세 이해했다. 그는 술도 마시지 않고 담배도 피우지 않고, 하루에 다섯 번씩 기도를 올리고, 금요일에는 가장 먼저 모스크에 나갔으며, 여유 시간이 조금이라도 생기면 쿠란을 읊조리며 묵주 기도를 했다. 그가 자신에게 허용하는 건 딱 두 가지뿐이었다. 하나는 음식이고, 다른 하나는 란사나처럼 여자였다. 그에게는 난쟁이 곱추 같은 모로코인 요리사가 딸려 있었는데, 그 요리사가 스튜, 꿀을 넣은 뿔닭 요리나 속을 채워 향신료 위에 얹은 호박 요리 같은 맛난 음식들을 해주었다. 그러면 그는 매일 저녁 두세 명씩 여자를 불러 사랑을 나누며 밤을 보냈다.

어느 저녁, 그가 느닷없이 이반에게 물었다.

"너 동정이지, 그렇지?"

이반은 피가 얼굴로 쏠려 아무 대답도 하지 못했다.

"네가 여자에게 관심 갖는 걸 본 적이 없어." 알리가 이어 말했다. "여자 앞에서 움찔하는 것도 못 봤고. 네 눈에는 여자가 보이지 않는 것 같아."

냉정을 조금 되찾은 이반이 복잡하게 설명을 시작했다.

"그건 내가 과들루프에 남겨두고 온 어떤 여자를 미칠 듯이 사랑하기 때문이야. 다른 여자를 쳐다보면 그녀를 배반하는 느낌이 들 거야."

알리가 낄낄거렸다.

"그런 소리를 나더러 믿으라고? 남자들은 모두 머릿속에 열렬히 사랑하고 존중하는, 범접하기 어려운 여자를 품고 있어. 그렇다고 다른 보통 여자들과 쾌락을 누리지 못하는 건 아니지. 그러면 네 앞에 달린 그 멋진 물건을 아직 한 번도 못 써봤겠네? 쇠처럼 단단해져서 여자의 은밀한 고치 속으로 들어가보지도 못했고, 달콤한 바닷물을 발사해보지도 못했겠군. 상상하기 힘든 일이야."

이 대화가 있고 다음날, 알리는 저녁식사에 세 여자를 초대했는데, 친구를 위한 게 분명했다. 라시다, 우미, 에스메랄다. 큰 가슴에 개미허리, 사람들이 곁눈질로 훔쳐볼 법한, 옷으로 가려지지 않을 만큼 풍만한 엉덩이. 여자들은 아름다웠다. 라시다와 우미는 이곳 토박이였고, 에스메랄다는 케랄라 인디언이었다. 그녀는 칠 년 동안 사원에서 카마수트라 자세보다 훨씬 더 과감한 체위들을 연구했다. 그녀가 잘하는 기술 중 하나의 이름은 풀 뜯는 어린 송아지였다. 그 애무는 너무도 은밀해서 그걸 받는 남자들은 반쯤 미쳐버렸다. 또다른 건 작은 고리라고 불렸는데, 차마 여기서는 묘사할 수가 없다.

식사를 마치자마자 알리는 일어나서 여자들에게 말했다.

"저 친구를 녹초가 되게 만들어. 너희 기술을 아끼지 말라고. 하나도 빠짐없이. 손 애무, 오럴섹스, 항문섹스. 물리도록 애무를 퍼부으라고. 안 건드린 살갗이 한 군데도 없게 해."

그렇게 말하고 그는 문을 닫고 사라졌다. 이 첫날밤은 이반에게 말로 다할 수 없는 쾌락과 깊은 수치심을 동시에 안겼다. 그의 몸이 내지른 포효, 신음, 비명은 우리에서 뒹구는 돼지의 울음소리 같았다. 몇 시간이나 계속된 행위가 끝나자 그는 세 여자에게 고맙다는 말도 않고 자기 집으로 달려갔다. 그는 이바나의 품에 달려들어 용서해달라고 애원하고 싶었다. 그러나 그녀가 있는 데까지 갈 수가 없었다. 그녀는 여자들만 들어갈 수 있는 담장 안에서 정숙하게 자고 있었다. 그래서 그는 그 끔찍한 기억을 씻어버리려는 듯 물에 뛰어들어 머리끝에서 발끝까지 비누칠을 하고 닦았다.

이튿날 그가 예상하지 못한 싸움이 일어났다.

"넌 무슬림이 되어야 해." 알리가 불쑥 말했다. "이슬람으로 개종해야만 해."

"왜?" 이반이 응수했다. "난 나를 길러준 어머니의 종교, 우리가 속한 사회의 종교를 지켜야 해."

"꼭 무슬림이 돼야 해." 알리가 고집했다. "오직 네 행복을 생각해서 하는 말이야. 네가 손에 무기를 들고 죽으면 알라신의 정원으로 곧장 가게 될 거야. 거기서 너는 일흔두 명의 처녀의 꽃을 꺾게 될 거고. 그러는 동안 긴 흑발을 늘어뜨린 천상의 미녀들이 네 주변에서 춤을 출 거야."

"누가 손에 무기를 들고 죽으라는데?" 이반이 물었다.

알리는 자기 책상으로 가서 서류 뭉치를 꺼냈다.

"명목만 무슬림이지 서구의 강제에 복종할 뿐인 이 나라를 떠나야 해. 바로 그 서구 세력이 네 나라를 프랑스의 해외 주로 만든 거야. 모든 게 여기 적혀 있어. 우리는 알제리 아마리크까지 가서 거기서 이라크로 갈 거야."

이반은 자신의 최후 논거를 내세우며 강하게 맞섰다.

"내 누이를 버릴 수 없어. 우리는 함께 말리에 왔어. 함께 머물 거야. 떠나도 함께 떠날 거고."

알리는 벌컥 화를 냈다.

"네가 가도 네 누이는 아랑곳하지 않을 거야. 엘 하디 만수르가 네 누이를 사랑해서 너희 아버지에게 결혼을 허락해달라고 청했다는 얘기 못 들었어?"

이반은 그에게 달려들어 목을 죄었다.

"무슨 얘기야? 더러운 거짓말쟁이 자식!"

"사실만 말한 거야." 알리가 맹렬히 발버둥치며 더듬더듬 말했다.

이반은 캄캄한 어둠 속으로 뛰쳐나갔다. 케르팔라 모스크의 이맘 엘 하디 만수르의 집으로 달려갔다. 그러나 이맘은 죽어가는 사람 곁을 지키고 있다고 하인들이 말했다. 그래서 이반은 순자타 케이타 고아원으로 향했다. 밤늦은 시각이었지만 그곳에서 누이가 아직 일하고 있다는 걸 알고 있었다. 실제로 그녀는 자기 방에서 가장자리만 빨간 흰색 유니폼을 벗고 팬티 차림으로 가슴을 드러낸 채 서 있었다. 이반이 대뜸 소리쳤다.

"그게 무슨 말이야? 엘 하디 바르카 만수르가 너랑 결혼하고 싶어한다며?"

이바나는 그를 품에 안고 입맞춤을 퍼부었다.

"그 사람이 날 사랑한다면 그건 그 사람 사정이지." 그녀가 부드러운 어조로 말했다. "아버지한테 결혼 허락을 청했는데 내가 거절했어. 너도 알잖아, 난 너만 사랑하는 거."

이번에는 이반이 자신의 뜨거운 몸을 알몸이나 다름없는 그녀에게 밀착시킨 채 열정적으로 입맞춤했다. 이날 저녁 둘의 사랑 행위는 거의 완성되기 직전이었다.

두 사람이 고아원을 떠나 중앙광장에 이르렀을 때 놀라운 광경이 눈에 들어왔다. 검은 복면을 쓴 무장한 남자들이 지프차 두세 대에서 내렸다. 놀란 쌍둥이는 작은 골목길로 접어들어 집으로 돌아갔다. 잠에서 깬 두 사람은 테러리스트 특공대가 바 테라스에서 민트차를 마시던 무고한 사람들에게 닥치는 대로 총을 쏘아 밤사이 서른 명을 살해했고, 도시 곳곳에 불을 질렀다는 사실을 알게 됐다.

알리는 엘 코브라가 주재하는 특별군사법정에 소환되었다. 실제로 그가 그 테러리스트들과 공모했고, 차를 마시는 무고한 자들을 죽이는 데 일조했다는 진술이 나왔다. 한 시간도 채 걸리지 않은 심의가 끝나고 그는 태양 형벌을 받았다. 황제 칸칸 무사 시대부터 내려온 아주 오래된 형벌로, 사막의 혹독한 태양 아래 완전히 발가벗겨서 묶은 채 머리 혈관이 부풀어 터질 때까지 내버려두는 형벌이었다. 엘 코브라는 이반에게 친구의 피투성이 시신을 키달로 가져가서 공동 묘혈 속에 던져버리는 임무를 맡겼다. 이반은 자신도 죽음을 면치 못하리라 생각했다. 임무를 끝낸 뒤 최악의 보복이 두려워 알파 야야 병영으로 돌아가지 못했다. 그는 온종일 먹지도 못한 채 거적 위에만 엎드려 있었다. 란사나의 바보 같은 소리를 듣고야 겨우 그 마비 상태에서 빠져나왔다.

"알리라는 놈은 그런 꼴을 당해도 싸. 그놈은 배신자에 테러리스트였어."

이반과 아버지의 관계는 망가질 대로 망가진 상태였다. 부자 사이는 란사나와 이바나 사이처럼 다정하고 애정어린 관계였던 적이 한 번도 없었다. 그렇지만 아버지와 아들은 언제나 사이가 좋은 것처럼 행세했다. 이젠 그것도 끝났다. 란사나는 모두 들으라는 듯이 투덜거렸다.

"이놈은 전과자잖아. 이놈 애미가 그 사실을 나한테 숨겼어. 두 번이나 감옥에 들어갔다 온 놈인데."

이반은 이반대로 란사나가 서구의 피조물일 뿐이라고, 그의 음악은 알리 파르카 투레나 살리프 케이타 같은 천재들의 음악만큼 가치 있지 않다고 공공연히 말했다. 주된 쟁점은 이반이 한 사코 병영으로 돌아가기를 거부한다는 것이었다. 성난 란사나가 내뱉었다.

"아무것도 안 하는 저 게으름뱅이는 내가 못 먹여 살려."

어느 날, 이반이 평소처럼 거적 위에 누워 있는데 웬 방문객이 그를 찾는다고 알려왔다. 머리를 민 키 작은 남자가 현관에서 그를 기다리고 있었다.

"나는 진가 메사우드요." 남자가 자기를 소개했다. "여기 말고 딴 데로 갑시다. 벽에도 귀가 있으니."

거리로 나서자 진가가 말했다.

"알리 마실라의 절친한 친구였죠, 그렇죠?"

"내 형제였습니다." 이반이 터져나오려는 울음을 참으며 대답했다.

"그 친구에게 가해진 일을 못 견디고 복수하려는 사람이 많아요." 진가가 말을 이었다. "나를 따라가겠어요?"

진가는 비슷비슷한 임대주택 건물들이 서 있는 외곽 지역으로 이반을 데려갔다. 어느 건물 앞에 도착하자 그는 앞장서서 4층까지 걸어올라가더니 주머니에서 작은 악기를 꺼내 소리가 나게 세 번 불었다. 그리고 나무문을 두 번 두드렸다. 얼마 후 문이 열렸고, 두 사람은 희미하게 불이 밝혀진 거실로 들어섰다. 사십대 남자가 그들을 기다리고 있었다. 남자는 일어서서 책상을 빙 돌아나와 이반에게 손을 내밀었다.

"날 이스마엘이라 부르시오." 남자가 말했다.

이스마엘은 인도 출신이었고, 라자니라는 무슬림 마을에서 왔다. 그는 윤이 나는 반듯한 머리카락에 정수리를 덮는 작은 모자를 쓰고 어두운색 헐렁한 옷을 걸치고 있었다.

그렇게 이반은 '그림자 군단'에 들어갔다. 공식 민병대 안에서 민병대의 계획을 좌절시키고 지휘를 어렵게 만드는 신병들을 사람들은 그림자 군단이라고 불렀다. 따라서 이반은 군복을 다시 걸치고 고개를 조아리는 척하며 알파 야야 병영으로 돌아가야만 했다. 복귀한 이후 엘 코브라를 그의 집무실에서 직접 만났다. 엘 코브라는 가시 돋친 미소를 지었다.

"분별력을 되찾았군."

"제가 어리석었던 걸 용서해주세요."

엘 코브라가 미소에 힘을 실으며 말했다.

"난 널 책망하지 않아. 네 잘못이 아니야. 알리가 너를 그쪽으로 끌어들인 거지. 라시다, 우미, 에스메랄다가 우리에게 전부 얘기했어. 에스메랄다가 옷 속에 감춘 카메라 덕분에 그 부정행위를 볼 수 있었지."

"라시다, 우미, 에스메랄다가 스파이군요!" 이반이 놀라서 외쳤다.

엘 코브라가 허세를 부리며 말했다.

"그 여자들은 우리를 위해 일하지. 네가 원한다면 그 여자들은 지난번과 똑같이 또 해줄 거야. 이번에는 비싼 대가를 치를 일도 없을 거고."

그러는 사이, 케르팔라 모스크의 이맘 엘 하디 만수르는 이바나와 결혼하려는 결심을 단단히 굳혔다. 그는 이미 아내 셋과 자식 일곱을 두었고, 그 정도면 충분할 법도 했다. 그러나 멀리서 와서 사랑스러운 억양으로 밤바라어를 재잘거리고, 말리 여자들은 절대 입지 않는 흰색 면 반바지를 입고 긴 다리를 드러낸 영계를 보자 그는 피가 달아올랐다. 예쁜 여자가 청혼을 거절했다가도 거절당한 구혼자가 그녀에게 필요한 도움을 베풀 수 있다면 이내 생각을 바꾸고 결정을 뒤집는 경우가 처음 있는 일은 아닐 것이다. 그런데 엘 하디 만수르는 가리푸나의 도움에 기댈 수 있었다. 가리푸나는 이그보어를 쓰는 나라 출신으로, 삶의 우여곡절을 겪고 키달까지 온 영매였는데 명성이 자자했다. 그는 반사막 지대인 고원 위 10킬로미터쯤 떨어진 곳에 기묘하고 신비스러운 황토 오두막을 짓고 살았다. 그는 주술사가 아니었다. 돈을 받고 사람들에게 최악의 재앙을 불러오는 악한 존재가 아니었다. 그보다는 오른손과 왼손, 선한 손과 악한 손, 두 손으로 일하는 사람이었다. 다시 말해 악과 선을 동시에 행하는 사람이었다. 그의 집 주변 선인장과 야생초들 사이에 온갖 크기의 병들이 놓여 있었는데, 그는 그 안에 죽은 자들의 영靈을 가둬두었다가 신생아들 몸속에 흘려넣곤 했다.

어둠이 내리자 엘 하디 만수르는 가리푸나의 집으로 갔다. 어떤 일들은 어둠 속에서 훨씬 더 잘 성사되기 때문이다. 가리푸나는 금세 그를 알아보았다.

"또 자넨가! 이번엔 웬 바람이 불어서 왔지?" 그가 외쳤다.

"나한테 아내가 필요해서지."

"또!" 가리푸나가 웃음을 터뜨렸다. "아내 수집이라도 하는 건가."

엘 하디 만수르는 손을 크게 휘저으며 말했다.

"어쩌겠어? 악인들이 득실거리는 이 땅에서 우리의 유일한 위안은 여자들뿐인걸. 그게 쿠란의 교훈이잖나."

그러더니 그는 영매에게 작업에 대한 대가로 주려고 가져온 흰색 퍼케일 천과 콜라너트들을 내밀었다. 가리푸나는 콜라너트 몇 개를 집더니 선반 위에 놓인 병들 틈에서 꺼낸 약초 달이는 호리병 속에 넣었고, 얼굴을, 특히 눈을 정성 들여 씻고는 초 일곱 개에 불을 붙였다. 일곱은 숙명적인 숫자였다. 그러곤 이해할 수 없는 말을 조용히 읊조리기 시작했다.

그렇게 반시간쯤 지나자 그가 펄쩍 뛰더니 마주 앉은 엘 하디 만수르를 보고 외쳤다.

"그 여자는 다른 남자가 온전히 소유하고 있어."

"그런 건 겁나지 않아." 엘 하디 만수르가 응수했다. "바로 그래서 자네를 찾아온 거니까. 자네한텐 이 문제를 해결할 힘이 있잖아. 난 자네를 전적으로 신뢰해."

가리푸나는 그새 꺼진 촛불 두 개에 다시 불을 붙였고, 다시 정성껏 눈을 씻었다. 얼마 후 그가 말했다.

"내가 이해할 수 없는 건 그 남자의 특성이야. 평범한 연인이 아니야. 그 여자와 함께 태어났고, 같은 삶을 공유하고 있어."

그러곤 입을 다물더니 눈에 보이지 않는 무언가를 다시 탐색했다.

갑자기 그가 비명을 내질렀다.

"그 여자한테 쌍둥이 형제가 있나?"

엘 하디 만수르는 그 사실에 대해서는 전혀 알지 못했다. 란사나 디아라의 부락에서 이반을 몇 번 보긴 했지만, 그가 이바나와 어떤 인척 관계인지는 알지 못했다.

"자네 일은 상당히 복잡해 보여." 가리푸나가 엘 하디 만수르에게 말했다. "좀 알아보고 나흘 뒤에 다시 오게. 나흘 뒤면 보름달이 뜰 테니, 달의 정기를 받아서 뭘 해야 할지 정확히 알게 될 거야."

"이 일에 비용이 전부 얼마나 들겠나?" 엘 하디 만수르가 불안한 얼굴로 물었다.

"아주 비쌀 거야." 가리푸나가 앉은뱅이탁자 위에 놓인 석유램프에 다시 불을 붙이며 말했다. "다시 말하지만 자네 일은 복잡하거든."

엘 하디 만수르는 키달까지 10킬로미터를 달려 돌아가며 생각에 잠겼다. 하늘 한가운데 희끄무레하게 뜬 달은 아직 완전히 차오르지 않았다. 달빛에 비친 모래언덕과 절벽들은 나그네들에게 당장 덤벼들 것만 같은 선사시대 동물들처럼 보였다. 그러나 이 맘은 겁나지 않았다. 자기 생각에 깊이 빠져 있었던 것이다. 대체 무슨 일인지 그는 전혀 이해하지 못했다. 어떻게 이바나가 그의 형제에게 온전히 소유될 수 있단 말인가? 가리푸나의 표현은

140

무슨 뜻이었을까? "같은 삶을 공유하고" 있다니.

엘 하디 만수르가 특별히 천진한 건 아니었다. 말리 사람들은 근친상간을 알지 못했고, 정신과의사와 정신분석학자들의 연구 결과에 별로 익숙하지 않았다.

그는 무사히 키달에 이르렀다. 란사나 디아라의 부락 앞을 지날 때 사람들이 우르르 달려가고 그 입구를 무장한 민병대들이 지키고 있는 게 보였다. 그는 사람들에게 물어 유명 재즈 가수 허비 스콧이 카이로오케스트라의 연주에 맞춰 란사나와 함께 노래한다는 걸 알게 되었다. 엘 하디 만수르는 그런 퓨전을 좋아하지 않았다. 모든 형태의 음악은 다른 목소리들과 필연적으로 뒤섞이지 않는, 분명하고 개별적이며 낯선 목소리여야 한다고 그는 생각했다. 그렇지만 그는 그곳에서 무슨 일이 벌어지고 있는지 보려고 주차한 뒤 부락으로 들어섰다. VIP 좌석을 마다하고 그는 연단 왼쪽에 모인 청년들의 움직임을 관찰할 수 있도록 이목을 끌지 않는 자리를 골랐다. 청년들 사이에 이반과 이바나도 있었다. 그는 두 사람이 얼마나 닮았는지 한 번도 알아채지 못했다. 두 사람 다 똑같이 아몬드 모양으로 까맣게 반짝이는 눈을 가졌지만 이바나의 눈이 이반의 눈보다는 조금 더 생기 없어 보였고, 입술도 똑같이 도톰했지만 이반의 입술이 조금 더 도톰해 보였다. 똑같이 보조개가 팬 턱도 이바나의 턱이 조금 더 동그스름했다. 놀라운 건 쌍둥이가 똑같은 방식으로 똑같은 몸짓을 하고 똑같은 표정을 짓는다는 점이었다. 성가신 엘 하디 아마두 시세가 그 순간 엘 하디 만수르를 발견하고 다가와 친근하게 곁에 앉더니 지루한 대화를 시작했다. 엘 하디 만수르는 견디지 못하고 말을 끊었다.

"란사나는 저렇게 멋진 자식들을 둬서 행복하겠어."

엘 하디 아마두 시세가 입을 삐죽이며 말했다.

"장담하건대 보기만큼 그렇게 행복하지 않을걸. 아들놈이 아무것도 하려 들지 않는대. 좋은 보수를 받게 될 텐데 민병대와 같이 북쪽으로 떠나는 것도 거절하고 말이야. 가난한 란사나는 먹고살려면 음악 활동을 더 늘려야 하지. 장담하는데, 저 쌍둥이는 선물이 아니야."

바로 그것이 엘 하디 만수르가 알고 싶었던 사실이다.

콘서트가 끝나자 청중은 음악가들에게 기립박수를 보냈다. 저게 저들의 예술이 완벽했다는 신호는 아니지, 하고 엘 하디 만수르는 여전히 비판적으로 생각했다. 청중은 그저 자신들이 서구의 표현 방법을 받아들였다는 걸 드러내고 싶어했던 것뿐이라고.

나흘 뒤 엘 하디 만수르는 가리푸나의 집을 다시 찾았다. 가리푸나는 오두막 밖에 앉아서 빨갛게 타오르는 불꽃을 응시하고 있었다.

"이제 다 이해했네." 그가 말했다. "새하얀 어린 암탉 한 마리와 털이 붉은 어린 수탉 한 마리를 가져와. 둘 다 다섯 달을 넘기지 않은 놈들이어야 하네. 내가 그것들을 잡아서 죽을 만들어주면 그걸 비둘기 파테와 섞어. 그리고 란사나와 그 자식들을 자네 집으로 저녁식사에 초대해서 그걸 먹여. 그리 어렵지 않을 거야."

이 지시를 이행하기까지 상당한 시간이 걸렸다. 란사나가 두 자식을 데리고 저녁식사에 오도록 설득하는 데 시간이 필요했다. 그러는 사이, 식사 준비를 맡은 엘 하디 만수르의 첫번째 아내 아와는 남편이 건네주었던 병을 쓰레기통에 던져버렸다. 그 안에 든 파테의 색깔이 꺼림칙했던 것이다. 따라서 이 일은 완전히 실패로 돌아갔다.

이반은 수없이 많은 성화스러운 형제자매들 때문에 편히 지내지 못하면서도 아버지의 부락과 키달을 떠나지 않았는데, 그럴 만한 이유가 있었다. 기만적으로 민병대 군복을 걸치고 있는 그림자 군단의 신병들은 매일 저녁 이스마엘의 집 뒤쪽 넓은 뜰에 모여 여러 스승의 가르침을 들었다. 이스마엘은 이론의 여지 없이 그들 가운데 가장 똑똑했다. 그는 그윽하면서도 단호한 어조로 말했다.

"사람들은 우리가 음악을 좋아하지 않고 금지한다고 비난합니다. 그건 사실이 아닙니다. 우리가 그 무엇보다 우선시하는 건

신의 목소리를 듣게 해주는 침묵입니다. 모든 소음, 모든 잡음을
침묵하게 해야 합니다."

이스마엘의 말을 들으면서 이반은 제레미 씨의 말을 다시 떠
올렸고, 그의 말을 대충 들었던 걸 자책했다. 그 시절 그는 너무
어렸거나 미숙했을 것이다. 신병들은 파란 방수 천막 아래 앉아
서 모두 비슷하게 생긴 수첩에 필기를 했다. 작은 연단 위에 선
이스마엘과 다른 권위자들은 마이크를 잡고 그들 앞에서 말했
고, 희한하게 초록색으로 칠해진 칠판에 자신들의 말을 뒷받침
해줄 그림을 그렸다. 첫번째 수업의 주제는 십자군이었다. 이스
마엘은 그것이 서구가 이슬람에 저지른 근본적인 공격이었음을
논증해 보였다. 서구가 순교자로 떠받드는 인물인 프랑스 왕 루
이 9세, 소위 성왕 루이는 사실상 제국주의의 첫 앞잡이였다. 제
국주의는 세계 평화를 줄곧 위협해왔다.

두번째 수업의 주제는 노예제도였다. 물론 아랍 술탄들도 금
값으로 산 흑인 미녀들을 하렘에 두며 노예제도를 활용했다. 하
지만 그들의 노예제는 인간성을 말살하는 차원이 아니었고, 수백
만의 인간을 상품으로, 야생 짐승으로 깎아내린 노예무역의 폭력
성에 비교할 수 없는 것이었다. 이스마엘은 노예선의 구조, 화물
창의 지독한 악취, 여자들과 사춘기 이전의 소녀들에게 거듭 가
해진 강간에 대해 묘사했다. 그리고 카리브해의 노예시장을 그린

판화들도 돌려 보게 했다. 그 시장에서는 팔려고 내놓은 노예들의 치아를 검사했고, 고환의 무게를 재보았고, 위험한 질병을 감추고 있지는 않은지 확인하려고 항문의 깊이를 검사했다.

이런 수업은 마지막 기도 종소리 직후에 시작되어 저녁 열시 반에 끝났다. 아홉시쯤 가벼운 식사가 나왔다. 언제나 한결같이 훈제 생선과 삶은 달걀과 쿠스쿠스였다. 이상하게도 이 소박한 식사가 단조롭게 느껴지지 않았다. 오히려 반대였다! 생각에 활기를 불어넣었다. 이반의 머릿속에 의문들이 이어졌다. 왜 발견의 시대에는 수백만 인간존재를 멸시하고 배척하게 되었을까? 왜 정복자들은 그렇게 금세 무법자에 살인자가 되었을까? 이스마엘은 차근차근 설명했다. 대발견은 호기심, 톨레랑스, 공유의 순간이 아니었다. 발견자들은 깃발을 꽂고, 점령하고, 자신들과 다른 모든 것을 통제 아래 두려고 온 것이었다.

어느 저녁 이스마엘이 이반의 팔을 친근하게 붙잡더니 자기 집무실로 이끌었다.

"난 네가 아주 마음에 들어. 너도 우리처럼 이슬람으로 개종해야 해."

"이슬람으로 개종하라고요?" 이반이 외쳤다. "왜죠? 그러면 제 어머니와 할머니를 배반하는 게 될 텐데요. 제 어머니와 할머니는 가톨릭교도예요."

"그건 그분들이 자각하지 못한 채 신화와 거짓에 속았기 때문이야." 이스마엘이 응수했다. "무슬림이 되면 넌 온전히 우리 형제가 되는 거야. 너무도 비하되고 제대로 평가받지 못하고 있는 우리의 훌륭한 종교가 위대함과 힘을 되찾도록 너도 애쓰게 될거야."

이반은 밤새도록 그 말을 머릿속에서 굴리고 또 굴렸다. 이스마엘의 제안에 이점도 있었다. 실제로 개종하면 아버지와 나머지 가족들과 가까워지게 될 터였다. 동시에 엘 코브라며 그 외 성가신 사람들에게도 착각을 안길 것이다.

아침이 되자 그는 결심이 섰다. 그 소식에 란사나는 이 고집센 놈이 드디어 뜻을 굽혔다며 더없이 기쁨을 표했지만 이바나는 그렇지 않았다. 이반이 자기 의향을 털어놓자 그녀는 단호히 고개를 저었다.

"난 그 길을 따르지 않을 거야. 난 그 종교가 싫어. 나이지리아에서 얼마 전 벌어진 일을 좀 봐. 학교에서 여자아이들을 강제로 납치해다가 알지도 못하는 남자들에게 아내나 첩으로 팔았고, 남자아이들은 학살했어."

두 사람이 서로 다른 생각을 품은 건 처음이었다. 기분이 상한 이반은 자기 생각의 본질을 좀더 명료하게 설명했다. 무슬림이 되려는 게 사실은 자신도 반감이 이는 이 사회에 동화되려는 방식일 뿐이라는 설명이었다. 서로의 차이를 지우고 둘은 동일한 견해를 가진 데 행복해하며 끌어안았다.

가톨릭 세례와 이슬람 세례는 큰 차이를 보인다. 가톨릭 세례는 제대로 의식을 갖추며 장중하다. 세례당에서 대부 대모에게 안긴 아기는 흰 레이스가 달린 상의를 걸치는데, 길게 늘어진 옷자락이 얼핏 신부의 드레스 자락과 비슷하다. 붉은 수단에 중백의를 차려입은 복사服事 아이들이 흔드는 향로에서 나온 연기가 성당을 가득 채워 사제의 모습을 가까스로 알아볼 정도다. 그러다 신부가 기독교인들을 신앙의 병사에 비유하며 긴 강론을 이어간다. 이슬람 세례는 짧은 의식으로 축소될 수 있다. 지역의 이맘은 종교에 입문하는 자의 머리를 밀고, 사방에 대고 입교자의 이름을 말한다. 의식 전체가 몇 분밖에 걸리지 않는다. 하지만 란사나는 전혀 다르게 반응했다.

그는 디아라 가문의 수많은 친인척을 키달로 초대했다. 그들은 가장 멋진 장신구를 걸치고 무더기로 달려왔다. 참석자들 가운데는 빌프랑슈쉬르손*에 자리잡은 사람들도 있었다. 그곳에서 창업을 한 덕분에 그들은 백만장자가 되었다. 참석한 사람들 가운데 가장 주목받은 인물은 의심할 여지 없이 전투복 차림에다

---

* 프랑스 동부의 도시.

허리춤에 칼라시니코프 자동소총을 차고 나타난 엘 코브라였다. 그는 좌우를 살피며 미소 지었고, 어깨를 으스대며 우쭐거렸다. 이 키 작은 남자는 권력의 모든 이중성을 상징했다. 비난받아 마땅한 권력의 폭력성을 알고도 자신의 안전을 위해 그걸 사용하는 이중성 말이다. 그는 꼭 여자처럼 눈가를 검게 화장했다고 해도 믿길 만큼 두 눈이 퀭해 보이는 젊은 혼혈 청년을 동반했고 양자라고 주장했다. 사람들이 쑥덕이는 말로는 전혀 그렇지 않았다. 사실 그 청년은 그의 연인이고, 그가 감춘다는 사실이 바로 그 증거라고들 말했다. 진실을 어떻게 알겠는가? 어쨌든 그는 이반과 란사나에게 호의적이었고, 란사나의 음악을 좋아한다고 주장했다.

이튿날 이반이 그림자 군단 모임에 갔을 때 이스마엘은 다시 친근하게 그의 어깨에 팔을 두르더니 자기 집무실로 데려갔다.

"우리는 네 결정에 아주 행복해. 그림자 군단 지휘부가 만족했음을 보여주려고 네게 아주 명예로운 임무를 맡기기로 했어. 엘 코브라를 제거하는 일을 네가 맡아."

"제거라니요? 그게 무슨 말이에요?" 이반은 질겁해서 말을 더듬었다.

"그 말은……" 이스마엘이 설명했다. "물리적 제거, 즉 살해, 암살을 얘기하는 거야."

이반은 엘 코브라를 좋아하지 않았지만 그렇다고 살해하라니! 게다가 그가 무기를 소유하고 도취되었던 시절은 먼 옛날이었다. 민병대에서 칼라시니코프 소총과 연발총들을 다루게 된 뒤로 그는 그 무기들의 파괴력이 두려웠다. 그래서 겁에 질려 중얼거렸다.

"왜 저를 생각하신 거죠? 그림자 군단에 들어온 지 이제 겨우 몇 달밖에 되지 않았는데요. 그 임무를 저보다 더 나이 많고, 더 능력 있는 사람에게 맡길 순 없나요?"

이스마엘이 고개를 저었다.

"다시 말하지만, 우리는 이 명예로운 일을 네게 맡기려는 거야. 너의 지성과 용맹에 모두가 합의했어."

이반은 힘없이 저항했다.

"하지만 저는 아직 사람을 죽여본 적이 없어요."

이스마엘은 애정을 담아 그의 어깨를 툭 치며 말했다.

"일단 시작하면 좋아하게 될 거야!"

그러더니 진지한 표정을 지었다.

"임무를 실행하는 데 사 주를 준다. 물론 그림자 군단의 다른 신병들을 데리고 가도 좋아. 하지만 너도 알겠지만 이건 비밀로 해야 해."

이반은 떨려서 다리를 후들거리며 부락으로 돌아왔다. 아주 끔찍한 악몽 속에서도 이보다 끔찍한 상황은 본 적 없었다. 이제 사 주 이내에 자신처럼 육신과 피로 이루어진 인간을 죽여야 했다. 그는 달아날 생각을 했다. 그런데 어디로 간단 말인가? 그는 감방에 갇힌 힘없는 포로 신세였다. 이어지는 며칠 동안 계획을 세워보았지만, 하나같이 우스꽝스럽게 느껴졌다. 극도로 난감해진 그는 친구 비람 디알로에게 도움을 청하기로 결심했다. 이반이 비람을 눈여겨본 건 그가 풀라니족치고 보기 드문 덩치나 근육질 체격을 가졌기 때문이 아니라, 교육 때마다 이마를 찡그리고 이스마엘과 다른 스승들에게 온갖 질문을 쏟아냈기 때문이다.

"크리스토퍼 콜럼버스는 어떻게 생각해야 하죠? 그 사람도 비열한 인간인가요?"

아니면,

"에릭 윌리엄스의 『제국주의와 노예제』는 학교 교육과정에 적합한 책인가요?"

이반은 알파 야야 병영 식당에서 점심식사 때 비람 곁에 앉으며 그에게 속삭였다.

"너랑 얘기 좀 하고 싶어. 그런데 아무도 들으면 안 돼. 어디 보는 사람 없는 곳에서 만날 수 있을까?"

비람은 회의적인 표정이었다. 잠시 침묵을 지키던 그가 대답했다.

"우리집 말고 다른 장소는 모르겠어. 우리 어머니는 작년에 돌아가셨어. 두 형은 일자리를 찾으러 프랑스로 갔고. 남동생들이랑 살고 있는데, 동생들은 집에 붙어 있질 않아."

이반은 저녁에 인구 밀집 지역에 있는 황토 오두막에서 그를 다시 만났다. 박하차를 마시고 나서 이반이 이야기를 꺼냈다. 비람은 아무 말 없이 듣더니 잇새로 길게 휘파람을 불었다.

"그들이 통과의례로 너한테 끔찍한 시험을 치르게 하는 거야!"

"이스마엘은 군단 지휘부가 나한테 아주 명예로운 임무를 주는 거라고 거듭 말했어." 이반이 설명했다.

두 사람은 똑같이 쓴웃음을 지었다. 비람이 다시 말했다.

"생각 좀 해볼게. 좋은 생각이 떠오르면 너한테 갈게."

일주일 뒤, 이반에게 아주 긴 시간이 흐르고 나서, 비람이 다시 이반을 자기 집으로 초대했다. 그가 이번에는 생강차를 내놓더니 깊은 생각에 잠긴 표정을 지었다.

"대규모 살상에 대비해야 해. 엘 코브라는 친구와 친척으로 구성된 경호원 무리 없이는 절대 움직이지 않아."

"대규모 살상이라니!" 이반이 외쳤다. "그게 무슨 말이야?"

"네 주변에 여러 사람이 필요할 거라는 뜻이야. 나와 내 동생들은 믿어도 돼. 우리는 엘 코브라와 그 패거리들을 싫어하거든.

너한테 제안할 계획이 하나 있어. 엘 코브라는 테크노 음악을 좋아해. 토요일마다 그런 음악이 나오는 '울트라 보칼' 공연장에 드나들어. 반시간 정도 앉아 있다가 혼자 춤추러 나가곤 하지. 바로 그때 그를 쏴야 해."

"그래도 이해가 가지 않아. 대규모 살상이라니?"

비람이 그의 눈을 응시하며 말했다.

"엘 코브라만이 아니라 그의 경호원들도 쏴야 할 거라는 얘기야. 그를 따라다니는 추종자들, 그의 친척들이며 친구들까지."

이반은 대경실색하고 질겁한 채 아무 말도 하지 못했다. 비람은 감정의 동요 없이 설명을 이어갔다.

"살상에서 살아남은 자들이 알아보지 못하도록 우리는 복면을 써야 할 거야. 어쩌면 특별한 벨트를 차야 할지도 몰라. 임무를 완수하고 나면 자폭할 수 있는 벨트. 그러면 우리는 낙원으로 직행하는 거지."

이반은 어깨를 으쓱하지 않으려고 자제했다. 그 낙원 이야기를 그는 믿지 않았다.

이 주가 흐르고 나서야 그는 비람의 제안을 받아들였다. 마침내 그 계획을 행동에 옮기기로 결심했다. 비람은 세세한 사실까지 하나도 빠뜨리지 않았고, 그에게 공연이 시작되는 아홉시에 만나자고 했다. 이목을 끌지 않도록 그들은 각자 따로 울트라 보칼로 가서 서로 거리를 두고 자리를 잡기로 했다. 그리고 엘 코브라가 혼자 춤추기 시작하는 순간에 모일 것이다. 그때 복면을 쓰고 총을 쏘아 죽음의 임무를 수행할 것이다.

울트라 보칼 공연장은 80년대에 테크노 음악을 좋아한 어느 프랑스인 동성애자 사업가가 지은 것이다. 건물이 멋스럽진 않지만 음향 시설만큼은 탁월했다. 전 세계의 그룹들이 그곳에서 공연했는데 그중에 가장 크게 흥행한 건 동서양의 음악을 아우른 일본 그룹의 공연이었다.

2월 11일 토요일 저녁, 울트라 보칼 정문 앞 아미티에광장에 군중이 새카맣게 모여들었다. 여자아이들, 남자아이들, 일부는 짧은 반바지 차림이었다. 열여덟 살 이하 젊은이들만 그 나라 전통에 맞서 반항하고 싶은 막연한 욕망으로 테크노 음악을 좋아했기 때문이다. 미국에서, 디트로이트에서 온 이 음악을 좋아한다는 건 그들의 현대성을 입증하는 것이었다. 그곳에 모여든 사람들 사이에 뒤섞인 네 명의 무장한 민병대원에게 의심의 눈길을 던지는 이는 없었다. 오히려 그들이 있어 안전하다는 느낌을 주었다. 공연장은 금세 꽉 찼다.

아홉시 십분, 공연은 조금 늦게 시작되었다. 연주자 한 사람이 심한 설사병이 나서 내장을 비워야 했던 것이다. 그러다가 그는 너무 기운이 없어서 집으로 돌아가야 했고, 곧 이어질 살상을 그렇게 모면했다. 아홉시 삼십칠분, 엘 코브라가 일어섰고, 관중들이 있는 아래쪽에서 연주자들이 앉아 있는 무대로 이어지는 계단을 몇 개 올라섰다. 곧 그는 눈을 감은 채 날개 없는 새처럼 살짝 어설프게 춤추기 시작했다. 그가 머리가 깨진 채 바닥에 쓰러졌고, 그의 이마에서 피가 간헐온천처럼 솟구쳤으나 누구도 영문을 몰랐다. 관중들이 피투성이가 된 채 오른쪽, 왼쪽에서 픽픽 쓰러지기 시작했을 때 역시 누구도 여전히 영문을 몰랐다. 그사이 공연장 안쪽에 집결한 민병대원들은 기계적으로 총을 쏘아댔다. 비람의 두 동생은 장난하듯 수류탄을 던졌고, 수류탄은 관중 가운데 기괴한 구멍을 냈다. 네 민병대원은 태연하게 묵직한 방음문을 밀고 나와 복면을 벗고 늙은 경비가 졸고 있는 현관을 가로지르며 재미삼아 경비를 죽였다. 그들은 밖으로 나왔고, 서두르지 않고 아미티에광장을 가로질렀다. 그제야 울트라 보칼은 아수라장이 되어, 관중들이 울부짖으며 밖으로 뛰쳐나왔다. 너무 늦었다. 네 민병대원은 걸음을 재촉해 그곳에서 몇 미터 떨어진 비람의 집으로 피신했다.

몇 시간 뒤, 이 테러에 대한 성명이 나왔다. 거기에는 이렇게 적혀 있었다. "그림자 군단. 우리는 너희를 결코 가만두지 않을 것이다." 이 성명이 발표되자 나라 전체가 몰이해와 공포에 빠졌다. 저 그림자 군단이라는 자들은 대체 누구일까? 저들이 원하는 것은 뭘까? 당장은 모든 게 순조로워 보였다. 테러리스트들과 가까이 지내온 무어인들은 이제 정부 쪽에 동조했다. 정부는 사람과 가족에 관한 법규를 공포했는데, 서구에 대한 최고의 찬가나 다름없었다. 정부는 엘 코브라의 장례를 국장으로 치른다고 공표했다. 그는 라완묘지에 매장되었다. 그의 양아들은 울면서 장례 행렬 선두에서 걸었고, 이 체제의 가장 저명한 인사들이 뒤를 따랐다. 통북투, 가오, 젠네, 세구 등 말리 전역에서 온 사람들이 빽빽한 인파를 이루고 뒤따랐다. 일부 대담한 사람들은 말을 타고, 발굽으로 먼지를 일으키는 키 작은 무어 종마를 타거나 덜 빠른 낙타를 타고 키달까지 따라갔다. 두말할 것 없이 멋진 장례식이었다. 살아서 그토록 비난받던 엘 코브라는 그렇게 신화 속으로 들어갔다. 열 살에 그는 사자를 죽였고, 사자 꼬리로 혁대를 만들었으며, 현자들이 부족의 안녕을 논의하던 오두막의 문을 두드렸다. 열다섯 살에 그는 자기 누이를 강간하려던 사내를 죽였고, 그가 법원에서 무죄판결을 받고 풀려나자 그의 고향 사람들이 거리에서 그를 헹가래질했다느니 하는 신화 속으로.

이반은 지독히 울적한 흥분에 사로잡혀 있었다. 처음에는 그가 강제로 쏟게 한 피가 그에게 갑자기 놀라운 활기를 불어넣는 것 같았다. 그는 스스로 통제하지 못하는 변화의 먹잇감이 되어 있었다. 그가 마음의 평안을 위해 그때까지 읽어온 쿠란의 어느 구절이 머리에서 떠나지 않았다. 그는 쿠란의 장을 통째로 외워서 인용했다. 이제는 신에 대한 생각에 줄곧 사로잡혀 지냈고, 부락에서 새로운 권위를 얻었다. 그는 아버지에게 공개적으로 맞섰다.

"우리는 우리 죄를 고백해야 합니다." 그가 자기주장을 펼쳤다. "어쩌면 우리는 이런 비극을 겪어 마땅한 건지도 모릅니다."

란사나는 벌컥 화를 내며 언성을 높였다.

"무슨 얘기를 하는 거냐? 너 돌았구나. 이 정부는 완벽하지 않지만 최선을 다하고 있어. 그 덕에 북쪽의 반란이 진정되었지. 그리고 가족법을 통해 일부다처제에서 가질 수 있는 아내의 수를 둘로 정했어. 그 이상 뭘 더 할 수 있겠어?"

이반은 이바나를 만나러 갔다. 그녀는 울음을 그치지 않았다. 울트라 보칼에서 일어난 테러로 절친한 친구 둘을 잃었기 때문이다. 이반은 대뜸 그녀에게 앞으로는 그녀가 즐겨 입는 다리가 드러나는 흰색 면 반바지를 입지 말아야 한다고 단호히 말했다.

"반바지를 입지 말라고?" 그녀가 외쳤다. "왜?"

그가 확신에 찬 표정을 지으며 말했다.

"반바지가 남자들의 욕망을 자극하고, 그래서 신의 분노를 초래하니까."

"남자들의 욕망을 자극하고, 그래서 신의 분노를 초래한다고?" 그녀가 기막혀하며 그의 말을 그대로 되풀이했다. "꼭 늙은 신자처럼 말하네."

"난 젊은 신자야." 그가 차갑게 고쳐 말했다. "거기에 대해 의혹을 품지 말고 네 행동을 세세하게 고쳐나가야 해. 너는 신에 대한 생각을 충분히 하지 않아."

그녀가 아연한 얼굴로 그를 응시했다.

"어느 신 얘기야?" 그녀가 응수했다. "난 무슬림이 아니야. 나더러 알라신의 계율을 지키라고?"

둘의 의견이 갈린 건 이번이 두번째였다. 이반은 둘의 아름다운 사랑에 금이 가기 시작했음을 깨닫고 겁에 질렸다. 그는 누이를 끌어안고 마구 입맞춤을 퍼부으며 더는 한 마디도 하지 않았다.

며칠 뒤 정부는 엘 코브라의 계승자로 아브두라만 소를 임명했다. '유엔 아이티안정화지원단'에서 근무한 적 있는 결점 없는 인물이었다. 그는 임명된 바로 다음날 민병대원들을 불러모았다. 그러고는 최근 테러가 내부의 소행이며, 국가 민병대에는 틀림없이 반역자들, 암살자들, 테러리스트들의 친구들이 숨어 있고, 그림자 군단은 민병대 내부에 있다고 말했다. 이 통찰력에 놀란 건 이반을 포함해 한두 사람이 아니었다.

함께 테러를 저지른 이후 비람과 이반은 아주 가까워졌다. 정오에는 병영 식당에 나란히 앉아 초라한 점심을 먹었다. 저녁이면 이반은 비람의 집에서 함께 박하차를 마셨고, 저녁식사를 하고 그의 집에서 밤을 보내다가 결국 완전히 그곳에 눌러앉았다. 그는 란사나의 집에 눌러앉은 수많은 친척과 그로 인한 복작거림을 혐오했지만 낡고 황량한 오두막 세 채로 이루어진 비람의 거주지는 좋아했다. 비람의 동생들은 알 수 없는 활동들에 몰두해서, 중독성 약한 것부터 강한 것까지 온갖 마약을 하고 톰보 구역의 매춘부들을 자주 찾고, 도박 등에 빠져서 새벽이 되어서야 자러 들어올 뿐이었기 때문이다. 이반은 비람의 어머니가 지내던 오두막에서 밤을 보냈다. 종종 열린 창문으로 달의 변화를 지켜보았다. 뒤뜰에서 기르는 염소 몇 마리의 똥에서 나는 퇴비 냄새를 맡고, 닭들의 꼬꼬댁 소리를 듣고, 회색 털이 난 어린 암탉 세 마리 사이에서 붉은 털의 수탉이 부리는 허세를 보며 즐거워했다.

그런 시간이 이삼 주 정도 흐른 어느 저녁, 더위에 지친 이반이 평소처럼 홀딱 벗고 누워 있는데 비람이 불쑥 오두막으로 들어섰다. 비람은 그에게 덤벼들었고, 그의 입을 막고 그의 몸속으로 파고들려 했다. 그는 비람을 벽까지 힘껏 밀쳐냈다.

"너 미쳤어!" 이반이 외쳤다.

그는 아연실색했다. 아무것도 모르는 천진한 사람이 아니었으니까. 그는 자신의 멋진 골격 때문에 남자들의 탁한 눈빛 속에 욕망이 이는 걸 종종 목격해왔고, 그들의 수작에 맞서 자신을 지켜내야 했다. 그러나 이번에는 전혀 의심을 품지 못했다.

비람은 당황하지 않았다. 그는 여전히 발기한 상태로 숨을 헐떡이며 말했다.

"넌 여자를 좋아하지 않잖아. 그건 모두가 아는 사실이야. 그래서 난 너도 나처럼 남자를 좋아한다고 생각했어."

"돼지 같은 자식," 이반이 포효했다. "언제부터 이런 악덕을 저질러온 거야?"

"이건 악덕이 아니야." 비람이 응수했다. "개인의 성적 취향은 누구도 어쩔 수 없어. 그저 따를 뿐이지. 나는 열두 살에 내가 동성애자라는 걸 깨달았어. 죽고 싶었지. 그러다 우리 아버지의 애인이 내 순결을 앗아갔고, 그후로는 흘러가는 대로 따라왔어."

"흘러가는 대로 따라왔다고?" 이반이 그의 침착한 태도에 질겁하며 말했다.

비람은 어깨를 으쓱했다.

"얼마나 많은 가정의 가장이 사실은 동성애자인지 넌 상상도 못할 거야. 우선 엘 코브라가 그렇고. 그 사람에 관해 떠도는 소문 못 들었어?"

그런 봉변을 겪고 나자 이반으로서는 비람을 만나는 것도, 그의 집에 머무는 것도 더는 생각할 수 없었다. 그래서 란사나의 집으로 돌아갔다. 그곳 오두막들에는 식구들이 우글거렸다. 북부 도시에 살던 친척들이 테러리스트들 때문에 불안에 떨다 지쳐 마을을 버리고 조금이나마 안전한 곳을 찾아 내려와 있었다. 이반은 친척 아저씨뻘이라는 머리 희끗한 남자들 무리 옆에 겨우 자기 거적을 펼 수 있었다. 그들 중 한 사람이 자신이 마지막으로 겪은 테러 이야기를 해주었다.

"내 조카 랄라 파티마와 모술의 결혼식 날이었어." 그가 말했다. "아주 어릴 때부터 자라는 모습을 봐온 애들이지. 그날 모두가 기뻐했어. 모두들 노래하고 춤추는데 갑자기 무장하고 복면을 쓴 남자 셋이 들이닥치더라고. 그래도 이번엔 우리 경비들이 제대로 방어해서 침입자들을 덮치고 때려눕혔지. 그런 일이 있고 나서 나는 가족들을 데리고 도망쳐 나왔어."

이반은 누이를 다시 만나 취한 듯이 기뻤다.

"난 행복해." 이바나가 이반을 끌어안으며 말했다. "네가 우리 곁으로 돌아와서 행복해. 우리 아버지가 무척 권위적인 건 사실이야. 하지만 우리를 아주 사랑하셔. 나쁜 사람이 아니야."

"나쁜 사람은 아니지." 이반이 응수했다. "그렇지만 하는 행동마다 신의 뜻을 거스르지. 담배를 피워대서 아버지가 가는 데마다 꽁초가 널려 있어. 매일 밤 여자들을 불러들이고, 가끔은 사춘기도 채 안 된 어린 여자애들까지."

"그렇지만 쿠란 어디에도 남자가 여자들을 만나지 말아야 한다는 말은 없잖아. 뭘 비난하는 거야? 민병대가 네 성격을 그렇게 바꿔놓은 거야? 넌 과격해지고 있어."

이바나는 처음으로 그 말을 사용했다. 그때까지는 이반의 변화를 의식하지 못했다가 갑자기 급격한 변화를 알아차리게 된 것이다. 그곳 부락에 그새 큰 변화가 있었다. 먼저 란사나는 로테르담 공연 때 만난, 아름다운 콘트랄토 목소리를 가진 아이티 가수 비카와 공개적으로 함께 살고 있었다. 비카는 최근 포르토프랭스에서 발생한 지진으로 남편과 여섯 아이를 잃었다. 그녀는 구조대가 군중의 환호를 받으며 그녀를 꺼내줄 때까지 무너진 건물 잔해 아래 일주일 가까이 깔려 있었다. 그후 그녀는 한 발은 비술祕術에 담근 채 아이티 민요를 부르며 대부분의 시간을 보냈다.

투아 페이/투아 라신/주테 블리에 라마세 송제/무앙 장 바상 루아/무앙 투아 페이 통베 라단/샤제 바토 자니 라.*

---

* 나뭇잎 세 장/뿌리 세 개/버린 것은 잊고/주운 것은 기억하네/욕조가 있

비카와 이바나는 아주 잘 통해서 크레올어로 서로 속내를 속닥이곤 했다.

란사나는 그리오들의 처우를 바로잡는 데 앞장서기도 했다. 사실 그들의 생계를 보장해주던 대가문들이 이 나라에 닥친 불안정한 상황 때문에 더는 그럴 능력이 없었기에 그리오들은 종종 구걸에 나설 수밖에 없는 처지로 전락했다. 그들은 세례식이나 결혼식에 초대받지 않고도 나타나 노래를 한 자락 부르고 그 대가로 포니오* 한 그릇을 얻어먹곤 했다. 왜 국가는 그들에게 보조금을 주지 않을까, 기니에서 세쿠 투레** 시절에 그랬던 것처럼 왜 그들을 일종의 공무원으로 만들지 않을까? 이 의견은 만장일치의 동의를 얻지 못했다. 반대한 사람들은 기니에서 일어났던 일이 말리에서도 일어날 거라고 주장했다. 그리오들이 체제를 찬양하고 장관들이 위대하다고 함부로 노래할 것이라는 염려였다. 그리오들은 본래 재산도 권력도 신경쓰지 않고 오직 재능에만 신경쓰는 이들임을 잊지 말아야 했다. 그들은 그럴 만한 가치가 있는 사람들에게 찬사를 쏟아냈다. 이 모든 반론도 란사나의

네/그 안에 나뭇잎 세 장 떨구네.

* 서아프리카에서 재배되는 곡물의 일종.

** 기니 독립운동가, 초대 대통령.

노력을 멈춰 세우진 못했다. 논쟁에도 불구하고 그리오들은 각지에서 나와 은인의 눈에 띄려고 란사나의 집으로 달려갔다.

이런 쇄신으로도 충분하지 않았던 듯 란사나는 '신의 목소리'라고 이름 붙인 단체를 창설했다. 음악이 어떤 값을 치르고라도 지켜야만 하는 고귀한 표현임을 모두에게 말하고 싶었던 것이다. 이반은 그렇게 고립되어 있었다. 누이가 비카에게, 특히 아버지에게 붙들려 있었기 때문이다. 저녁이면 이바나는 컴퓨터로 그리오들의 이름과 주소, 그들이 즐겨 연주하는 악기와 자주 부르는 노래 등을 정리했다.

란사나는 말리 전역에서 공연을, 관객과의 만남을 이어갔다. 그러면서 그는 통북투에 가서 공연하기로 결심했다. 그 선택은 우연이 아니었다. 르네 카이예*가 그토록 자랑하던 이 사막의 진주는 오랫동안 지하디스트들에게 군사적으로 점령당한 곳이었다. 그들은 능들을 파괴했고, 모스크들에 보존되어 있던 귀한 고문서들을 약탈하려 했다. 강대국의 개입 덕에 그들은 거기서 내쫓겼지만 가까운 사막으로 물러나서 주민들을 계속 위협했다. 이반은 누이에게서 더 멀어지지 않기 위해 그 일원이 되고자 애썼다. 여행은 두 단계로 나뉠 터였다. 첫번째는 도로로 나이지리

---

* 프랑스 탐험가. 통북투 마을에서 생활한 최초의 유럽인.

아 국경 지대를 따라 가오까지 가는 단계. 두번째는 가오에서 통북투까지 졸리바강을 따라가는 단계다. 그래서 란사나는 카피텐 상가라호 갑판에 네 자리를 잡았다.

"네까짓 게 선실이 왜 필요해?" 투덜거리는 이반에게 란사나가 퉁명하게 말했다. "갑판 위 한 자리면 충분할 거야. 겨우 이삼일 여정이잖아."

그의 아버지가 그에게 불러일으키는 감정이야 어떻건 이반은 졸리바강을 따라가는 이 여행에서 큰 매력을 발견한 듯했다. 아침에 눈을 뜨면 새하얀 목화솜 속에 빠진 기분이었다. 아무 소리도 들리지 않았다. 안개 장막 속의 '소모노'*들은 이미 그물을 던지고 있었다. 배는 물결 위를 미끄러져 갔고, 들판에 잠든 동물들의 둔중한 형체를 볼 수 있었다. 해는 모습을 드러내자마자 이내 하늘 높이 솟아올랐다. 열기가 해를 뒤쫓아 점점 대지를 뒤덮었고, 그때까지 꽁꽁 닫혀 있던 선실 문들이 겁에 질린 커다란 눈처럼 서서히 열렸다. 아이들은 등굣길에 나섰고, 아주 어린 꼬마들은 비교적 선선한 아침 공기 속에서 몸을 부르르 떨었다. 정오부터는 모든 것이 고요와 정적에 잠겼다. 해가 질 무렵에는 가수들과 연주자들이 배 곳곳에서 나와 유랑 악단을 이루었다.

---

* 졸리바강이라고도 불리는 나이저강 인근에 사는 밤바라족 어부를 이르는 말.

통북투에 도착했을 때는 어둑해질 무렵이었다. 하늘에 긴 붉은 띠가 그어졌고, 푸르스름한 그림자가 오두막들의 흰 초벽을 물들이기 시작했다. 통북투는 비상계엄 상태였고, 지하디스트들이 구체적인 테러 위협을 공표한 직후였다. 거리는 황량했다. 백인과 흑인 군인들만 도보로, 혹은 군용 지프차를 타고 통행했다. 그들은 어쩌다 눈에 띄는 행인을 거칠게 멈춰 세우고 신분증을 요구했다. 선착장에 마중을 나온 사람이 아무도 없어 란사나는 놀랐다. 아무러면 어떠랴. 어디로 가야 하는지는 알고 있었으니. 그들은 걸어서 엘 하디 바바 아부의 집으로 향했다. 산코레 모스크의 장을 지낸 아랍인이었다. 그는 그의 서가에 보존되어 있는 귀한 문서들을 내놓으라는 지하디스트들에게 저항했다가 두 눈알이 뽑혔다. 그렇게 불구가 되고도 그는 상냥하고 예의발랐다. 그가 비상계엄 때문에 콘서트가 취소될 거라는 말을 들었다며 불안한 마음을 전했다.

"콘서트가 취소된다고요?" 란사나가 외쳤다. 그게 바로 지하디스트들이 원하는 바였다. 그들은 저들이 만들어낸 사악하고 성난 신의 일방적인 결정에 우리가 복종하길 원하고, 삶에서 아름답고 선한 모든 걸 파괴하고 싶어한다.

"삶에서 뭐가 아름답고 선한 거죠?" 이반이 빈정거리는 어조로 물었다.

"음악을, 문학을 만드는 일이 그렇지." 란사나가 응수했다.

엘 하디 바바 아부가 한 손을 뻗어 논쟁의 싹을 잘랐고, 하인을 보내 소식을 알아보게 했다. 얼마 후 하인이 돌아왔다. 콘서트는 확실히 취소되었다. 그러자 란사나는 홀로 분노에 잠겼고, 말 한마디 없이 엘 하디 바바 아부의 요리사가 해준 맛난 음식을 단 몇 분 만에 집어삼켰다. 그런 다음 그는 비카를 데리고 서둘러 밖으로 나갔다.

얼마 후 엘 하디 바바 아부가 쿠란 읽기에 몰두하자 이반은 누이를 여자용 오두막까지 데려다주었다.

"아버지는 정말 무례해!" 이반이 버럭 화를 냈다. "정말 상스러워!"

이바나는 관대함을 보이며 어깨만 으쓱했다.

"엘 하디 바바 아부와 아버지는 오래전부터 알던 사이야. 학생 때부터. 두 사람 일에 끼어들지 마."

그럼에도 통북투에서의 나날은 매혹적이었다. 키달은 문학적 소재가 되는 통북투와 감히 견주지 못한다. 이반은 아프리카 예술의 걸작품들인 모스크들과 성소들이 그렇게 한데 모여 있는 것을 처음 보았다. 그는 이슬람 학교들에 들어가보았다. 청년들이 흰색 군모를 눌러 쓰고 쿠란 구절을 읊조리고 있었다. 그의 심장이 가슴속에서 펄떡펄떡 뛰었다. 신이 정말 존재하는 건 아닐까? 이 덧없고 실망스러운 지상의 삶은 내세의 광휘를 위한 준비 과정이 아닐까? 저녁에 그는 좁고 꼬불꼬불한 골목길 어둠 속에서 길을 잃었다. 여기저기서 전등 몇 개가 깜빡거렸다. 주변을 순찰하는 군인들 발소리밖에 들리지 않았다. 무섭지는 않았다. 오히려 안심이 되었다. 이 도시는 키달보다 훨씬 치안이 좋은 것 같았다.

매일 저녁 이반은 식사를 마치자마자 비카와 함께 의문스럽게 사라지는 란사나를 찾아 나섰다. 불행히도 그의 아버지는 어디서도 찾을 수 없었다. 대개 그는 북적이는 알바라디우 카라반사라이*에서 밤을 보내곤 했다. 거기서는 풀라족 곡예사 셋이 재주를 넘었다.

콘서트 취소 때문에 란사나가 입은 손해를 생각해서 통북투 총독은 자기 소유의 수많은 자동차 가운데 한 대에 란사나 일행을 태워 키달까지 다시 데려다주었다. 메르세데스 280SL, 하늘처럼 파란 색의 요란한 자동차였다. 이 일로 이반은 이런저런 성찰을 하게 되었다. 통치자들은 지상의 온갖 달콤함을 누리는가? 여자, 저택, 자동차. 엘 하디 바바 아부, 쿠란도 잘 알고 행실도 발라서 그가 참으로 존경했던 이 훌륭한 남자는 아무것도 소유하지 않

---

* 실크로드를 오가던 옛 대상들의 숙소로 중앙에 넓은 마당이 자리한다.

왔다. 그런데 저 알 수 없는 총독은 황금더미 위에서 뒹구는 듯 보였다. 이 사실로 인해 세상이 잘못되었다는 그의 인식은 더 견고해졌다. 그는 열의 없이 알파 야야 병영으로 돌아왔다.

이제 우리는 우리의 이야기에서 사실성이 담보되지 않는 지점에 이르렀다. 실제로 무슨 일이 일어났는지 뒷받침해줄 만한 증거는 전혀 없다. 그저 추측에, 어쩌면 아무 근거 없는 추측에 기댈 뿐이다.

모든 도시에는 이주민 밀집 구역이 있다. 부르키나파소, 베냉, 가나나 콩고에서 온 사람들은 참으로 찾아보기 힘든 것을 구하러 고국을 떠나왔다. 그것은 일자리다. 대개는 아내와 자식들을 고국에 남겨두고 왔다. 이주민 구역은 비참하고, 잘 관리되지 않으며, 대개 대단히 비위생적이다. 선술집, 레스토랑, 바, 싸구려 술집, 노름방 등 명칭도 다양한 그런 가게들이 거리마다 넘쳐난다. 키달도 일반 법칙에서 벗어나지 않았다. 키달의 이주민 구역은 '키시무 방코'라고 불렸다. 정부는 여러 차례 그곳을 밀어버리겠다고 말했지만 한 번도 그러진 않았다.

란사나는 무어족 엘 하산이 운영하는 평판 나쁜 카페, 여자들의 몸을 사고파는 일종의 매음굴인 '눈의 별'을 왜 그렇게 꾸준히 드나들었을까? 사람들 말로는 그곳에서 란사나는 물 만난 고기 같았으며, 파트너가 여럿이었고, 때로는 아주 어린 여자를 취했다고 한다. 심지어 사춘기도 채 지나지 않은 열둘이나 열세 살짜리 어린 소녀들까지도. 그런 행동에 누가 분개했을까? 어쨌든 란사나가 눈의 별에서 돌아오는 길에 칼을 맞고 죽은 건 사실이다. 낯선 사람과 언쟁을 벌이다 주먹다짐으로 번진 걸까? 질투심에 사로잡힌 어느 남편에게, 혹은 처녀성을 잃은 딸을 보고 성난 어느 아버지에게 희생된 걸까? 한밤중에 그렇게 자유롭게 돌아다니다가 불량배나 도둑, 불한당에게 당한 걸까? 또 한 가지 점에서 이야기는 다시 여러 버전으로 달라진다. 어떤 이들은 란사나가 네거리에서 쓰러졌다고 말하고, 또다른 이들은 그의 집에서 멀지 않은 곳에서 쓰러졌다고 했다. 또 어떤 이들은 그가 자기 침대에서 살해되었고, 이 범행이 자살로 위장되었다고 말했다.

이 죽음은 온 나라에 엄청난 반향을 불러일으켰다. 그리오들이 곳곳에서 달려와 세구를 그렇게 훌륭히 통치했던 디아라 가문을 칭송하는 노래를 불렀다. 그들은 왕실 혈통이면서도 음악에 헌신하는 걸 수치스러워하지 않은 그의 재능에 대해서도 강조했다. 며칠 동안 그의 부락은 살아서 펄떡이는 심장 같았고, 거기서 더없이 다양한 음악들이 새어나왔다.

경찰은 제대로 수사에 임했다. 란사나와 다툼이 있던 사람들을 전부 체포했는데, 그 수가 정말 많았다. 그럼에도 경찰은 걸핏하면 아버지와 말다툼을 해온 이반은 체포하지 않았다. 말리에서는 존속살해가 생소한 영역이기 때문이다. 아버지 핏속에 무기를 꽂는 건 오직 서양인들의 광기인 것이다.

란사나는 자기 패를 제대로 숨겨놓았다. 그의 음악은 일본에서 반응이 무척 좋았는데, 일본 현지 음반 판매 수익이 스위스 계좌에 차곡차곡 쌓여 있었다. 이에 이반과 이바나는 같은 생각을 했다. 어머니를 불러올 생각이었다. 분명히 기분좋은 깜짝 선물이 될 터였다. 시몬은 한 번도 앤틸리스제도를 떠나본 적이 없었다. 벌써 몇 달째 그녀는 자식들과 떨어져 지내고 있었다. 그런데 놀랍게도 그 제안에 부정적인 대답이 돌아왔다! 미샬루 영감과 시몬은 곧 서로의 손가락에 반지를 끼워줄 참이었던 것이다. 그러려면 푸앵트 디아망에 있는 미샬루 영감의 집을 확장하고 개조해야 했고, 여행으로 시간을 허비할 수가 없었다.

이반과 이바나는 그 대답에 따귀라도 맞은 기분이었다. 이바나는 어머니가 홀로 늙어가지 않고 동반자에게 의지할 수 있게 되었다고 생각하며 마음을 달래려 애썼다.

두번째 충격은 비카 때문이었다. 밤이 되면 그녀는 빨간 팬티 하나만 달랑 입은 채 집 밖으로 나가기 시작했다. 그리고 병에 '바르방쿠르 럼'이라고 적힌 술을 작은 잔에 따라 일정한 간격으로 연거푸 비우며 알아들을 수 없는 말을 몇 시간이고 쏟아냈다. 그녀를 침대로 다시 데려오려고 안간힘을 쓰다보면 대개 울부짖

음까지 간간이 뒤섞이는 난투극으로 끝났다. 그런 일을 이 주 동안 반복하더니 그녀는 짐을 싸서 바마코에서 포르토프랭스로 향하는 비행기에 올랐다.

"이 부락은 악취가 나." 떠나기 전 그녀가 외쳤다. "밤새도록 이리저리 서성이는 란사나가 보여. 범인을 끝내 밝혀내지 못할 범죄가 저질러졌다고."

비카가 떠나자마자 험담꾼들이 입을 달싹이기 시작했다. 비카가 전부터 만나던 남자를 다시 만나러 갔다는 것이었다. 그녀가 결코 관계를 끊은 적 없는, 스무 살 연하의 남자를. 심지어 그 남자는 지난 우기 내내 그녀의 오두막에 틀어박혀 지냈다고 했다. 장자크라는 이름의 시인인데, 두꺼비를 닮은 커다란 눈 때문에 '양서류'라는 별명이 붙은 이였다. 아이티에서 아주 유명한 그는 매일같이 국영 라디오방송에서 몇 시간이나 자기 시를 낭송했다. 비카가 떠나고 얼마 지나지 않아 이바나는 그녀가 보낸 소포 하나를 받았다. 흑갈색 봉투 속에 편지 한 통이 고이 들어 있었다. 『내 나라가 피눈물을 흘리네』라는 제목의 작은 시집도 있었다. 이바나가 받은 편지 내용은 이랬다.

사랑하는 동생,
많이 보고 싶어. 우리가 오두막에서 머리를 맞대고 서로 꿈을 얘기하던 기억이 떠올라. 난 괴기스럽고도 멋진 나의 섬으로 돌아왔어. '강철 시장' 주변 길바닥엔 소박파 그림들이 쌓여 있어. 그중엔 재능 넘치는 작품들도 있어. 황금빛 그네를 타고 하늘에서 내려오는 루아*들이 보여. 사방에서 노래가, 음악이 들리고.

하지만 우리 민족은 너무 가난해서 묵을 곳이 없어 여전히 찢어진 텐트 아래 겨우 몸을 누이고 있어. 굶주린 아이들은 엉덩이와 고추를 내놓고 사방을 뛰어다니고. 세계 어디에서도 찾아보지 못할 만큼 참담한 광경이야.

내게 동생 같은 한 청년의 시집을 보낸다. 이 마법의 물약을 한 방울씩 음미해봐.

사랑을 가득 담아
너의 언니 비카

불행히도 이바나는 자신이 이해하지 못하는 글만 높이 평가했다. 바로 그것이 그녀가 르네 샤르를 미칠 듯이 좋아하는 이유였다. 그래서 그녀는 시집을 펼쳐보지도 않았고, 『내 나라가 피눈물을 흘리네』는 그대로 남았다. 이 점에 관해 우리의 의견을 말해도 괜찮다면, 이바나가 그 책을 훑어보지 않은 건 잘못이라고

---

* 부두교의 신령을 이르는 말.

말하고 싶다. 그 책에는 진짜 주옥같은 글이 담겨 있었기 때문이다. 그 시는 10쪽에 실려 있는데, 위대한 에메 세제르를 무의식적으로 차용하며 시작된다. 피! 피! 내 기억 속엔 얼마나 많은 피가 있는가. 내 기억은 온통 피로 가득하다. 이어지는 행부터는 이 표본과 선을 긋고 크레올어로 바뀐다. 피제 지에, 피제 지에.* 그러자 우리의 국민 시인 소니 뤼페르**가 쓴 최고의 시와 맞먹는 글이 되었다.

한편 이반은 부락을 떠나겠다는 결심이 점점 더 확고해졌다. 그곳이 가짜 친척들에게 점령당하고, 실업자들과 군식구들로 넘쳐서만은 아니었다. 비카의 주장처럼 악령들에 둘러싸여서도 아니었다. 험담들이, 야비한 험담들이 떠돌기 시작해서였다. 란 사나가 살아 있을 때는 그의 존재가 모든 입을 틀어막았다. 하지만 그가 세상을 떠나자 여기저기서 수군거리고 키득댔다. 어떤 이유로? 판단해보라. 운동선수처럼 몸도 좋은데 이쪽에서도 저쪽에서도 사랑을 나누지 않는 저 청년은 뭘 숨기고 있을까? 저 나이면 아들 한둘은 뒀을 법한데 애인조차 없잖아. 뭘 감추고 있는 거지? 답은 분명해 보이지 않아? 그러자 미소년들이 이반 앞

---

* 눈을 감아, 눈을 감아.
** 과들루프 출생 시인. 크레올어의 발전에 크게 기여했다.

에서 묘한 자세를 취하기 시작했다. 테네시 윌리엄스라는 별명을 가진, 유명한 극작가 모모 디알로가 그에게 편지를 써 보냈는데, 바마코에서 처음 열리는 게이 퍼레이드에 그를 귀빈으로 초대한다는 내용이었다. 더 심각한 건 그런 몹쓸 소문들이 알파 야야 병영 문턱을 넘어와 파다하게 퍼졌다는 점이다. 이반은 제대로 번역하기도 어려운 별명이 자신에게 붙은 걸 알게 됐다. '제 칼을 쓸 줄 모르는 놈'. 이제 신병들은 총을 다루기보다는 멋을 부리기 시작했다. 어느 날 그가 소속된 사단의 사단장이 그를 자기 집무실로 불러 문을 잠그더니 그에게 덤벼들었다.

"저는 남자를 좋아하지 않아요." 그는 눈물을 쏟을 지경이 되어 항의했다.

"그런 소린 딴 데 가서나 해! 그저 나보다 젊고 더 건장한 애들을 좋아하나보군."

진이 빠진 이반은 어찌해야 할지 알지 못했다. 이러다 어떻게 되는 걸까? 이런 생각이 머리를 떠나지 않았다. 그때 한 가지 생각이 떠올랐다. '커밍아웃'하길 거부하는 남자 동성애자가 가질 법한 생각이었다. 여자와 자야겠다는 생각. 그렇다. 온 마을이 다 알도록 드러내놓고 여자와 자야 했다. 그런데 어디서 찾는담? 그는 자기 몸을 압박해오는 여성의 몸을 상상하면 욕지기가 일었다.

며칠의 고민 끝에 그는 이바나의 친한 친구를 골랐다. 그것은 어쩌면 누이에게서 완전히 멀어지지 않는 방식이기도 했다. 아미나타 트라오레는 아직 스무 살도 되지 않았고, 모두가 생각하듯이 예뻤다. 신기하게 곧고 작은 코며 반짝이는 눈이며. 아직 어려서 성격은 완전히 형성되지 않았지만 온화한 성정이 엿보였다. 이바나처럼 그녀도 순자타 케이타 고아원에서 일했는데, 돌보고 있는 아주 어린 아이들을 좋아했다. 그녀를 유혹하기는 쉬웠다. 잘 다듬은 말 몇 마디면 충분했다. 몇 번의 미소, 몇 번의 선물, 특히 그녀는 시내 암시장에서 파는 터키 과자 로쿰을 좋아했다.

그 순간이, 그녀를 정복할 순간이 왔다. 아미나타 트라오레는 디아라 부락에서 멀지 않은 곳에 살았다. 박하차를 마신 뒤 이반은 전혀 어렵지 않게 그녀와 단둘이 그녀 방으로 들어갔다. 그는 아무런 욕망을 느끼지 못한 채 그에게 완전히 내맡겨진 예쁜 몸에 다가갔다. 처음에는 서툰 꼴을 보이게 될까봐 겁이 났다. 다행히 본능이 알아서 그를 도왔다. 그는 일을 꽤 잘 치러냈다.

"정말 행복해요." 일이 치러지자 아미나타가 신음하듯 말했다. "이렇게 행복한 날이 오리라고는 생각도 못했어요. 오래전부터 당신을 바라봐왔고, 그런 여자가 나 혼자만이 아니에요. 하지만 당신은 닿을 수 없는 곳에 있는 사람 같았어요."

그 말에 짜증이 난 이반은 대답할 말을 찾지 못했다. 그가 미처 예상하지 못한 것이 있었는데, 엄습하는 수치심과 유혹자가 된 듯한 혐오스러운 느낌이었다. 그는 서둘러 작별인사를 하고 집으로 돌아왔다.

밤이 되자 어둠은 경멸스러운 죄를 지었다는 그의 감정을 부추겼다. 아미나타와 그의 관계에 대한 소식은 금세 부락에 퍼졌다.

어느 저녁, 이바나가 그의 오두막으로 달려들어왔다.

"방금 소식을 듣고 얼마나 기뻤는지 몰라." 그녀가 외쳤다. "네가 아미나타 트라오레와 결혼하고 싶어한다며?"

"결혼?" 이반이 툴툴거렸다. "그건 너무 나갔는데."

"그럼 어떡하고 싶은 건데?" 이바나가 진지하게 물었다. "어리고 순수한 애야. 네가 아내로 삼을 만해."

그녀는 결혼을 강권했지만 완전히 본심은 아니었다. 이반과 아미나타의 관계를 알고 이바나는 많이 울었다. 태어날 때부터 이반은 오직 자신만의 것이라고 그녀는 생각해왔다. 어떤 이들은 이반을 그녀의 연인이라고 불렀다. 그러다 그녀는 부적절한 그 질투심을 자책했다. 그는 그녀의 소유물이 아니었다.

"너한테는 아무것도 감추지 않을게." 이반이 설명했다. "남자들은 여자들이 알지 못하는 어떤 욕구를 느껴."

그러더니 그는 전보다 더 열정적으로 이바나를 끌어안았다.

아미나타와 감정 없이 애무를 주고받으며 욕구는 더욱 배가되었다. 그의 가슴팍 사이는 그녀가 머리를 기대기 좋게 패어 있었다. 그의 다리는 그녀 다리를 따라 꼭 들어맞게 만들어져 있었다. 그의 성기, 아, 그의 성기라면, 이반은 차마 거기까지는 생각할 수가 없었다. 아미나타의 어머니와 여동생은 어딘가로 숙소를 옮겼고, 이반은 곧 아미나타와 함께 살게 되었다. 그녀와 함께하는 생활에는 긍정적인 측면이 없지 않았다. 그녀는 그의 민병대 군복 단추를 윤이 나게 닦고 또 닦았다. 그가 병영에서 돌아오면 갈아입고 쉴 수 있도록 길고 헐렁한 옷도 만들어주었다. 그의 신발도 반짝이게 닦아주었고, 발이 편하게 실내화도 잊지 않고 준비해주었다. 하지만 그는 이 모든 관심이 짜증스러웠다. 여자는 단지 그런 일에만 유용한 걸까? 그는 그녀와 누이를 비교했다. 누이는 독립적이고, 엄마가 애지중지 키워서 열 손가락으로 할 줄 아는 것이 별로 없었다. 그러나 앙드레 브르통, 폴 엘뤼아르, 르네 샤르를 읽은 교양 있는 사람이었다.

이반은 아미나타와 지내는 것이 지루했다. 식사가 끝나면 그는 쿠란을 읽었고, 그림자 군단의 우두머리 이스마엘에게 따로 설명을 청하려고 가장 어려운 구절들을 메모했다. 그러는 동안 아미나타는 바보 같은 텔레비전방송을 봤는데, 그는 그녀의 습관을 구태여 고치려고 애쓰지 않았다. 적어도 그 순간만큼은 그녀가 입을 다물었으니까.

어느 저녁 그녀가 의기양양한 표정으로 다가오자 그는 최악의 상황을 겁냈다. 그녀가 그의 발치에 쪼그리고 앉더니 말했다.

"당신한테 깜짝 선물로 해줄 말이 있어요. 신이 우리의 결합을 축복해주셨어요. 내가 당신 아이를 가졌어요."

임신이라니! 벌써! 혐오감에 휩싸인 채 이반은 생각했다. 함께 산 지 석 달도 안 됐는데. 그녀는 자기 말이 그에게 어떤 반향을 일으키고 있는지 짐작도 못한 채 말을 이었다.

"라시다 아줌마가 내 배를 만져보더니 아들 같대요. 얼마나 자랑스러운지 몰라요!"

이튿날 이반은 병영에서 감정을 잘 추스르지 못한 채 훈련을 마치고 돌아왔는데, 누가 찾아와서 기다리고 있다고 알려왔다. 잔뜩 흥분한 이바나였다.

"아미나타가 임신했다며?" 그녀가 외쳤다. "그애랑 결혼해야 해."

"왜?" 그가 침착하게 대꾸했다. "우리 엄마가 임신했을 때 란사나가 엄마와 결혼했어? 우리 할머니는 결혼했어? 사생아를 만드는 남자가 내가 처음은 아닐 텐데."

이 말에 이바나는 격렬하게 화를 냈고, 결국 이반은 누이의 화를 거스르지 못하고 결혼하기로 마음먹었다. 듣자 하니 이바나는 화가 난 척한 것이었다. 무고한 아미나타가 눈물을 쏟으며 말해준 터에 그녀는 이반의 행실에 관한 한 모르는 것이 없었다. 이반은 애무를 그다지 내켜하지 않고, 자신에게 기댄 아미나타의 몸에 관심을 기울이기보다는 입 벌리고 자는 편을 더 좋아하는 고집 센 연인이었다.

"그이는 침대에서 등을 돌리고 자." 아미나타가 울먹이며 말했다. "그가 등을 돌리면 꼭 무심한 산 옆에서 자는 느낌이야."

이바나는 자신의 제국이 견고하다는 걸 확인했다. 이 연출은 무엇으로도 흔들 수 없는 열정을 감추기 위한 눈가림일 뿐이었다.

이반의 결혼식은 호화롭기가 그의 세례식을 능가했다. 디아라 집안 사람들과 트라오레 집안 사람들, 친척들, 친구들이 전국 각지에서 몰려들었을 뿐 아니라 생계를 꾸리려고 지구 곳곳으로 흩어졌던 이들까지 몰려왔다. 모두가 란사나의 부재를 안타까워했다. 아들이 결혼해서 말리 땅에 뿌리를 내리는 걸 그가 봤더라면 얼마나 기뻐하고 뿌듯해했을까 하고. 아들이 이렇게 근원으로 돌아왔으니.

아무튼 가장 화려한 손님은 아미나타의 언니인지 사촌인지 이모인지 뭐라고 불러야 할지 모를 아이사타 트라오레였는데, 그녀는 캐나다 맥길대학에서 강의를 했다. 그녀는 첫 책『경매로 나온 아프리카』를 출간한 뒤 서둘러 말리를 떠나야만 했다. 그후 아프리카 전반을 비판하는 격렬한 정치 논설을 정기적으로 발표해왔다. 아주 아름다운 여자였다. 듣자 하니 그녀는 캐나다 남자와 살고 있는데, 조심하느라 함께 오지 않았다고 했다. 길에서 그녀와 마주친 사람들은 눈에 띄는 그녀의 옷차림에 호기심이 동해 한참이나 빤히 바라보았다. 전통적으로 남자들에게만 허용되는 통 넓은 바지에 군복처럼 재단된 튜닉 차림이었다. 아이사타는 시내에 있는 바 '브를랑 다스'에 테이블을 하나 잡고 앉아 찾아오는 사람을 맞이했다. 젊은이 수십 명이 고등사범학교 수업을 빼먹고 그녀의 얘기를 들으려고 앞다투어 찾아왔다. 이반은 난생처음 한 여성에게 자제하기 힘든 끌림을 느꼈다. 그녀의 얼굴 생김새도 좋았고 섬세하면서 조화로운 체형도 좋았지만, 특히 예리하고 냉소적인 정신이 좋았다. 저녁이 되어 그녀를 데려다주면서 그는 그녀 곁에서 얘기를 나누거나 애무하며 밤을 보낼 수 있을지 상상해보았지만, 실제로는 어떨지 몰랐다. 이스마엘이 그림자 군단의 강연 초청 제안을 그녀에게 전해달라고 했을 때 그는 놀라지 않았다. 처음에 아이사타는 까다롭게 굴더니 캐나다로 돌아가기 전날 마지막 순간에야 허락해주었다.

그녀가 그림자 군단 건물에 왔을 때 안뜰은 사람들로 꽉 차 있었다. 의자와 벤치를 더 가져다놓아야 했다. 지도자들도 전부 아이사타를 둘러싸고 연단에 앉아 있었다. 그녀는 외국어 억양이

묻어나는 예쁜 목소리로 말을 시작했다.

"저는 변호하려는 게 아니라 이해하려 애씁니다. 지하디즘은 수세기에 걸친 억압과 배척의 결과입니다. 지하디즘은 걸프전쟁과 더불어 생겨난 게 아니며, 부시 부자는 한낱 꼭두각시일 뿐입니다. 지하디즘의 뿌리는 식민지화에, 어쩌면 그보다 더 이전에 내렸을 겁니다."

갑자기 그녀는 복수의 주먹을 쥐어 보였다.

"그러나 지하디스트들은 죽이고 또 죽이는 것밖에 모릅니다. 죽음은 해답이 아니에요. 우리는 민중들 사이에 새로운 형태의 대화를 끌어들여야 합니다. 지배자도 피지배자도 없습니다."

그녀의 말을 들으며 이반은 사지가 떨리기 시작했다. 그녀는 지금 자신이 있는 곳이 어디인지 알고는 있는 걸까? 지금 그녀를 둘러싼 사람들이 어떤 사람인지 알고는 있는 걸까? 칼라시니코프 소총을 들고 자유롭게 돌아다니는 저 많은 이들에게 이스마엘이 손가락만 까딱하면 그녀를 쓰러뜨릴 텐데.

그러나 저녁 강연은 아무 사고 없이 이어졌고 기립박수로 끝이 났다. 그후 이스마엘과 몇몇 일원은 아이사타를 마르세유 사람이 운영하는 생선 요리 전문 레스토랑 '라크리에'로 안내했다. 레스토랑 주인은 아프리카에서 오십 년을 살았으며, 수많은 테러를 겪고도 싫증이 나지 않았다고 자부했다. 그들은 속달로 공수된 굴 요리를 먹었고, 생강 음료를 잔뜩 마셨다. 참석한 사람 대부분이 무슬림이어서 술은 입에 대지 않았으니까.

새벽녘이 되어 이스마엘은 이반에게 아이사타를 데려다주라고 말했다.

"잘 지켜드려." 이스마엘이 웃으며 말했다. "이런 시간엔 무슨 일이든 일어날 수 있잖아."

실제로 키달의 거리는 칠흑처럼 어두웠다. 띄엄띄엄 아무렇게나 세워진 가로등은 고작 인도의 몇 귀퉁이만 밝혀주었다. 그 밖에는 짙은 어둠이 지배하고 있었다. 요란하게 쿵쾅거리는 심장을 느끼며 이반은 아이사타의 팔을 붙들고 무사히 길을 갔다. 그녀는 방으로 향하려다가 그의 손을 붙잡더니 자기 쪽으로 끌어당기며 나지막이 말했다.

"당신도 나만큼 원하잖아. 우리가 그러지 말아야 할 이유가 있을까?"

이튿날 아침 이반은 구겨진 시트가 반쯤 덮인 침대에서 홀로 깨어났다. 그는 일어서려고 애썼지만 다리가 후들거렸다. 다리가 왜 후들거리지? 마치 그의 내면에서 불이 타올라 힘을 모조리 앗아간 것 같았다. 옆방으로 갔더니 아미나타가 짙은 남색 투피스를 단정하게 차려입고 외투를 팔에 걸쳐 든 아이사타를 끌어안은 채 울고 있었고, 그러는 동안 관리인은 짐을 택시에 싣고 있었다. 이반은 자기 안에서 무슨 일이 일어났는지 이해하지 못했다. 지난밤의 열정과 열기는 꿈이었나? 어떻게 자신이 아내 곁으로 돌아와 누워 있었을까? 그러는 동안 아미나타와 아이사타는 열정적으로 포옹을 나누고 있었다. 아이사타가 택시에 타자 아미나타는 눈물을 흘렸다.

"오래 있지도 못했는데." 아미나타가 울먹이며 말했다.

이반은 할말을 찾지 못했다. 그렇다, 그가 꿈을 꾼 것일까? 그후 아침마다 그는 아이사타의 편지를 기대하며 우체부의 자전거를 살폈지만 그녀에게선 아무 기별도 없었다. 그는 그녀의 최신작 『대륙의 강간』을 구입하기까지 했다. 하지만 열 쪽 이상 읽지 못했다.

차츰 그는 권태의 늪에 빠졌다. 아미나타는 이젠 정사를 나누려고도, 열의 없던 애무를 구걸할 생각도 하지 않았다. 지금은 자기 몸속에서 벌어지는 일에만 몰두해서 남편의 손을 자기 배위에 올려 태동을 느끼게 했다.

"남자아이야." 그녀는 말했다. "내 배의 형태를 봐요. 게다가 의사가 마지막 초음파 검사 때 확인해줬어요. 이름을 파델이라 지어요. 늘 마음에 들었던 이름이에요. 마법사 수마호로 칸테가 새로 만들어버린 꼬마 아이의 이름이었죠. 그 새는 마법사가 가둬놓은 새장에서 용케 달아났어요. 이 이야기 알아요?"

이반은 그 이야기를 골백 번이나 들었지만 고개를 저었다. 이따금 그는 이유 없이 울고 있는 자신을 발견하곤 놀랐다.

누이가 곁에 있고 그 품에 안겨 자신을 어루만져주는 손길을 느끼면 위로받을 수 있었을 것이다. 그러나 이바나는 보이지 않았다. 남자들 대여섯이 그녀의 환심을 사려고 달려들어 그녀는 깨어 있는 대부분의 시간을 그들의 수작을 뿌리치며 보냈다. 그러다 예기치 않은 아주 심각한 사건이 일어났다.

어느 아침 민병대원들은 알파 야야 병영의 한 내무반으로 호출되었다. 훈련하러 나가야 했던 사람들도 훈련에 가지 않았다. 전날부터 휴가중인 병사들도 소환됐고, 북부에서 테러리스트를 찾아 순찰중이던 병사들도 트럭에 실려 도심으로 왔다. 오전이 끝날 무렵 장교 전원이 예장하고 모인 앞에서 아브두라만 소가 엄숙한 어조로 말을 시작했다. 독일에서 실시한 탄도 감식 결과가 나왔다. 엘 코브라를 공격한 자들, 공연장 울트라 모칼에서 학살을 자행한 범인들은 지하디스트들이 아니라 민병대원이라는 증거가 오늘 나온 것이었다.

"네 명이었다." 그가 힘주어 말했다. "두 명은 칼라시니코프 소총으로 무장했고, 그 총의 일련번호가 우리에게 있다. 다른 둘은 루거 권총으로 무장했는데, 무기 밀매상한테서 구한 것 같다. 곧 이 망나니들의 이름이 밝혀질 테고, 그들을 체포하는 대로 마땅한 형벌을 받게 할 것이다."

이반은 집으로 돌아왔고, 집에서 어린 하녀 제나바가 신경써서 온종일 켜둔 텔레비전 덕에 야간 통행금지가 선포된 사실을 알게 되었다. 통행금지! 밤 열시 이후로는 누구도 집 밖을 돌아다니지 말아야 하며, 여덟시부터는 신분증 검사를 한다는 말이었다. 아미나타가 집에 없어서 이 끔찍한 사건에 대해 의논할 수가 없었다. 아마도 그녀는 친구와 자기 뱃속에 있는 존재에 대해 얘기하느라 여념이 없는 모양이었다.

진짜 큰 공포를 느껴본 적이 없는 사람은 그런 순간에 인간이 어떻게 행동하는지 알지 못한다. 피의 흐름이 빨라지고 활발해진다. 머릿속에서 순식간에 여러 결정이 내려지고, 눈 깜짝할 새 긍정과 부정을 가늠한다. 한마디로 지성이 날카로워진다. 이반은 무시무시한 위험이 닥쳤으니 최대한 빨리 달아나야 한다는 걸 직감했다. 도시를 떠나야 한다. 나라를 떠나야 한다. 그는 이 상황을 유일하게 이해해줄 것 같은 사람인 이바나에게 편지를 써서 급하게 자기 계획을 알렸다. 그는 민병대 순찰조가 득실거리는 북쪽 국경으로도, 동쪽으로도, 서쪽으로도 떠나지 않을 것이다. 남쪽 도로를 택해 가오 쪽으로 갈 것이며, 가오에서는 나이지리아의 니아메로 가기가 쉬울 것이다. 나이지리아에 도착하면 합법적인 프랑스 여권을 갖고 있으니 아무 어려움 없이 프랑스행 비행기를 탈 수 있을 것이다. 일단 파리에 정착하면 이바나를 곁으로 부를 것이다. 편지를 다 쓰고 나자 한 가지 생각이 머리에 떠올랐다. 돈이 필요할까? 그는 아미나타가 어떤 이유에선지 은행을 믿지 못해 현금을 방 서랍장에 넣어둔다는 사실을 알고 있었다. 그는 서둘렀다. 서랍을 다 열어보고 그 보물을 발견한 그는 거리낌없이 호주머니에 넣었다. 신중을 기한다면 집에 너무 오래 머물지 말아야 했다. 그래서 그는 온갖 노숙자들이 몰려드는 셰이크 안타 디오프 쉼터로 달려갔다. 지하디스트 방식으로 머리에 두툼한 천을 두른 젊은 여자가 안내창구를 맡고 있었다. 그녀는 그를 머리끝부터 발끝까지 살폈다.

"당신이 노숙자라고?" 그녀가 빈정거리며 말했다.

이반은 즉석에서 해괴한 이야기를 지어냈다. 아내와 싸워서 한 지붕 밑에서 밤을 보내고 싶지 않아서 왔다고 말했다. 젊은 여자는 한마디도 믿지 못하겠다는 듯이 어깨를 으쓱하면서도 사람들이 빽빽이 들어찬 공동침실을 배정해주었다.

잠이 오지 않는다며 왔다갔다하는 사람들의 발소리와 얘기 소리 때문에 밤새도록 그는 한잠도 자지 못했다. 열린 창문으로 먹이나 영역 때문에 싸우는 고양이 울음소리와 서로 쫓고 쫓기며 달리는 쥐 소리가 들려왔다.

새벽 다섯시가 되자마자 그는 버스 정류장으로 갔다. 그런데 가오로 가는 차는 모두 떠난 뒤라 그 근처로 가는 버스를 타기로 계획을 수정해야 했다. 그는 엘 마크함을 선택했다. 가오에서 5킬로미터 떨어진 작은 마을이라고, 수프를 잔뜩 먹고 나서 이를 쑤시던 뚱뚱한 운전사가 설명했다. 이반은 제일 뒷줄에 자리잡고 얼굴을 가리기 위해 터번 같은 것을 둘렀다. 해가 질 무렵에야 엘 마크함에 도착했다.

이반의 마음 상태가 달랐더라면 분명 그 멋진 풍경을 눈여겨보았을 것이다. 키달 주변은 사막 영역이다. 모래가 왕이다. 깜빡이지도 않고 부릅뜬 눈처럼 하늘 한가운데 꼿꼿이 박힌 태양의 변덕에 따라 모래는 황갈색이나 황적색, 또는 옅은 보라색을 띤다. 점차 암석이 다시 나타나고, 뾰족하게 깎아지른 듯한 절벽들이 보인다. 버스가 멈춰 섰고, 이탈리아인 부부가 운영하는 객줏집에서 식사를 했다. 메뉴는 야채수프, 닭고기, 아주 맛있는 폴렌타였다. 이반은 왜 두 서양인이 그 멋진 카피톨리노언덕과 피사의 사탑을 떠나와 그런 오지에 틀어박혀 살게 되었는지 알고자 그 유쾌하고 상냥한 주인들과 이야기를 나누고 싶었으나 자제했다.

끝없이 이어지는 강의 일렁이는 물결 말고는 엘 마크함 마을은 달리 볼거리가 없었다. 직각으로 꺾이는 두세 갈래 도로 주변에 양철이나 황토로 지은 오두막들이 자리하고 있었다. 길마다 남녀노소가 지나다니고 무척 북적였는데, 행인 중에 거들먹거리는 표정의 사람들은 요란한 소리를 내며 오토바이를 타고 다녔다.

밤이 되어 날이 추워지자 면셔츠 차림의 이반은 오들오들 떨었다. 몸을 덥히려고 그는 '훌륭한 식탁'이라는 이름의 좁고 더럽고, 이곳의 다른 레스토랑들과 마찬가지로 쾌적하지 않은 레스토랑으로 들어갔다. 구석에 놓인 아주 작은 텔레비전이 지직거리고 있었다. 몇 분 뒤 한 청년이 그의 테이블에 와서 앉더니 말을 걸었다.

"미안하지만, 나는 이곳 언어를 할 줄 몰라요." 이반이 그의 말에 대답했다.

"밤바라어인데요, 형님." 청년이 놀라며 물었다. "이곳 사람이 아니시군요? 어디서 왔어요?"

이 순수한 물음에 이반은 과들루프에서 보낸 세월이 떠올랐다. 어두운 그늘은 모두 잊혀 아련하게 미화되어 나타났다. 이제 생각해보니 그 시절에는 행복하고 무사태평했던 것 같았다. 특히 어머니가 생각났다.

"형이라고 부르지 말아요." 그가 청년에게 퉁명하게 대답했다. 란사나의 부락에서 지내면서 그 표현에 혐오감을 느끼게 된 터였다. "내가 아주 멀리서, 세상 반대편에서 왔다는 것만 알아

뒤요. 그러는 당신은? 엘 마크함 출신인가요?"

청년은 대답 대신 옆에 놓인 가방을 가리켰다.

"이 가방, 형님 거예요?" 그가 물었다. "열쇠로 잘 잠겨 있나요? 열쇠는 안전한 곳에 뒀어요? 목 같은 데 걸어뒀어요?"

"그런 건 왜 묻는 거요?" 신경이 예민해진 이반이 되물었다.

"엘 마크함은 위험한 곳이니까요. 온통 도둑과 사기꾼과 부랑자 들뿐이라. 내가 잘 알아서 하는 말이에요. 내 이름은 라히리입니다. 우리 형과 나는 지프차를 한 대 가지고 있고, 오 년째 여행객들을 국경 너머로 넘겨주는 일을 하고 있어요. 우리는 국경 초소와 세관을 모두 알고 있죠."

"지프차가 있다고요?" 이반이 갑자기 관심을 보이며 말을 끊었다. "나를 니아메나 가오까지 데려다줄 수 있어요? 내 여권은 문제없어요. 내가 찾는 건 유럽행 비행기를 탈 수 있는 공항이에요."

청년이 입을 뿌루퉁하게 내밀며 말했다.

"니아메는 너무 위험해요. 거긴 경찰이 너무 많아요. 우리 형이 돌아오면 생각해볼게요. 형이 결정하는 거니까."

두 사람이 양 스튜를 다 먹었을 때 웬 남자가 불쑥 들어섰다. 뚱뚱하고 대머리에 아주 꽉 끼는 옷을 입고 있었다. 라히리가 벌떡 일어나서 그 남자에게 달려갔다.

"여기는 우스만." 그가 큰 소리로 말했다. "우리 형이에요. 잘 갔다왔어?"

우스만은 아무 대답 없이 이반에게 악수를 청하고는 테이블 앞에 앉았다. 라히리가 그에게 얘기를 전했다. 우스만 역시 부정적인 얼굴로 고개를 저었다.

"니아메는 너무 위험해요." 그도 똑같이 말했다. "하지만 내일 의논해봅시다. 지금 500킬로미터 넘는 길을 달려와서 죽도록 피곤하거든요. 우선 쉬러 갑시다."

세 남자는 초승달로 겨우 밝혀진 어둠 속으로 나섰다. 그들은 차로 주요 도로를 달려 길거리 벤치나 거적 아니면 돌바닥 위에 누운 사람들 사이를 지나 원형 광장까지 갔다.

'방 임대'라는 플래카드가 붙은 오두막 앞에 도착하자 우스만이 호주머니에서 열쇠를 꺼내 집안으로 들어갔다. 혐오스러울 정도로 불결한 침실이 세 개 있고, 가운데 구멍이 뚫린 재래식 변기가 놓인 화장실이 하나 있었다. 지독한 지린내와 똥냄새가 코를 찔렀다. 그렇지만 그는 이런 상황에서 까다롭게 굴 수는 없다고 생각했다. 그래서 별말 없이 침실로 들어가 라히리가 가리키는 에어매트리스 위에 누웠다. 악취와 모기에도 불구하고 그는 이내 잠들었다.

잠든 지 한두 시간쯤 지났을 무렵 문이 살며시 열렸다. 짙은 남색의 두꺼운 부르카를 입은 웬 여자가 들어왔다. 그녀는 이반 곁에 앉더니 기분좋은 듯 그의 귀를 깨물기 시작했다. 그러다 그의 입술로 옮겨갔고, 여러 차례 키스를 했다. 이반은 그 대담함에 깜짝 놀랐다. 그러나 제지하기에는 너무 지친 상태였다.

"옷을 벗어." 그가 말했다. "우스꽝스럽군."

그녀는 그의 말에 복종하며 몸에 휘감은 두껍고 푸른 천을 벗어던졌다. 그는 자신이 해골을 안고 있다는 걸 깨달았다. 질겁한 채 전등 스위치 쪽으로 달려갔다. 더러운 방은 텅 비어 있었다. 그저 꿈이었다. 악몽.

그가 두번째로 잠에서 깨어났을 때는 햇살이 창문을 비추고 있었다. 그는 일행을 불렀지만 아무 대답이 없었다. 오두막은 텅 비어 있었다. 라히리와 우스만은 사라지고 없었다. 그의 가방도 사라졌다는 걸 알아차렸다. 서둘러 밖으로 달려나갔다. 이제 하늘은 푸르스름했다. 그곳에서 밤을 보낸 사람들이 거적을 말아놓고 공공 연못에서 세수를 하고 있었다. 그중 한 사람은 비누 거품을 뺨에 잔뜩 묻힌 채 휘파람을 불며 면도를 했다. 라히리도 우스만도 없었다. 이반은 재빨리 전날 저녁식사를 한 식당으로 달려갔다. 셔터에 성난 발길질을 해보았지만 그런 소란에도 대답하는 이는 아무도 없었다. 라히리도 우스만도 여전히 보이지 않았다. 이반은 막 달려온 길을 다시 거슬러가서 발길 닿는 대로 근처 거리를 헤맸다. 그중 한 거리에는 그를 조롱하듯 드골 장군이라는 이름이 붙어 있었다. 얼마 후 그는 포기해야만 했다. 자신이 멍청이처럼 행동했고, 애송이처럼 당한 것이었다. 두 남자는 그의 껍데기를 홀랑 벗겨갔다.

집에서 수 킬로미터 떨어진 곳에서 신분증도 돈도 친구도 없는 신세가 되었을 때는 어떻게 해야 할까? 대개 운다. 울 수밖에 없다. 거리의 벤치에 앉은 이반은 자기 몸에서 그렇게 많은 눈물이 나올 수 있는지 새로이 알게 되었다.

하지만 차츰 조금씩 용기가 생겨났다. 패배했다고 인정하기 전에 그래도 뭔가 해봐야 했다. 라히리와 우스만이 증발하지는 않았을 것 아닌가. 어딘가 흔적이 남았을 것이다. 누군가는 그들을 알 것이다. 전날 저녁식사를 한 레스토랑 종업원은 그들을 단골처럼 대했다. 이반은 결연히 다시 일어나 그 레스토랑으로 향했다. 근처에 도착했을 때 웬 남자가, 웬 백인 남자가 다가오다가 그를 보고 아연한 표정으로 멈춰 서더니 그의 팔을 붙들고 속삭였다.

"여기 있지 말고 나랑 같이 갑시다."

이반은 몸을 빼내려 애썼다.

"미쳤군! 이거 놔!"

남자는 좌우를 살피다가 목소리를 낮춰서 물었다.

"당신이 이반 네멜레가 맞죠? 방금 텔레비전에서 당신을 봤어요. 당신한테 현상금이 붙었어요."

"뭐라고요!" 이반은 소리치며 즉각 풀린 다리에 힘을 주었다.

그는 낯선 이의 손에 이끌려 달리기 시작했다.

두 남자는 멀지 않은 곳에 세워진 망가진 지프차 안으로 뛰어들었다.

백인은 말랐고, 거의 고행자 같았고, 얼굴도 수척했는데, 눈은 선명한 파란빛이었다. 희끗희끗한 긴 머리카락이 치렁치렁하게 어깨까지 늘어져 있었다. 그야말로 예수그리스도 꼴이 아닌가! 그는 시동을 요란하게 걸더니 재빨리 출발했다.

몇 분 뒤 그가 이반에게 손을 내밀며 말했다.

"나는 알릭스 알론소요. 당신이 일명 엘 코브라라고 불리던 보리스 칸테라는 작자를 죽인 테러 주동자인 모양이던데."

자동차 밖으로는 그림엽서에 나올 법한 배경이 펼쳐졌다. 태양이 서서히 제자리를 잡아가는 파란 하늘, 주름 없이 반짝이는 강, 불그스름한 암석 절벽들. 자동차 안에서는 잔뜩 흥분한 두 남자 사이에 열띤 대화가 이어졌다.

"내가요?" 이반이 외쳤다. "절대 아니에요. 나는 그런 범죄를 저지르지 않았어요!"

그는 최악의 상황에 처해도 항상 자신의 무고함을 주장해야 한다는 사실을 알고 있었다.

"우리집은 안전할 겁니다." 알릭스 알론소가 다시 말했다. "나는 아내와 단둘이 살고, 손님은 오지 않아요."

자동차는 강을 따라 10여 킬로미터 달렸다. 그러다 갑자기 강을 등지고 왼쪽으로 돌아 울퉁불퉁한 자갈길로 접어들었다. '더 래스트 리조트'라고 적힌 아치 아래를 지났다. 이반은 중학교 때 기억을 떠올려보았지만 그 이름의 의미를 알 수 없었다.

모퉁이를 돌아서자 돌집 하나가 나타났다. 넓지만 예쁘진 않았고, 널찍한 테라스에 노란 줄무늬 파라솔이 여러 개 펼쳐져 있었다. 한 여자가 안락의자에 쿠션들을 쌓고 등을 기댄 채 반쯤 누워 있었다. 그녀가 신은 밑창 없는 파란 양모 실내화는 마치 바닥을 디딘 적 없는 것처럼 보였다.

알릭스가 이반에게 설명했다.

"내 아내 크리스티나예요. 못 움직여요."

크리스티나는 남편과 똑같이 파란 눈이고, 미소에 묘한 매력이 깃들어 있었다. 남편이 어떻게 이반을 만났고 그가 누구인지 설명하자, 그녀의 얼굴이 일그러졌다.

"우리집에서는 아무 걱정 안 해도 돼요." 그녀도 단언했다. "알릭스가 얘기했겠지만 우리집에는 손님이 오지 않아요."

알릭스는 친근하게 이반의 팔을 붙들고 집안으로 이끌었다.

실내장식은 소박했지만 매력이 없진 않았다. 앞장서 가던 알릭스가 정원에 면한, 안락해 보이는 침실의 문을 열었다.

"여기서 집처럼 편하게 지내요." 그는 활짝 웃으며 거듭 말했다.

이반은 알릭스와 크리스티나가 더 래스트 리조트를 떠나는 일이 거의 없다는 사실을 알고 놀랐다. 그들에게는 친구도 없었고, 그들을 위해 일하는 하인도 없었다. 크리스티나의 기분전환을 위해 알릭스가 커다란 텔레비전 한 대와 고도화된 장비들을 갖춰놓았는데, 그 덕에 도무지 가능할 것 같지 않은 온갖 채널을 볼 수 있었다. 이를테면 왈리스푸투나제도* 방송 채널까지 잡혔다. 왕이 신하 몇몇에게 훈장을 수여하는 끝없는 의식도 지켜보았다. 그러다 이반은 자신이 떠난 뒤 키달에 파란이 일었다는 소식을 알게 되었다. 비람과 두 동생은 젠네에 있는 친척집에 숨어 있다가 체포되었다. 이상하게도 이스마엘은 혐의를 받지 않았다. 그림자 군단의 다른 누구도 마찬가지였다. 그의 마음을 찢어놓고 피눈물을 흘리게 한 것은 그가 떠난 직후 이바나와 그의 아내 아미나타가 투옥되었다는 사실이다. 그는 두 여자가 감옥에 오래 머물지 않았다는 사실은 알지 못했다. 두 여자 모두 확실한 알리바이가 있었기 때문이다. 엘 코브라의 목숨을 앗아간 테러

---

* 남태평양에 있는 프랑스 해외령.

가 일어난 날 저녁, 순자타 케이타 고아원 간호사들은 두 여자가 아기들에게 이유식을 준 뒤 재우고 있었다고 확실히 증언했다. 험담꾼들은 전혀 다른 이야기를 속닥였다. 아브두라만 소가 아름다운 이바나를 사랑해서 후처로 맞으려고 그녀의 올케와 함께 빨리 풀려나도록 힘을 썼다는 주장이었다.

"흥분을 가라앉혀요." 알릭스가 이반에게 조언했다. "사태가 좀 진정되면 내가 직접 키달로 당신 누이를 만나러 갈게요. 그리고 이리로 데려올게요. 그런 다음 둘이 함께 니아메행 비행기를 타요. 여기서 500킬로미터쯤 되는 곳이에요."

"잊으셨군요! 난 여권도 없어요." 이반이 울먹이듯 말했다.

알릭스가 놀리듯 말했다.

"내가 하나 만들어줄게요." 그가 약속했다. "어느 나라 여권이 좋겠어요? 리비아? 레바논? 시리아? 이 나라에는 가짜 여권 산업보다 더 번창하는 게 없지요."

크리스티나는 이반의 손을 꼭 잡으며 온화하게 물었다.

"이바나는 당신의 쌍둥이 누이죠, 그렇죠? 내가 알릭스와 쌍둥이듯이."

이반에게는 한 가지 후회밖에 없었다. 이바나와 헤어지기 전에 사랑을 나누지 않은 것! 정신적 사랑을 하며 보낸 그 모든 세월이 어처구니없었다! 그녀를 다시 만나기만 하면 그동안 참았던 만큼 하리라! 그녀가 그의 몸 아래서 비명을 지르고 울부짖고 몸을 비틀게 만들어주리라! 그러나 그녀를 다시 볼 날이 올까? 어쩌면 그는 아이사타와 자신이 실제로 혹은 상상으로 저지른 잘못 때문에 벌을 받은 것인지도 몰랐다. 이따금 그는 뜨거운 눈물을 쏟으며 생각했다.

알릭스 알론소와 크리스티나 세르파티는 요람에서부터 서로를 알았다. 그들이 '일곱번째 불가사의'라는 서커스단 소속 두 곡예사 집안의 자식들이었기 때문이다. 두 사람은 같은 해 같은 날 태어났다. 그래서 두 사람은 서로가 서로를 위한 존재일 뿐 아니라 한 사람이라고 생각하게 되었다. 두 사람은 열여덟 살이 되자 더이상 결합을 미룰 수 없어 결혼했다.

일곱번째 불가사의 서커스단은 1758년 티보 드 포양이 보르도에서 만들었다. 우리는 그가 나이지리아 여자와 아프리카에서 노예를 추격하던 프랑스인 에메리 드 포양 사이에서 태어난 혼혈 아들이라는 사실을 안다. 꼬마 티보는 아주 어릴 때 프랑스로 건너와 살게 되었는데, 그의 어머니 에카넴 바시가 아들의 처지를 걱정해서 쓴 편지가 전부 남아 있다. 하지만 이 서커스단이 만들어진 연유는 알 수 없다. 티보의 향수, 어머니와 잃어버린 고향땅에 대한 그리움으로 성인이 되어 야생 짐승과 조련사, 곡예사와 온갖 댄서들을 모으게 되었을까. 어쨌든 일곱번째 불가사의는 점점 더 인기가 치솟았다. 여름이면 프랑스 남부 아이들에게 즐거움을 안겼다. 겨울에는 아프리카의 프랑스어권 국가로 갔다. 이 서커스단이 가장 성공을 거둔 두 나라는 알제리와 말리였는데, 말리에서는 바마코 근처에 알록달록한 텐트들을 쳤다. 불행히도 식민지화로 인해 모든 게 파괴됐듯이, 다른 것들과 마찬가지로 서커스도 말살되었고, 그러는 동안 전 세계에서 서커스에 대한 기호가 점점 줄어들다가 사라졌다.

1995년 일곱번째 불가사의 서커스단이 완전히 문을 닫았을 때 알릭스와 크리스티나는 미국의 바넘 서커스단에 쉽게 자리를 구했다. 불행히도 떠나기 전날 고별 공연중에 크리스티나가 공중곡예를 하다 끔찍한 사고를 당했다. 회복되긴 했지만 몸은 여전히 마비 상태였다. 알릭스와 그녀는 프랑스에서 갖고 있던 걸 모두 팔고, 어려서부터 부모와 함께 살던 말리로 피신했다.

처음 몇 해는 장밋빛 인생이 펼쳐지진 않았다. 그들은 답답한 전통과 소비사회가 낳은 과잉이 뒤섞인 이 도시를 좋아하지 않았다. 게다가 알릭스는 독일인들이 경영하는 화장품회사에서 일하면서 누구의 손도 빌리지 않고 직접 크리스티나를 돌보느라 몹시 지쳐갔다. 몇 년 후 그에게 행운이 찾아왔다. 그는 시어버터를 만드는 독특한 비법을 발견해서 회사 사장들에게 매우 비싼 값에 팔았다. 그뒤 아내와 함께 사막의 일부를 사서 오아시스로 바꾸었다. 알릭스는 사랑의 힘으로 크리스티나가 팔을 조금 움직일 수 있게 만들었다. 그러나 그게 전부였다.

이반은 백인들과 한 번도 가까이 지내본 적이 없었다. 백인은 그가 과들루프에서 멀리서 바라보던 이들이었다. 물론 백인에 대해 전혀 적개심도 느끼지 않았다. 제레미 씨의 가르침이 있긴 했지만 식민지화는 그에게 여전히 추상적인 개념이었으니까. 그에게 불행을 초래한 장본인들은 오히려 같은 피부색의 사람들 같았다. 백인은 그저 낯선 억양으로 프랑스어를 말하는 불가사의한 존재들이었다. 백인은 숱하게 악을 저지르는 태양을 탐욕스레 갈구해서 온종일 해변에 빽빽이 드러눕고, 카니발 행렬을 보려고 인도를 따라 줄지어 서는 존재들일 뿐이었다. 따라서 이 부부는 그가 처음으로 친밀한 관계를 맺게 된 백인들이었다.

처음에 크리스티나는 이반과 함께 있는 걸 불편해했다. 그의 목소리에, 어쩌다 웃는 그의 웃음에 소스라치며 놀랐다. 일주일에 한 번, 알릭스가 장을 보러 엘 마크함에 갈 때 그녀는 이반과 단둘이 남는 걸 좋아하지 않았다. 그렇지만 이 얼음은 차츰 녹았고, 그녀는 한결 상냥해졌다. 우윳빛 얼굴, 깡마른 몸, 흰머리 한 가닥조차 감히 끼어들지 못할 아름다운 갈색 머리가 어깨까지 출렁이는 그녀를 보며 아름답다는 생각이 들자 이반은 스스로 놀랐다. 알릭스처럼 그녀를 속속들이 살뜰하게 챙기지는 않았지만 그는 아기처럼 그녀를 먹이고 마시게 해주는 일을 시작했다. 그녀가 먹을 과일도 깎았다. 그녀의 휠체어를 밀어 회랑을 거쳐 정원으로 내려가 갓 피어난 꽃들을 감상하게 해주었다. 낮잠 시간에는 자신도 모르게 조상들이 해오던 방식 그대로 너무 덥지 않도록 그녀에게 손부채질을 해주었다. 크리스티나를 향한 그의 감정에는 애정과 연민이 섞였고, 아, 그녀가 얼마나 고통받았을까! 그리고 욕망도, 그렇다, 욕망도 섞여 있었다. 특히 그녀의 보드라운 살갗이 드러날 때면.

그는 그녀와 함께 사진첩을 뒤적였다. 곡예사였을 때 그녀의 모습을, 검은 타이츠를 입고 멋진 몸매를 드러낸 사진들을 보았다.

"저 꼭대기에서 발아래 불빛이 번쩍이는 서커스장을 내려다볼 때 느끼던 감정을 어떻게 표현해야 할지 모르겠어. 아마 죽음의 순간에 그런 감정이 느껴질 것 같아. 정신이 날아올라. 거추장스럽고 투박한 껍데기 같은 몸을 남겨둔 채. 꼭 신이 된 듯한 기분이었어."

알릭스와 크리스티나는 서로를 열렬히 사랑한다는 말로도 부족했다. 그들은 서로를 위한 존재였다. 형제요 자매였고, 아버지요 딸이었고, 연인이었다. 이반이 이바나와 함께 도달하려 꿈꿔온 그 깊은 결합을 실현한 존재들이었다. 어느 오후, 함께 테라스에서 바람을 쐴 때 크리스티나가 말했다.

"넌 알릭스와 내가 갖지 못한 아들이야. 넌 우리에게 부족한 모든 것이야."

이반은 웃음을 터뜨렸다.

"두 분의 아들이요? 난 흑인인데요! 두 분은 백인이고요."

그녀가 그의 눈을 깊이 들여다보며 말했다.

"흑인, 백인! 그게 다 무슨 의미지? 사람들이 못된 짓을 하려고 그렇게 편 가르는 말을 만들어낸 거야. 색깔은 존재하지 않아. 다시 말하지만 넌 우리의 아들이야. 그뿐이야."

더 래스트 리조트에 탐욕스레 밤이 내렸다. 매일같이 계속되는 똑같은 사이코드라마였다. 치명적인 상처를 입은 태양은 핏자국을 길게 남기고 천상의 한쪽 구석으로 피신하러 달려갔다. 경쟁 관계의 달은 태양을 대체하지 못했다. 아무리 몸을 부풀리고 또 부풀려도 소용없었다. 달은 결국 사라지고 말았다. 그러면 어둠이 찾아왔다.

크리스티나는 종종 강을 따라 산책했다. 강은 멀리까지 흐르지 않았다. 그녀는 강의 소용돌이를 살피며 그것이 북쪽 한류를 타고 온 큰 바다소들의 싸움 때문에 발생한 것이라고 생각했고, 그 모습을 관찰하며 몇 시간씩 머물렀다. 알릭스는 그녀를 집으로 불러들이느라 애를 먹었다. 그는 사방에 깔리는 불투명한 어둠을 좋아하지 않았다. 대개 집으로 돌아오면 헤어지기 전 세 사람은 알릭스가 준비한 향긋한 타마린드차를 마셨다. 그러고 나면 크리스티나와 알릭스는 이반의 이마에 입을 맞추고 침실로 향했다. 이반은 지붕 밑에 있는 자기 방으로 갔다.

어느 저녁, 모든 게 달라졌다. 알릭스가 차가 반쯤 남은 잔을 밀어놓으며 말했다.

"웃기는 연극은 이제 그만두자고. 이반, 우리와 같이 가자."

그러더니 그는 일어서서 크리스티나의 휠체어를 앞으로 밀었다. 이반은 이 순간만 기다려왔다고 솔직하게 털어놓았다. 그는 아무런 이의를 제기하지 않고 일어나서 알릭스를 따라갔다. 이 세 사람의 행동에 충격받았다고 주장하는 보수적인 사람들의 비난이 들리는 것 같다. 그건 그들이 이때가 얼마나 시적 정취에 젖어드는 시간대인지 알지 못하기 때문이다. 두 손 가득 얼마나 애정이 담겼는지 모르기 때문이다. 크리스티나의 몸은 탄탄한 젖가슴, 납작한 배, 사원의 기둥만큼이나 조화로운 다리까지 짙은 여자의 몸이었다. 알릭스의 몸은 강하고 단단했다. 이반은 온 인류를 만족시킬 수 있을 만한 젊은 황소였다. 세 사람은 아침까지 물리지도 않고 서로를 사랑했다. 이제 이 일은 일상이 되었다.

온종일 지체 부자유자로 휠체어에 못박힌 채 다리를 움직이지 못하는 크리스티나는 잠든 동안 현실에서의 삶과 완전히 다른 삶을 꿈꾸었다. 매일 아침 그녀는 두 연인에게 꿈 이야기를 들려주었다. 두 연인은 두 아들이기도 했다. 그녀가 놀랍도록 젊고 원기왕성한 젖가슴의 감미로움을 둘에게 전해주었으니 말이다.

"내 몸이 꼭 케이폭나무에 달린 솜털 열매처럼 가볍고 유연했어. 하늘을 가로지르며 지그재그를 그렸지. 이따금 구름 위에 앉아 앞뒤로 그네를 타기도 했고. 높은 곳에서 햇볕에 갈라진 땅을 내려다보았어. 재미삼아 내려가 나무 꼭대기에도 앉아보았지. 특히 화염목이나 능소화가 마음에 들었어. 일랑일랑나무의 향기, 카옌 장미와 아룸꽃 향기도 좋았어. 이따금 좀더 내려가 초록색 나비와 함께 경주도 했지. 늘 내가 꼴찌로 들어왔어. 녀석이 꽃마다 멈춰 서서 꿀을 따먹는데도 말이야."

이반과 단둘이 있을 때면 알릭스는 자주 눈물을 흘렸다.

"내 잘못이야. 그래, 내 잘못으로 그 일이 닥친 거야. 크리스티나 곁을 한시도 떠나지 말았어야 했는데. 그런데 혼자서 묘기를 부리도록 내버려둔 거야."

이반이 그의 눈물을 닦아주며 말했다.

"바보 같은 소리 마세요. 크리스티나에게 닥친 일은 절대 알릭스 잘못이 아니에요."

어느 날 알릭스는 이반의 눈을 응시하며 말했다.

"크리스티나가 그 끔찍한 사고를 당한 공연날에 무슨 일이 있었는지 넌 몰라. 우리는 함께 올라가 활공을 하고 관객들에게 붉은 장미 꽃잎을 뿌릴 예정이었어. 그런데 그 묘기를 하기 전에 내 몸이 안 좋았어. 그래서 크리스티나 혼자 올라가게 내버려둔 거야. 왜 내가 죄책감을 느끼는지 이제 알겠지?"

당황한 이반은 위로할 말을 찾지 못한 채 그를 품에 안았다.

그런 완벽한 행복을 누리며 사 주가 흘렀다. 이반은 크리스티나에게서 어머니와 누이, 연인을 발견한 느낌이었고, 알릭스는 욕망의 야만성을 자극하는 살짝 두려운 분신처럼 느껴졌다. 그를 괴롭히는 건 이바나의 부재뿐이었다. 아! 이바나만 있다면 완벽한 행복과 무한한 충만을 누렸을 텐데.

알릭스가 라히리와 우스만의 흔적을 찾으리라고는 누구도 예상치 못했다. 그 일은 정말 우연히 일어났다. 어느 화요일 엘 마크함 시장에 간 그가 옷가게 쪽에서 이반의 묘사에 완벽하게 들어맞는 두 남자를 목격한 것이다. 그는 항상 셔츠 속에 품고 다니던 마우저총으로 두 남자를 위협했다. 사실, 그가 무기를 든 건 속임수였다. 알릭스는 비폭력주의자였다. 68년 5월 경찰기동대와 학생들이 파리 거리에서 사투를 벌였을 때 크리스티나와 그는 '마하트마 간디의 자취를 좇아'라는 단체를 창설했다. 그들은 알제리전쟁에 맹렬히 반대했고, 불복종자 편에 섰다. 마우저총은 효과를 발휘했다.

라히리와 우스만은 이실직고했다. 이반을 털어간 걸 시인했다. 값나가는 그의 가방과 옷은 팔았지만, 그의 여권은 아직 가지고 있었다. 프랑스 여권이어서 높은 값을 받을 수 있으리라 기대하고 있었다. 라히리와 우스만은 알릭스가 이 일에 경찰을 끌어들이지만 않으면 그 침묵에 대한 대가로 이반을 니아메까지 데려다주겠다고 제안했다. 그들은 경찰초소도 없고 세관초소도 없는 국경 지대들을 안다고 했다.

이 얘기를 듣고 이반은 펄쩍 뛰었다.

"그자들은 바로 나를 민병대에 인도하고 포상금을 챙길 겁니다."

알릭스는 고개를 단호히 저었다.

"네가 내 말에 실망할지도 모르겠지만, 그자들은 네가 키달에서 한 일도 모르고 민병대에 쫓기고 있다는 사실도 모르는 것 같아. 사람들은 텔레비전을 무심히 보지. 그자들이 널 니아메로 데려다주면 거기서 문제없이 프랑스행 비행기를 탈 수 있을 거야. 프랑스에 가면 누이에게 편지를 써서 데려오고."

세 사람은 피폐해진 모습이었다. 이반은 떠나기로 했다. 알릭스와 크리스티나는 이반의 젊음과 아름다움, 열정을 잃고 나면 어떻게 될까. 그후의 시간은 더없이 깊은 동요 속에서 흘러갔다.

우스만과 라히리가 그를 데리러 오기로 한 전날, 알릭스는 이반을 집 뒤쪽에 꽁꽁 잠가둔 작은 방으로 데려갔다. 그가 격문을 밀어 열자 경기관총, 소총, 권총 등 온갖 무기가 보였다. 이반이 놀라움을 감추지 못하자 그가 설명했다.

"너도 알다시피 난 비폭력주의자야. 하지만 장애인 아내와 단둘이 이렇게 외진 곳에서 무방비 상태로 살 순 없지. 누가 공격하면 적어도 방어는 해야 하니까."

그러더니 그는 이반에게 루거 권총을 건넸고, 이반은 권총을 검은 가죽집 속에 조심스레 넣었다.

"그리고 이것 받아." 묵직한 봉투 하나를 건네며 알릭스가 말했다. "너한테 필요할 거야."

봉투에는 달러 다발이 들어 있었다. 이반은 큰 고마움을 표현할 말을 찾지 못했다. 그는 아담이 지상낙원에서 내쫓겼을 때 어떤 감정을 느꼈을지 알 것 같았다. 더 래스트 리조트는 평화의 안식처였다. 이제 그는 운명에 어깨를 떠밀려 그곳을 떠나 불행하고 혼란스러운 삶으로 내몰렸다.

사 주 동안 그는 평범하지 않은 두 존재와 내밀한 세계를 알게 되었고, 깊고 복잡한 관계를 경험했다. 알릭스와 크리스티나는 그에 대해 아무것도 알지 못하면서도 그에게 품을 열어주었다. 언젠가 그들을 다시 보게 될까? 어쩌면 이 땅에서 다시는 보지 못할지도 몰랐다. 종교가 우리에게 약속한 눈에 보이지 않는 세계에서라면 몰라도.

라히리와 우스만이 이튿날 새벽 네시에 더 래스트 리조트의 문을 두드렸다. 알릭스는 마음 아파하면서도 여전히 호의를 베풀어 가는 길에 먹을 샌드위치까지 만들어주었다. 크리스티나는 울먹이며 이반의 두 뺨에 키스를 퍼부었다.

그런데 알릭스가 완전히 잘못 짚었다. 라히리와 우스만은 이반이 누구인지 정확히 알았고, 그에게 붙은 현상금이 얼마인지도 모르지 않았다. 더 래스트 리조트에서 꽤 멀어지자마자 그들은 이반에게 야만스럽게 덤벼들어 튼튼한 밧줄로 손목과 발목을 묶었고, 머리에 두꺼운 복면을 씌워 비명소리가 들리지 않게 하고는 민병대원들에게 넘기기 위해 키달로 향했다.

게다가 알릭스는 두 불한당이 이반이 숨어 있던 곳을 폭로할 의도로 더 래스트 리조트의 위치를 자세히 그려 아브두라만 소에게 전했다는 사실을 알지 못했다.

그러면 이바나는, 하고 여러분은 궁금해할지도 모르겠다. 이바나는 어떻게 되었을까? 그녀에 관해서는 별다른 소식이 들리지 않는다. 그녀는 이 슬픈 사건에 이반보다는 덜 깊게 연루되었다. 그녀가 일하는 순자타 케이타 고아원의 일과표를 토대로 행여 무척 지루한 이야기를 늘어놓게 될까봐 겁이 난다. 아침 여섯시, 꼬마들이 잠에서 깬다. 변기 사용법을 가르치기 위해 아이들을 변기에 앉힌다. 아침식사로 좁쌀죽과 훈제 생선, 삶은 달걀과 생강 음료를 준다. 낮잠 시간. 낮잠 종료. 교육적 놀이 시간. 어린이 책 낭독. 자유 시간. 저녁 여덟시 취침.

보다시피 이 일상은 그리 매력적이지 않다. 그런데 잘 생각해보면 우리 이야기에 공백이 많다는 걸 알 수 있다. 이를테면 란사나가 죽었을 때 이바나의 태도에 대해 우리는 이야기하지 않았다. 이반과 달리 이바나는 아버지에게 애착이 있었다. 그녀는 어린 시절 아버지의 빈자리가 컸다는 사실을, 그게 유년기를 어둡게 만든 취약함과 불안정의 원인이었다는 사실을 알고 있었다. 이반은 자기 같은 가난뱅이들과 함께 놀고 싶을 때마다 집을 나갔는데, 그 놀이는 몇 시간씩 걸렸고 그는 옷이 찢기고 상처와 혹을 잔뜩 달고 돌아왔다. 그동안 이바나는 얌전히 학교 도서관에서 빌린 책을 읽으며 어머니 곁에 머물렀다. 그리고 천근만근이 된 다리로 지칠 대로 지쳐 일터에서 돌아와 의자에 털썩 앉아 잠시 숨을 돌리고는 저녁 준비를 하는 어머니의 삶에 대한 책임을 아버지에게 지웠다. 이 모든 원망, 이 모든 긴장은 공항에서 만난 아버지가 그녀를 "내 딸아"라고 다정하게 불러주었을 때 모조리 사라졌다. 그때부터 그녀에게는 오직 한 가지 걱정뿐이었다. 아버지가 그녀에게 거는 기대에 부응하는 것. 따라서 아버지가 죽었을 때 그녀는 많이 울었고, 친지들과 친구들이 건네는 애도의 말을 들으며 비통해했다.

그녀는 아버지를 기리기 위해 그가 해온 활동을 이어가기로 마음먹었고, 엄청난 재산을 말리에 유증한 어느 스위스인의 이름을 딴 장벨루치재단의 도움을 받아 '말리의 소리'라는 소리 기록관을 창립했다. 단지 살아 있는 그리오들을 조사하고 그들의 가장 사랑받은 곡들을 정리하는 일뿐 아니라, 생전에 공동체에 강한 인상을 남기고 가치 있는 작품을 만든, 이미 고인이 된 그리오들도 찾아내야 했다. 그러기 위해 이바나는 아주 외딴 마을들까지 찾아가서 드러나지 않은 재주꾼들을 발굴해내려 애썼다.

　우리는 이반이 아미나타 트라오레와 동거하기로 결심했을 당시의 이바나에 대해 별로 언급하지 않았다. 이반에 대한 파다한 험담을 그녀 역시 들었고, 그것 때문에 많이 괴로워했다. 그녀는 그가 결코 동성애자가 아니라는 걸 알았고, 그가 여자들을 그렇게 대하는 이유도 설명할 수 있었을 것이다. 그러나 그녀는 침묵을 지켜야만 했다. 보통 사람의 눈에 더 처벌받아 마땅한 쪽이 있을까? 동성애자와 근친상간 중에서? 프랑수아 모리아크가 너무도 잘 표현했듯이 가족이란 서로 얽혀 있는 살무사 무리라는 걸 모르는 척하는 사람들은 위선자들이다! 아버지는 딸을 욕망하고 강간한다. 아들은 누이를 탐한다. 어머니와 아들 사이의 일은 널리 알려져 있다. 이반이 아미나타와 함께 살기로 결정한 것이 그녀에게는 효과적인 술책 같아 보였고, 그 덕에 그녀는 몇 달 동안 평화와 행복을 되찾았다.

이반이 아미나타와 결혼하기로 결정했을 때, 이바나는 그 혼인이 성사되도록 부추기긴 했지만 내심 그럴 것까진 없다고 생각했다. 아미나타가 임신한 사실이 그녀가 보기에 결혼할 중대한 논리적 이유는 아닌 것 같았다. 도단의 아이들 둘 중 하나는 아버지를 알지 못했다. 아버지 이름을 알아서 대더라도 멀찍이서 공경하는 신의 이름을 대듯이 했다.

그녀에게 치명타를 가한 건 이반이 테러리스트가 되었고, 엘코브라 살해에 가담했다는 사실이었다.

갑자기 모든 것이 잿더미로 변했다. 이반은 어디에 있을까? 어디에 숨었을까? 그가 끄적여놓은 편지에 희망을 내비쳤듯이 프랑스로 가기 위해 니아메까지 무사히 갔을까? 극도로 혼란스러운 나머지 그녀는 운명의 비밀을 꿰뚫어보기 위해 이름난 점쟁이 말라이카를 찾아갔다. 말라이카는 우리가 이미 알고 있는 키시무 방코 구역에 살고, 예언가와 주술사로 유명한 나라인 베냉 사람이었다. 그녀는 전에 파리 교외에서 오랫동안 살았고, 아주 잘 알려진 우파 정치인들 일에 관여했다. 지난 선거에서 그 정치인들이 패배하자 그녀는 다시 빈곤한 처지로 전락해 말리에 사는 언니에게로 올 수밖에 없었다. 그녀는 100킬로그램 가까이 되는 커다란 풍채를 지녔지만 몸놀림이 아주 가벼웠다.

눈에 보이지 않는 것의 비밀을 꿰뚫어본다는 사람들 모두가 그러듯이 그녀도 주위에 촛불을 열 개쯤 켜놓고 한동안 침묵을 지키다가 단언했다.

"피만 보여. 주위에 온통 피뿐이야. 피가 어디서 왔는지, 그 원인을 알려면 복채를 내야 해."

그러더니 그녀는 엄청난 금액을 요구했고, 이바나는 펄쩍 뛰었다. 그런 돈을 어떻게 구한단 말인가. 아는 사람이라곤 굶어 죽어가는 아이들, 풍요로운 것이라곤 화음뿐이고 돈은 한푼도 없는 그리오들뿐인데? 그녀는 비틀거리며 말라이카의 오두막을 나오면서 다시는 그곳을 찾지 않으리라 결심했다.

우리는 키시무 방코가 인구가 밀집하고, 불결하고, 제삼세계의 온갖 음악으로 떠들썩한 곳이라고 이미 묘사한 바 있다. 그곳에서는 레게와 살사가 힙합과 음산한 랩과 한데 뒤섞였다. 모험을 갈구하는 남자들이 밤을 두려워하지 않는 듯 보이는 이 아름다운 여자에게 접근해왔다.

다음날 경찰관들이 와서 그녀를 체포했다. 그들은 아주 정중하게 그녀를 사륜구동 레인저까지 데려갔고, 그 차에는 이미 아미나타가 타고 있었다. 두 여자는 울면서 서로를 끌어안았고, 아미나타가 귓속말을 했다.

"예전에 아이사타가 이반을 조심하라고 분명히 말한 적 있어요. 이상한 사람들을 만난다고요."

체포된 날 오후 이바나가 감방에서 맥이 빠져 있을 때 아브두라만 소가 들어왔다. 그녀는 아브두라만을 알았다. 그녀가 이 구혼자의 관심을 끌 만한 일을 한 적은 전혀 없었다. 그는 이미 아내를 둘이나 두었고, 그중 한 사람은 모가디슈 출신으로 아주 예뻤다. 어느 날, 이바나가 민병대 군사훈련을 구경하려고 알파 야야 병영에 갔다가 그의 눈에 띄었다. 그는 그녀에게 이반과 함께 비샵주스나 한잔하자며 거듭 간청해 두 사람을 집으로 초대했다. 그의 집은 실내장식이 화려했고, 흰색 가죽소파와 보라색 가죽소파가 번갈아 놓여 있었고, 벽에는 값비싼 벽걸이 양탄자가 걸려 있었다.

"우리의 최고 멋진 신병 중 한 사람이 오셨군요!" 그가 이반의 비위를 맞추려는 듯 눈짓하며 말했다.

이반이 군인들의 태도를 얼마나 싫어하는지 알고 있던 이바나는 그런 평가에 놀랐다. 아브두라만 소는 어느새 다른 주제로 넘어가 아이티에서 보낸 세월에 대해 떠들어대고 있었다.

"멋진 섬이에요." 그가 단언했다. "그 창작성에 자꾸만 놀라게 됩니다. 포르토프랭스 시장에서는 소박파 그림을 팔아요. 소박파 화풍이 어떤 건지 알아요?"

그 질문에 이바나도 이반도 대답하지 못했다. 과들루프에서 아이티 사람들을 많이 알고 지냈지만, 그들이 아는 사람들은 화가가 아니라 지도자들에게 착취와 수모를 당하고, 생존을 위해 노예처럼 일하는 가난한 이들이었다. 란사나의 동거녀 비카도 그들에게 자기 민족의 고통을 그려 보인 적 있었다.

아브두라만이 말을 이었다.

"그들에게 예술은 마법의 물약 같은 겁니다. 삶의 고된 부침에도 불구하고 힘과 용기를 주는 물약."

이바나는 그의 집에서 말없이 가만히 있었지만 아브두라만에게 열정의 대상이 되었다. 그는 란사나가 죽은 뒤 부락의 연장자 역할을 하는 라민 디아라를 찾아가 이바나와 결혼하고 싶다고 말하기까지 했었다.

그날 저녁 감방에 들어선 아브두라만은 더없이 심각한 표정을 지었다.

"당신은 자유예요." 그가 감방문을 가리키며 이바나에게 말했다.

자유라고? 그녀는 어안이 벙벙한 얼굴로 그를 바라보았다. 그가 이글거리는 눈으로 그녀를 응시하며 말을 이었다.

"당신을 너무 사랑하는 나는 당신에게 나쁜 일이 일어나도록 내버려둘 수가 없어요. 집으로 돌아가요."

"이반이 무고하다는 뜻인가요?" 이바나가 물었다.

아브두라만은 근엄하게 고개를 저었다.

"아뇨, 이반은 유죄입니다. 증거가 있어요."

그렇게 이바나는 디아라 부락으로 돌아갔는데, 그곳 누구도 그녀를 기다리지 않았고, 이미 몇몇은 그녀가 감금되었다는 소문에 기뻐하고 있었다. 그후로 그녀는 고성소에 머무르듯 지냈다. 기계적으로 옷을 입고, 기계적으로 밥을 먹고, 맡은 아이들을 돌보면서도 아이들이 눈에 들어오지 않았다. 매일 저녁이면 고독을 함께 나누기 위해 아미나타와 울적하게 저녁식사를 했다. 아미나타는 이제 이반에 대해 온갖 장점을 들어가며 미화했다. 그녀 말대로라면 이반은 다정하고, 자상하고, 언제나 사랑을 나눌 준비가 되어 있는 사람이었다. 이바나는 그 모든 게 거짓이라는 걸 알았지만 굳이 반박하지 않았다. 다른 생각에 사로잡혀 그녀는 결국 아미나타에게 물었다.

"이반의 행동에서 특별한 점이 눈에 띄진 않았어? 그가 급진적으로 변하는 것 같진 않았어?"

아미나타는 모르겠다는 몸짓을 했다.

"급진적으로 변하다니? 그게 무슨 뜻이야? 그이는 선한 무슬림처럼 행동했어. 그뿐이야. 절대 기도를 빠뜨리지 않았고, 쿠란을 읽었어. 놓고 간 쿠란을 보면 주석이 잔뜩 붙어 있잖아! 담배도 안 피우고, 술도 안 마시고, 적선도 했어. 급진적이라는 게 이런 거야?"

이바나는 더 알아내지 못했다. 그녀는 어둡고 황량한 길을 걸어 집으로 돌아왔다. 디아라 부락은 깨어 있었다. 그날은 이른 새벽까지 꿈틀대고 떠들썩한 활기가 이어졌다. 몇몇은 전통가요에 맞춰 코라*를 연주했다. 또다른 사람들은 카드게임을 했다. 블로트게임이었다. 날카로운 탄성이 허공을 가로질렀다.

"블로트! 르블로트! 하트!"

또다른 사람들은 모두가 사로잡혀 있던 주제에 대해 침울하게 논쟁했다. 아프리카에서 유럽으로 탈출하는 난민들 행렬에 대해.

"일부가 두 팔 벌려 맞이하긴 해도 그들은 우리를 원치 않아. 그들은 우리 아프리카 나라들이 전쟁 상황은 아니라고 주장해. 우리를 죽음으로 몰아넣는 기아가, 하늘에서 떨어지는 폭탄과 뭐가 다른데? 역시나 여전히 인종차별이 문제야."

이 모든 대화는 이바나가 나타나기만 하면 중단되었다. 그들은 그녀를 좋아했고 불쌍히 여겼다. 불행히도 그녀는 그 모든 존중과 애정어린 말에 무심했다. 그녀는 그저 자기 방에 틀어박힐 생각만 했다. 벼락이 쳐서 다시 자기 삶이 풍비박산나길 기대하며. 그런데 그런 일이 실제로 일어났다.

---

* 하프와 유사한 서아프리카 전통악기.

어느 저녁, 이바나는 평소보다 조금 일찍 집으로 돌아와, 저녁도 먹지 않고 누워서 잠을 청했다. 그녀에게 잠은 휴식도 위안도 되지 못했다. 그저 온종일 견뎌온 끔찍한 고통이 더는 느껴지지 않도록 문을 닫는 일일 뿐이었다. 자정 즈음 하녀 마갈리가 그녀 방으로 들어오더니 머리맡 전등을 켰고, 그녀에게 몸을 숙이더니 다급한 목소리로 중얼거렸다.

"언니, 언니, 일어나봐요. 아브두라만 소가 왔는데 언니를 보고 싶대."

이바나는 아연해서 부연 눈을 뜨며 말을 더듬었다.

"아브두라만 소? 아브두라만 소라고 했어?"

하녀는 고개를 끄덕였다.

"뭐라고 해요, 언니?" 그녀가 물었다.

"왜 왔는지 물어봐." 당황한 이바나가 말했다.

그녀가 옷을 걸치고 미처 일어서기도 전에 아브두리만이 방으로 들어서더니 마갈리를 밀쳐서 밖으로 내보냈다. 이바나는 군복이 아니라 흰색 소매 없는 긴 옷을 입은 그를 처음 보았다. 그 차림은 운동선수 같은 그의 몸에 잘 어울렸다. 부드러운 수염이 뺨을 덮고 있었다. 살짝 곱슬거리는 머리카락은 아마도 투아레그족 조상에게서 물려받은 것 같았다. 정말, 아주 잘생긴 남자라는 걸 그녀는 새삼 깨달았다. 그는 침대 발치에 앉았다.

"이반은 내 손에 있어요." 그가 말했다.

"이반이요?" 이바나가 아연해서 외쳤다.

아브두라만이 고개를 끄덕이며 말했다.

"부랑배 두 놈이 방금 나한테 전화를 했어요. 니아메로 달아나려던 그를 붙잡아두었다고요. 약속한 현상금을 주면 내게 넘겨주겠다는군요. 내가 그를 민병대원들에게 넘기면 그들이 그에게 마땅한 처벌을 내릴 겁니다. 당신이 원하는 게 이겁니까?"

이바나는 눈물을 흘리며 고개를 저었다.

"아뇨, 물론 아니에요. 당신도 알잖아요. 그건 내가 원하는 게 아니에요."

"그러면? 뭘 원하죠?" 아브두라만이 흑옥 같은 눈동자로 쏘아보며 말했다.

이번에도 우리에게는 일어난 사건에 대한 정보가 거의 없다. 이반과 이바나가 말리를 떠난 일을 두고 온갖 뒷말과 억측이 난무해 상황을 명료하게 볼 수가 없다. 우리가 확실한 사실이라 여기는 건 이바나를 찾아간 다음날 아브두라만 소가 알파 야야 병영에 나타나지 않았다는 것이다. 하지만 그건 그리 놀랄 일은 아니었다. 그날은 금요일이었고, 모스크에 가는 날에는 그가 오랫동안 기도하고 쿠란을 읽고 가난한 동네를 순회하며 적선하길 좋아한다는 건 익히 알려진 사실이었기 때문이다. 이른 오후, 무장한 민병대원들을 실은 지프차 서너 대가 남쪽으로 이어지는 도로를 달렸다. 행인들은 불안한 눈으로 지프차들을 바라보았다. 길게 늘어선 저 차들이 어디로 가는 걸까? 지하디스트들과 싸우러? 또 사상자가 나오는 걸까?

그 이튿날 이른 아침, 아브두라만 소의 개인 운전사인 바르텔레미가 레인저로버를 몰고 남쪽으로 향했다. 차창에 색이 입혀져 누가 타고 있는지는 알 수 없었다. 그럼에도 우리는 이반과 이바나가 타고 있었으리라 확신한다.

바르텔레미가 아브두라만의 개인 운전사 노릇만 한 건 아니었다. 포르토프랭스에서 유엔 아이티안정화지원단을 위해 일하던 시절부터 아브두라만 밑에서 일해온 이 아이티 사람은 그의 애인들을 실어날랐고, 그가 눈독들이던 젊은 여자들을 그에게 데려다주었다. 그가 말리로 돌아왔을 때도 그를 따라왔다.

바르텔레미와 그가 싣고 가는 불가사의한 짐, 우리에게는 불가사의하지 않은 짐은 서너 시간 동안 이동했다. 그러더니 여행객들에게 소박한 음식을 제공하는, 그리 안락하지 않은 카라반사라이에서 밤을 보내기 위해 멈춰 섰다. 손님들은 이반을 뚫어져라 응시하며 저 얼굴을 어디서 보았는지 생각하는 듯했다. 그를 확실히 알아보는 사람은 아무도 없었다. 그러니 그가 방치해

둔 콧수염과 턱수염, 구레나룻은 별 소용이 없었다. 에메 세제르의 「콩고에서 보낸 한 철」에 등장하는 세세 세코처럼 약간 기둥서방처럼 보이게 했을지는 몰라도.

이상하게도 이반은 내심 깊은 실망감이 들었다. 그는 자신이 감히 엘 코브라를 공격했고, 온 나라를 충격에 빠뜨렸다는 걸 모두에게 분명히 드러내놓고 으스대고 싶었다. 그렇지만 익명 아래 숨을 수밖에 없어 자기 행위의 대담함과 용기를 드러낼 수가 없었다.

세 사람은 키푸마 초소에서 국경을 넘었다. 경찰관과 세관원은 그들의 통행증에 무심히 도장을 찍었다. 그후 그들은 몇 시간 만에 니아메에 도착했다. 사막의 진주 통북투와 달리 니아메는 대상들의 거점 지역이 아니었다. 옆구리에 값진 물건들을 싣고 아프리카 북부의 이슬람교 군주국으로 향하는 긴 낙타 행렬이 한 번도 멈춰 선 적이 없었다. 사실 최근의 번영은 겨우 한 세기 전부터 일어난 일이다.

세 사람이 탄 레인지로버가 공항으로 향했다. 아브두라만이 바르텔레미에게 이반과 이바나를 파리행 첫 비행기에 태우라고 단단히 일러두었기 때문이다. 그런데 뜻하지 않은 일이 그들을 기다리고 있었다. 에어프랑스가 그들 관습에 충실하게 파업을 시작한 것이다. 파업이란 언제 시작하고 언제 끝날지 모르는 법이다. 따라서 세 사람은 워털루라는 이름의 호텔에 은신해야만 했다. 가진 돈이 많지 않아서 고른 별 하나짜리 꽤나 초라한 호텔이었다.

우리는 이반과 이바나가 서로 재회하며 보인 반응에 대해 언급하지 않았다. 특기할 게 없었기 때문이다. 그렇게 오랜 시간 동안 헤어져서 서로를 걱정하고 그토록 욕망을 억눌러왔기에, 다시 만난 기쁨에 그들은 무너지고 말았다. 그들은 그저 서로 끌어안고 귀에 달콤한 말만 속삭였다. 바르텔레미는 두 사람의 관계를 알지 못했기에 이제 막 열정이 싹트기 시작한 연인으로 여겼다. 아이러니하게도 카리브해 지역에 잘 알려진 노래 하나가 그의 머리에 떠올랐다. 아 이 땅에서는 사랑하지 말아요, 사랑이 떠나면 남는 건 눈물뿐이니.

이반과 이바나는 황홀한 표정을 짓고 있었지만 내심 극심하게 고통받았다. 형제의 목숨을 구하기 위해 이바나는 아브두라만에게 몸을 맡겨야 했다. 그녀는 그가 자신에게서 쾌락을 이끌어냈다는 사실에, 그 육체적인 열정의 순간에 자신이 의지와 다르게 신음과 비명을 내질렀다는 사실에 자책했다. 몸이란 얼마나 추하고 비참한지, 이런 생각이 그녀의 머릿속을 떠나지 않았다. 그녀는 밤새 잠을 이루지 못했다. 한편 이반은 알릭스와 크리스티나와 함께 보낸 시간을 잊지 못했다. 그 기억은 그의 살갗에 새

겨져 있었다.

워털루호텔에는 다른 곳과 마찬가지로 초라한 식당이 하나 있었다. 거기서 조촐한 아침식사를 할 수 있었다. 사흘 전부터 우리 친구들은 이제나저제나 이 기다림이 언제 끝날까 생각했다. 넷째 날 아침, 신문판매원이 식당으로 들어섰다. 〈니아메 마탱〉의 기사 제목 하나가 이반의 눈길을 끌었다. 극적인 작전: 이반 네멜레의 은신처 발견. 그리고 아브두라만 소의 민병대원들이 두 이방인 알릭스 알론소와 크리스티나 알론소가 몇 주 동안 이반 네멜레를 감춰준 '더 래스트 리조트'를 어떻게 공격했는지 전하는 기사가 이어졌다. 가련한 두 사람은 응당한 첫값을 받고 사망했다.

이반의 떨리는 손에서 신문이 바닥으로 떨어졌다. 그는 단도에 찔린 듯 탁자 위로 쓰러졌고, 어린아이처럼 거칠고 고통스럽게 온몸이 흔들리도록 흐느껴 울었다.

"왜? 왜 그들을 죽였지?" 그가 더듬거리며 말했다. "알릭스와 크리스티나는 비폭력주의자들이었어. 무척이나 선하고 다정하고 이해심 많은 사람들이었는데."

바르텔레미가 신문을 다시 주워 이바나에게 내밀었고, 이바나도 기사를 읽었다.

알릭스와 크리스티나의 살해 소식에 이반은 한 번도 경험해보지 못한 분노에 빠졌다.

누가 내게 의견을 묻는다면, 나는 그가 흔히들 말하듯 급진적으로 변한 게 바로 그 순간이라고 말할 것이다. 세상의 추악함이 그의 눈앞에 드러났다. 세상은 두 진영으로 나뉜 듯 보였다. 서구인들과 그들의 가르침을 착실히 따르는 이들의 진영 대 그 나머지 진영. 서구인들은 스스로를 피해자라고, 이유 없이 공격당했다고 주장했다. 그들은 누구에게도 해를 끼치지 않았고 신분과 상관없이 모두를 존중했고, 또한 표현의 자유와 동성 간의 사랑도 존중했으며 동성애자들이 자식을 입양하는 것도 허용했다고 내세웠다. 그러나 그건 사실이 아니었다. 일어난 일은 학살이었다. 두 진영은 양쪽 다 마찬가지로 사납고 가차없었다. 모두가 폭력에 폭력으로 대답할 줄밖에 몰랐다. 대화를 해보려는, 타협점을 찾으려는 노력도 없었다. 제네바에서 평화회담이 열렸지만 아무 결과도 도출하지 못했다. 폭탄들은 계속해서 더없이 맹렬하게 쏟아졌다.

이반이 자기 주변에 펼쳐진 추악한 사회를 파괴하기로 마음먹은 건 바로 이때였을 것 같다. 나는 바로 그 시점에 그가 세상을 바꾸겠다는 결심을 했으리라 생각한다. 어떻게? 그건 그 스스로도 아직 알지 못했다.

에어프랑스의 파업이 끝났다. 파업은 일주일이나 이어졌다.

일주일 동안 가련한 여행객들은 호텔에 죽치고 있었다. 일을 지체할 수 없었던 사람들은 온갖 수단을 동원해 유럽으로 가려고 애썼다. 헤어지기 전날 바르텔레미는 유명한 레스토랑 '트리고노세팔'에 두 동행인을 초대했다. 세 사람 사이에 묘한 호감이 퍼졌던 것이다. 트리고노세팔은 마르티니크섬에 서식하는 작은 독뱀의 이름이다. 스트라스부르에서 온 프랑스인들이 경영하는 그 레스토랑에 왜 그런 이름이 붙었을까? 알다가도 모를 일이다!

바르텔레미가 웃으며 말했다.

"큰형님이 사는 거예요." 그가 말했다. "내가 이 저녁식사 비용을 큰형님에게 치르게 할 방법을 찾아낼게요."

이반은 그를 따라가고 싶은 마음이 전혀 없었다. 알릭스와 크리스티나의 사망 소식을 들은 후로 그는 어떤 것에도 흥미가 일지 않았다. 순간순간 그들의 모습이 떠올라 숨이 막히는 것 같았다. 그의 머릿속에는 오직 한 가지 생각뿐이었다. 더 래스트 리조트를 마지막으로 돌아보는 것, 거기 남은 것을 눈에 가득 담는 것, 사라진 사람들에 대한 추억에 잠기는 것. 그러나 더 래스트 리조트가 있는 졸리바 연안은 니아메에서 500킬로미터나 떨어져 있었다. 그는 바르텔레미에게 거길 다녀오자고 청할 엄두가 나지 않았다. 거절할 게 분명했다. 게다가 이반은 그들 운명을 손에 쥔 그의 후한 인심을 남용하고 싶지 않았다. 이반이 두 사

람을 따라 레스토랑에 와서 식사하기로 마음먹은 건 이바나가
그의 목에 팔을 감고 매달려 설득해서였다.

해괴한 이름과 달리 트리고노세팔은 도심에서 조금 벗어난 곳
에 자리한 멋지고 쾌적한 건물이었다. 니아메의 상류층이 자주
찾는 곳이었다. 독특하게도 식사 중간중간에 수준 높은 공연이
진행되었다. 이집트와 터키에서 온 밸리댄스 무용수들, 우크라
이나에서 온 곡예사들, 파트너의 심장을 겨누는 듯 칼을 던지는
묘기꾼들, 재주꾼들, 복화술사들이 줄줄이 나왔다. 만찬의 절정
은 점술가들이 장식했다. 머리에 터번을 쓰고 영롱하게 반짝이
는 옷을 입은 점술가들은 손님들의 손을 잡고 미래를 읽는다고
주장했다. 그중 한 여자가 이반 앞에 멈춰 섰고, 이반은 무심코
손바닥을 그녀에게 내밀었다. 그녀는 이내 훑어보더니 뒤로 물
러나며 질겁해서 물었다.

"당신은 누구죠? 당신 주변에는 온통 피바다와 울음, 살인만
보여요. 그 무시무시한 테러리스트 중 한 사람인 건가요?"

이반은 침착하게 대답했다.

"난 나예요."

그러곤 준비해둔 지폐 한 장을 그녀에게 건넸다.

다음날 오후 다섯시에 남매는 파리행 비행기를 탔다. 저무는
햇살이 하늘에 핏빛 커다란 V를 그렸다. 복수vengence를 뜻하는

Ⅴ. 그래, 하고 이반은 생각했다. 알릭스와 크리스티나의 복수를
해야 해. 그런데 어떻게 하지?

아프리카 밖

　　이반과 이바나는 어느 아침 루아시공항에 내렸다. 아직 타오르는 듯한 말리의 색채에 젖어 있는 그들의 눈에 공항은 우중충하고 지저분해 보였다. 9월 초인데도 아주 서늘했다. 다행히 디아라 부락의 '어머니들' 중 한 사람이 그들에게 포근한 스웨터를 떠주었는데, 딱하게도 이반의 것은 충격적인 시금치색이었고, 이바나의 것은 연어색이었다. 미샬루 영감의 사촌인 위고가 그들을 마중나왔는데, 그는 스갱섬*의 자동차 공장에서 오랫동안 볼트를 죄어오다 지금은 변변찮은 퇴직연금을 받고 있었다. 그는 자기 소유의 자동차가 있다는 걸 무척 자랑스러워했다. 케케

---

* 파리 근교 센강의 하중도(河中島).

묵은 구식 모델의 포드였는데, 아직 쌩쌩하게 굴러다녔다. 그들은 공항을 빠져나와 벌써 자동차로 혼잡한 길을 따라 달렸다. 터널 하나를 지나자 파리로 들어섰다. 이반과 이바나는 그렇게 높고 거무스름하고 육중한 건물들을 본 적이 없었다. 그 건물들은 인도를 따라 어마어마한 성벽을 이루고 있었다. 일정한 간격으로 세워진 가로등에서 유령 같은 노란 불빛이 퍼져나왔다. 아침 시간인데도 길은 한산하지 않았다. 이미 남자들, 여자들, 심지어 아이들까지 지하철 입구를 향해 걸어가고 있었고, 영구차처럼 음침한 자동차들이 빨간불에 걸려 발을 굴렀다. 그닥 정겹지 않은 그 분위기가 마음 깊이 스며들었다. 키달을 좋아하지 않았던 이반은 파리라고 더 좋아하게 될 것 같지 않다는 직감이 들었다. 왜 '빛의 도시'라는 수식어가 붙었을까? 미샬루 영감이 파리를 아름다운 오달리스크에 비교하던 기억이 났다. 바라보고 감탄하는 사람의 얼을 빼놓는 아름다운 오달리스크……

파리의 여러 시문 가운데 하나까지 수 킬로미터를 달려갔다. 위고가 빌레르프랑수아라는 변두리에 살고 있었기 때문인데, 이제 막 도착한 두 사람에게는 그곳이 꼭 땅끝처럼 멀게 느껴졌다. 위고는 빌레르프랑수아에는 온갖 국적의 사람들이 모여 있다고 거듭 말했다.

"거긴 인도 사람, 파키스탄 사람, 그리고 일본 사람들도 있어.

좀 있으면 외지에서 온 사람들 틈에서 백인들이 소수가 될 거야."

그가 강한 과들루프 억양을 간직하고 있어서 이반은 그의 말을 들으면서 어린 시절과 행복했던 순간들을 다시 맛보는 기분이었다.

마냥 길게 느껴지던 여정 끝에 자동차는 마침내 빌레르프랑수아에 도착했다. 그리고 꽤나 초라한 주택단지에 멈춰 섰다. 여러 층으로 이루어진 건물 네다섯 채를 낡아빠진 담장이 두르고 있었다.

"도착했어." 위고가 말했다. "여기가 앙드레 말로 주택단지야. 예전에는 이곳을 마마두라고 불렀어. 이곳을 무척 자랑스러워한 시라크* 시절이었지. 그는 아프리카에서 사람들을 데려와 도로 청소부 일자리를 주고, 그들을 위해 전기와 수도 시설을 갖춰주었어."

"뭐라고!" 이반이 차에서 내리며 외쳤다. "프랑스인들의 쓰레기통을 비워주려고 아프리카 사람들을 불러왔다니!"

보아하니 이반은 용감한 피에르 페레의 그 유명한 노래를 들어보지 못한 모양이었다.

---

* 1995년부터 2007년까지 재임한 프랑스 대통령.

꽤 예뻤지 릴리는

릴리는 소말리아에서 왔지

배에 가득 실린 난민들 모두

기꺼이 파리의 쓰레기통을 비우러 왔지!

위고는 전혀 당황하지 않고 말했다.

"시라크는 자기가 불러온 도로 청소부들을 살뜰히 아꼈다고. 요즘은 모든 게 엉망이야. 승강기는 작동하지 않고, 계단실에서는 딜러들이 마약을 팔고 있고 말이야."

위고는 세 칸짜리 아파트에서 모나라는 여자와 동거하고 있었는데, 모나는 마르티니크 출신으로 나이가 들었지만 자태가 꽤 예쁜 편이었다. 그녀는 한때 파리의 '라 시갈'에서 노래를 부른 적도 있었다. 루이스 마리아노의 히트곡 〈사랑은 제비꽃다발〉을 〈인생은 제비꽃다발〉로 바꿔 불러 큰 성공을 거두기도 했다.

사랑은 제비꽃다발

이 작은 꽃들보다 달콤해

행복이 지나가며 손짓하고 멈춰 서면

그 손을 잡아야 해

내일까지 기다리지 말고

지금 모나는 빌레르프랑수아중학교 구내식당에서 일했고, 가까이서 지내는 아이들의 한탄스러운 행동에 대해 입이 닳도록 얘기했다.

"애들이 도무지 예의가 없어. 공격적이고, 걸핏하면 못된 말만 지껄여. 그애들이 결국 시리아나 다른 곳으로 지하드 활동을 하러 가는 게 하나도 놀랍지 않아."

도착한 다음날, 이바나는 입학 등록을 해둔 경찰학교로 달려갔고, 이반은 수습 교육을 받기로 했던 기관을 향해 느릿느릿 걸어갔다. 말리에서 지내는 몇 달 동안 앞으로 수습 교육을 받게 되리라는 사실이 점점 더 믿기지 않았다. 초콜릿을 만든다니! 웃기지 않은가? 그 회사가 파리를 가로질러 반대쪽 변두리에 위치해 있었기에 그는 사람들로 붐비는 RER를 타야만 했는데, 열차 안에서 놀랍도록 역한 냄새가 났다. 전날에는 위고의 차를 타고 이동해서 잘 씻지 않은 사람들 몸에서 나는 체쥐며 포마드 냄새, 싸구려 향수 냄새를 맡지 못했다. 얼굴이 시뻘건 남자들이 무심한 표정을 가장하고 혼잡한 틈을 타서 젊은 여자들의 굴곡진 신체 부위에 자신의 몸을 밀착했다. 이반의 눈길을 사로잡은 건 아랍인들이 많다는 사실이었다. 머리에 어두운색 천을 쓴 여자들, 뺨이 곱슬한 수염으로 덮인 남자들. 그는 생각했다. 이것이 프랑스의 얼굴이라니 놀라워. 언젠가 나도 저기에 끼여 한자리를 차지하게 될까.

1924년에 장리샤르 씨가 세운 크레미외 초콜릿 회사 건물은 길가에서는 보이지 않았지만, 강렬한 초콜릿 냄새가 인도까지 점령하고 있었다. 좁은 회랑으로 접어들어, 넘칠 듯 가득찬 쓰레기통들이 보초처럼 서 있는 안뜰을 지나야 했다. 희미하게 불이 밝혀진 로비에서 이반은 안내원에게 자기 이름을 말했다. 그리 친절하지 않은 남자는 잔뜩 쌓인 장부를 뒤적였으나 그의 이름은 찾지 못했다.

"당신 이름은 어디에도 없어요." 그가 퉁명하게 결론지었다.

이반은 일 년도 더 전에 수습생으로 등록했고, 교육 시작을 미루는 데 회사에서도 동의했었다고 설명했다. 그가 그 사실을 증명해줄 회사 편지도, 서류도 전혀 갖고 있지 않았기에 남자는 고개를 절레절레 젓더니 가서 앉아 있으라는 듯 의자를 손으로 가리키며 말했다.

"이따 들라뤼 씨에게 설명하세요."

이반은 자리에 앉았다. 로비에 차츰 온갖 나이대의 사람들이 들어섰다. 모두 하나같이 자신 없는 모습이었다.

저 사람들과 일하게 되는 걸까? 그는 생각했다. 생각만 해도 반감이 들었다. 그는 꼭 죄수가 된 느낌이었고, 사람들의 얼굴을

232

보며 자신이 지은 죄가 뭘까 해독하려 애썼다.

하는 수 없이 한 시간쯤 기다리다가 그는 일어서서 밖으로 나왔고, 뜰을 지나 인도로 나섰다. 비가 내리기 시작했다. 세차게 쏟아지지 않고 스며드는 보슬비였지만 그날의 슬픔을 더했다. 이곳에 이르려고 과들루프를 떠났고, 말리를 떠나왔단 말인가?

그는 다시 RER를 타고 빌레르프랑수아로 돌아왔다. 도착해서는 적응도 할 겸 동네를 한 바퀴 돌아보았다. 그가 본 풍경은 썩 유쾌하지 않았다. 건물들에서 아름다움이라곤 찾아보기 힘들었고, 페인트칠이 꼭 필요해 보였다. 잔디가 볼품없이 깔린 작은 공원들. 아이들이 축구를 하는 공터. 그는 앙드레 말로 주택단지로 돌아가다가 미로처럼 이어진 좁은 골목들에서 잠깐 길을 잃었다. 겨우 A동 입구로 들어섰을 때 거구 둘이 그를 향해 재빨리 다가왔다.

"넌 누구야? 어디 가는 거야?" 둘 중 하나가 거만한 목소리로 물었다.

이반의 대답이 마음에 들지 않았는지 그들은 그에게 차갑게 통고했다.

"우리를 따라와. 네가 여기서 뭘 하는지 보스에게 설명해."

이반은 복종할 수밖에 없었고, 그들을 따라 먼지투성이 계단을 올라갔다. 두 남자는 앞장서서 걸으며 4층에 있는 어느 집 안으로 들어갔고, 그에게 앉을 자리를 가리켰다. 한 시간 정도 흐른 뒤 문 하나가 열렸고, 이반이 결코 만나리라 예상하지 못한 인물이 나타났다. 만수르, 키달에서 같은 부락에 살았던 그의 친구 만수르였다. 만수르는 알아볼 수 없을 정도로 변해 있었다. 옷을 기가 막히게 차려입었는데, 아프리카의 헐렁하고 긴 윗옷에 펑퍼짐하고 낡아빠진 바지를 대충 걸치던 그가 최신 유행을 좇는 멋쟁이가 되어 있었다. 짙은 파란색 우아한 정장에 목깃이 높이 올라오는 하얀 셔츠를 받쳐 입었다. 잘 빗은 머리카락도 훨씬 숱이 풍성해 보였다. 한마디로 그는 칼 라거펠트의 아프리카 버전 같았다. 만수르와 이반은 서로 부둥켜안았다.

"만수르, 만수르." 이반이 외쳤다. "여기서 뭐하며 지내는 거야? 벨기에에 있는 줄 알았는데."

만수르는 고개를 저으며 말했다.

"맞아, 처음엔 거기 갔었지. 하지만 계속 있진 않았어. 그 나라엔 좋은 것도, 돈이 될 만한 것도 없었거든. 내가 기대하던 모습이 전혀 아니었어. 실망해서 프랑스로 왔고, 여기서 내 행복을 찾았어. 그러는 너는? 네 얘기 좀 해봐. 듣자하니 '테러리스트'가 된 모양이던데. 난 네가 키달 감옥에 갇혀 있는 줄 알았어. 얘기해봐, 어서."

이반은 모호한 몸짓을 했다. 그는 삶의 그 지점으로 돌아가고 싶지 않았다. 누이가 한 일에 대해 의문을 품을 수밖에 없기 때문이었다. 이바나는 어떻게 그가 풀려나게 한 것일까?

그가 말했다.

"너도 말해봐, 넌 빌레르프랑수아에서 뭘 하는 거야?"

"들어봐, 내 말대로만 하면 너도 나처럼 가난에서 벗어날 수 있어."

이날부터 이반은 만수르 밑에서 일했다. 일이라는 건 그저 표현 방식일 뿐이다! 알아서 판단하라. 그는 정오쯤 잠에서 깼다. 그가 식당 한쪽 구석에 매트리스를 깔고 잤기 때문에 위고와 모나는 아침식사를 할 때 그를 깨우지 않으려고 수족 인디언처럼 움직여야 했다. 일어나면 그는 좁은 욕실로 가서 온통 물바다를 만들어놓고도 닦거나 치울 생각을 하지 않았다. 그런 다음 옷을 차려입었다. 옷차림에 늘 무관심했던 그가 이제는 만수르를 흉내내기 시작했다. 나비넥타이, 리본 넥타이, 물방울무늬나 줄무늬 넥타이, 몸에 꼭 맞는 셔츠, 조르지오 아르마니 정장. 그는 테르갈, 필아필, 리넨 같은 섬유들을 비교해가며 좋아하게 되었다. 빨간 가죽점퍼를 사서 투우사처럼 입기도 하고, 동성애자로 오해받을지 모를, 검은 가죽옷을 위아래로 맞춰 입고 다녔다. 여러분은 그가 그렇게 차려입을 돈이 어디서 나오는지 궁금할 것이다. 만수르와 그 패거리의 손으로 돈이 물 흐르듯 쏟아졌기 때문이다.

그의 일이란 400~500그램짜리 뭉치로 입수한 마약을 작은 봉지에 소분해 어마어마한 돈을 받고 세르비아계 크로아티아인 자샤리가 운영하는 '라포르트 에트루아트'라는 바에 넘기는 것이었다. 그 배달의 대가로 자샤리는 미리 꼼꼼하게 세어둔 지폐를 트렁크 여러 개에 가득 담아 그에게 넘겼고, 그는 그것을 만수르에게 전했다. 거래엔 신용카드도 수표도 없었다. 현금, 오직 현금뿐이었다. 이 유통에서 최고 책임자들은 보이지 않았다. 틀림없이 파리나 부유한 외곽 동네의 호사스러운 아파트에 숨어 있을 것이다. 이반은 한 가지 희망만 품고 최선을 다했다. 돈을 많이 벌어 이바나와 단둘이 살 아파트를 마련하겠다는 희망이었다. 만수르는 그걸 약속해주었다.

이반은 한결같이 무심한 태도로 마약을 대했다. 밀매상이 되어서도 악을 행한다는 의식은 전혀 없었다. 시몬 제과점의 밀가루처럼 무해해 보이는 그 하얀 가루가 상상을 해방하고, 충동을 부추겨 인간을 파괴할 수 있다는 사실을 그는 믿지 못했다. 그래서 아무런 양심의 가책도, 심장이 철렁 내려앉는 일도 없이 밀매를 이어갔다.

저녁이면 그는 만수르를 따라다녔다. 그처럼 술도 마시지 않고 여자도 찾지 않는 남자에게 이런 밤 생활의 매력은 무척 제한적이었다. 만수르는 파리 중심가에 있는 나이트클럽 '라베뉴아르'에 자주 드나들었는데, 그 시절의 가장 유명한 동성애자들이 앞다투어 모여들던 곳이었다. 마르셀 프루스트도 지하 3층에 마련된 수영장에서 수영하길 좋아했고, 그곳에서 하룻밤 동행들과 함께 호화로운 자리를 만들곤 했다는 말도 돌았다. 만수르는 아주 바빴다. 그는 많은 여자와 잤다. 특히 금발에 풍만한 여자를 선호했다. 예전에 고향 여자들이 그를 대하던 태도를 생각하면 아연실색할 광경이었다. 이제 파리에서 그는 돈만 뿌리면 아름다운 이국 여자들의 몸을 즉각 가질 수 있었다.

라베뉴아르에서 처음에는 지루해하던 이반도 차츰 그 놀이에 재미를 들였다. 이제 그는 2층에서 무심하게 슬롯머신 손잡이나 당기고 있지 않았다. 그는 룰렛에, 특히 바카라에 발을 들여놓았다. 그리고 게임 테이블들을 마련해둔 살롱의 귀족적 매력에 끌렸다. 그에게는 도박의 의외성이 흥분의 원천이었다. 딜러는 어둡고 예언자 같은 목소리로 절대적 운명을 결정짓는 것 같았다. 그의 주변에서 도박하는 사람들도 독특했다. 이를테면 이반은 무일푼이 된 나이 많은 백작부인을 알게 되었는데, 그녀는 글로리아 스완슨이라 불렸고, 그녀의 애인 힐데베르트는 건물 페인트공으로 그녀보다 마흔 살이나 젊었다. 백작부인과 힐데베르트는 샴페인이나 한잔하자며 쉬셰대로에 있는 그들의 아파트로 그를 자주 초대했다. 그들은 샴페인을 하루에 한 상자씩 마셔댔다.

이반은 술을 마시진 않았지만 그들과 함께 어울리는 건 좋아했다. 불행히도 이 모든 건 오래가지 못했다. 이런 교류가 이어지고 몇 달 뒤 백작부인은 알코올중독성 혼수상태에 빠졌고 그대로 깨어나지 못했다. 이반은 그녀를 따라 페르라셰즈국립묘지에서 수많은 이름의 무덤들이 양쪽에 늘어선 길을 걸었다. 그러다 그는 알게 되었다. 자신은 죽음의 익명성에 용감히 맞설 수 있다는 것을. 무덤에 이름이 적힌 몇몇은 이반이 한 번도 들어본 적 없는 인물들이었다. 짐 모리슨이 누구였지? 어떤 일을 했기에 이렇게 긴 비문을 갖게 된 걸까? 힐데베르트가 자초지종을 설명했을 때 새로운 생각이 그를 엄습했다. 왜 나라고 운명을 뛰어넘지 못하겠어? 사실 그는 음악가도, 화가도, 작가도 아니었고 아무 재능이 없었다. 그러나 세상을 발칵 뒤집을 놀라운 행동을 할 수는 있었다. 그렇게 알릭스와 크리스티나의 복수도 하고. 그는 언제나 그 문제로 돌아왔다. 알릭스와 크리스티나의 죽음은 한순간도 그의 머리를 떠나지 않았다. 때때로 그는 자신이 그 죽음에 어느 정도 책임이 있다고, 자신이 그들의 고결한 삶을 오염시켰다고 생각했다. 그러면 가슴이 찢어졌고, 눈물이 쏟아졌다.

어느 날, 라베뉴아르에서 나오면서 울적해하는 그를 보고 만수르가 놀란 얼굴로 물었다.

"무슨 일이야? 왜 울어?"

이반은 더 래스트 리조트에서 있었던 일을 털어놓았다. 그가 얘기를 끝내자 만수르는 어깨를 으쓱했다.

"그 알릭스와 크리스티나 말이야, 백인이었지, 그렇지?"

"그건 왜 물어? 무슨 뜻으로 하는 말이야?" 이반이 물었다.

만수르가 설명했다.

"그 사람들은 우리와 다른 종이라는 뜻이야. 난 백인들이 물에 빠진 걸 보면 그냥 익사하게 둘 거야."

알릭스와 크리스티나는 바로 그런 어리석은 논리에 반기를 들었다. 그들 눈에는 피부색이란 게 존재하지 않았다. 그렇지만 이반은 자신의 생각을 드러내지 않았다. 상대가 이해하지 못하리라는 걸 알았기 때문이다.

파리의 지붕들 위로 노란 아침이 찾아올 때면 그들은 대개 '레테뉘아르'라는 바에 가서 아침을 먹었다. 이반은 옛 기억을 그러모으는 만수르의 말을 들으며 커피를 여러 잔 비웠다.

"벨기에에서 난 공항, 역, 지하철 테러 준비 임무를 맡은 H4조직에 속했어. 얼마 지나자 영문도 모르는 사람들을 죽이는 일이 부조리해 보이더라고. 자신이 왜 죽어야 하는지 영문도 모르고 쓰러지는 사람들, 세상이 무고한 희생자라고 부르는 사람들 말이야. 그때부터 나는 지시에 복종하길 거부했고, 그들은 나를 비겁자로 취급했어. 할 수 없이 목숨을 지키기 위해 프랑스로 도망

쳐야 했는데, 그러다 아부를 만난 거야. 그는 마약 밀매상이었
어. 너나 나처럼 아프리카 사람인데 더 잘생기지도 않았고, 교육
을 더 받은 것도 아냐. 난 아부 덕에 눈을 떴지. 그 사람 곁에서
나는 세상의 진정한 작동 방식을 이해했어. 절대 주인은 돈이야.
돈을 벌어야 하고, 돈만 벌 수 있다면 수단은 뭐든 괜찮아."

이반은 일요일에는 만수르를 따라가지 않았다. 그는 자신과
완전히 상반되게 성실하고 견실한 삶을 사는 누이에게 몰두했
다. 이바나는 아침 일곱시면 이미 일어나서 깨끗하게 옷까지 차
려입었다. 여덟시에는 A동 계단을 내려가 활기찬 걸음으로 침울
한 땅을 가로질러 거리로 나섰다. 그런 다음 RER를 타고 파리의
브륀대로로 갔다. 거기서 그녀는 늘 꿈꾸던 평화의 수호자가 될
준비를 했다. 그녀의 발랄한 얼굴에 매료된 교수들은 무척 영민
하고 앞날이 창창한 그 예쁜 마르티니크 여학생(프랑스인들은
언제나 마르티니크와 과들루프를 혼동했다)에 대한 찬사를 침이
마르도록 늘어놓았다.

일요일 아침 이반이 그녀의 방에 들어서면 그녀는 이미 책상
에 앉아 다음날 과제를 준비하고 있었다. 그녀는 이반에게 진지
한 얼굴로 충고하는 것도 빠뜨리는 법이 없었다.

"네가 수습 과정을 그만두다니 정말 안타까워. 엄마도 나처럼
가슴이 찢어졌을 거야. 그 만수르라는 친구가 너를 어두운 일에

끌어들이지 않는지 조심해. 우리 주택단지에서 벌어지는 마약 밀매에 그가 연루되어 있다는 말을 들었어. 그 사람 돈이 거기서 나오는 거래."

이바나의 말은 과장이 아니었다. 미샬루 영감이 무심코 내뱉은 말로 이반이 무슨 일을 하는지 알게 된 시몬은 버럭 화를 냈다. 내 아들이 마약 밀매를 하다니! 절대 안 될 일이지! 그녀는 직접 프랑스로 가서 아들에게 부끄러운 줄 알라고 훈계할 생각까지 했다. 그녀는 말과 울화를 쏟아냈다. 미샬루 영감은 그 소리를 듣다 지쳐 결국 하고 싶은 말을 했다.

"당신이 간들 무슨 소용이겠어?" 그가 물었다. "그애는 한 번도 당신 말을 들은 적이 없고, 늘 자기 고집대로 했잖아. 옛말에 가만히 있는 게 상책이라고 했어."

그후 시몬은 비행기를 타고 프랑스로 가겠다는 말을 더는 하지 않았다. 아들에게 매일같이 이메일을 보내고, 전화를 걸어 비통한 마음과 협박이 섞인 통화만 했다.

일요일 정오에 이반은 불로뉴숲 한가운데 자리한, 자신이 좋아하는 레스토랑인 '르파비용 르노트르'에서 점심을 먹자고 누이를 초대했다. 그 우아한 레스토랑은 1920년대에 생겼고, 특별 메뉴는 밤 퓌레와 함께 내놓는 농어 요리였다. 때때로 그는 위고와 모나도 초대했다. 세 사람이 그리 잘 통하는 건 아니었다. 위고와 모나는 그가 만나고 다니는 사람들이 수상쩍은데다 위험해 보인다고 솔직하게 말했다. 그 만수르라는 작자 말이야, 경찰이 수배중인 유명한 밀매상이래.

이런 생활이 대략 석 달 가까이 이어졌다. 이반은 내심 자신의 삶이 점점 더 불만스러웠다. 그의 야심, 꿈, 계획은 어떻게 되었나?

어느 오후, 그는 평소처럼 마약 운반을 위해 만수르의 집으로 갔다. 그런데 아파트는 문이 활짝 열린 채 비어 있었고, 미국 범죄영화에서 보듯 가구들은 뒤집혀 서랍 속 내용물이 마구 바닥에 쏟아져 있었다. 그는 무슨 일인지 알아보려고 1층으로 달려갔다. 홀은 비어 있었다. 아무도 없었다. 무슨 일이 일어난 걸까? 그는 생각했다. 그 순간 '포르트 에트루아트'에 가봐야겠다는 생각이 들었고, 황급히 뛰쳐나가다가 건물 밑에서 공놀이를 하던 아이 둘을 넘어뜨렸다. 포르트 에트루아트는 셔터가 내려져 있었다. 오후 한시가 조금 넘은 시각이었는데, 이상한 일이었다. 다행히 이반은 가게 뒷방으로 쓰이는 골방의 입구를 알고 있었다. 벨을 세 번 누르자 자샤리의 사촌 조란이 문을 열어주었다.

"너!" 그가 놀라 눈을 동그랗게 뜨고 외쳤다. "여길 오다니 미쳤어!"

"자샤리를 만나고 싶어." 이반이 흥분해서 대답했다.

상대가 눈을 크게 뜨고 그를 응시했다.

"너, 모르는구나? 새벽에 경찰들이 와서 만수르를 체포해 갔어. 연결돼 있는 사람들을 죄다 칠 거야. 그래서 자샤리는 시골로 떠났어. 지금쯤 만수르는 플뢰리메로지 교도소에 있을걸."

조란의 생각은 틀렸다. 만수르는 라샹테 교도소로 이송되었다. 이반은 하시라도 경찰들이 그를 체포하러 오리라 생각하며 비틀비틀 발걸음을 옮겨 앙드레 말로 주택단지로 돌아갔다.

그러나 며칠이 지나도록 아무 일도 일어나지 않았다.

아마 여러분은 어째서 이반은 체포되지 않았을까 궁금할 것이다. 우리는 그 이유를 알 수 없고, 아무 설명도 내놓을 수 없다. 어쨌든 이반은 두려움에 사로잡혀 위고 집에 숨어 지내긴 했지만, 체포되지는 않았다.

그가 완전히 잊고 지내던 아내 아미나타 트라오레로부터 편지한 통을 받은 건 그 무렵이었다. 그녀는 아들이 태어났고, 이름을 파넬로 지었으며, 훤하게 잘생겼다고 알렸다. 그리고 둘이서 함께 만든 보물 같은 아들의 사진을 받아서 볼 수 있는 컴퓨터와 이메일이 있는지 물었다. 그녀는 그의 주소를 알아내느라 백방으로 수소문했고, 수단만 생기면 그가 있는 곳으로 오려고 준비하고 있다고도 했다. 이 소식에 이반이 느끼던 공포는 더 극대화되었다. 그가 아내와 자식을 데리고 뭘 할 수 있겠나? 아무것도 가진 게 없는 그가? 그들을 어디서 재우고 어떻게 먹여 살리겠는가? 부정하게 벌어들인 돈은 금세 새나가는 법이다. 그의 손에 어마어마한 액수의 돈이 들어왔었지만 남은 건 거의 없었고, 그는 눈부신 학업 성과 덕에 과들루프 장학금을 받은 이바나에게 얹혀사는 신세였다. 모나가 그를 위해 일자리를 알아봐주었다. 사실 보잘것없는 일자리였다! 중학교 구내식당에서 접시를 닦는 일이었다. 내키지 않았지만 이반은 상황이 나아지지 않으면 그 제안을 받아들일 수밖에 없다고 생각했다.

12월에는 예외적인 강추위가 몰아닥쳤다. 앙드레 말로 주택단지의 볼품없는 잔디 위에 두껍고 하얀 카펫이 덮였고, 얼음장 같은 혹독한 바람이 건물들 사이를 휩쓸었다. 주차장에서 공놀이를 하던 아이들이 한 명도 보이지 않았다. 아이들은 눈밑까지 싸매고 1층 현관 안으로 들어와 바람을 피하느라 문을 닫고 꽉 붙들고 있었다. 모나와 이바나 외에는 아무도 아파트를 떠나지 않았다. 울적해지는 기분을 이기려고 위고는 럼주를 한 잔 한 잔 비웠고, 반쯤 취하자 평소에 과묵했던 모습은 사라지고 수다스러워졌다. 그는 바깥에 코빼기도 내밀지 않는 이반에게 1954년의 끔찍한 겨울이 생각난다며 이야기를 꺼냈다. 젊었을 적 그는 스갱섬에서 일했다. 하늘에서 얼어붙은 새가 행인들 발치로 떨어지곤 했다. 그 시절에 넝마주이들을 위한 공동체 '에마위스'가

창립되었고, 그때까지 이름이 알려지지 않았던 젊은 사제 피에르 신부가 노숙자들을 위해 목소리를 냈다. 한편 모나는 어린 손주가 셋이나 있어서 기뻤다. 크리스마스가 다가오자 그녀는 손주들을 위해 트리를 만들었다. 별과 형형색색 전구들을 보자 이반은 포근했던 어린 시절 크리스마스가 떠올랐다. 그는 어머니와 할머니를 따라 도단성당에 가곤 했다. 그때만큼은 성당의 보기 흉한 외관도 보이지 않았다. 성당은 곧 출항할 배처럼 부르르 떨렸다. 몇주째 연습해온 성가대원들은 하얗게 차려입고 제단 왼쪽 의자에 앉았고, 아이들은 어른들 다리 사이에 앉았다. 둥근 천장 아래 성가 〈그리스도의 밤〉이 울려퍼지면 신도들의 마음에 뜨거운 열의가 차올랐다.

"넌 왜 이슬람으로 개종한 거야?" 모나가 트리를 장식하며 사이사이에 물었다. "우리 종교의 의식은 정말 아름다운데."

이반은 무엇 때문에 개종하게 되었는지 이젠 모르겠다고 털어놓았다. 지금은 이슬람이 그의 삶의 일부가 되었다. 책을 잘 펼치지 않던 그가 지치지도 않고 쿠란을 읽고 또 읽었다. 그가 머뭇거리며 의견을 내놓았다.

"이슬람교도 관대하고 자비로워 보였기 때문이죠."

모나가 살짝 조롱하는 듯한 눈길로 쳐다보며 말했다.

"그건 모든 종교의 속성이지."

아마도 그녀의 말이 옳을 것이다.

그들은 화이트 크리스마스를 맞이했다. 아, 화이트 크리스마스, 빙 크로스비의 멜로디가 음산한 대기 속에 떠돌았다.

나는 화이트 크리스마스를 꿈꿔요
내가 알던 바로 그런 크리스마스를
나무우듬지는 반짝반짝 빛나고
아이들은 귀기울여
눈 위를 달리는 썰매 방울 소리를 듣지요

크리스마스이브 저녁에 이바나는 이반이 잘나가던 시절에 선물해준 장폴 고티에 드레스를 입었다. 빨간색과 황금색이 어우러진 드레스 차림의 그녀가 얼마나 아름다웠는지 모른다! 모나의 며느리인 카빌리 출신 여자를 월등히 뛰어넘는 미모였다. 그 카빌리 여자는 간호사 공부도 하고 큰 병원에서 근무했었다고 잘난 척했다. 모나는 손에서 일을 놓지 않았다. 그녀는 직접 신이 나서 양념한 순대, 아크라*, 고기 파테와 그중에서도 가장 기

---

* 각종 허브와 향신료를 넣은 대구살을 작고 둥글게 반죽해 튀긴 앤틸리스제도 음식.

대되는, 양의 허드렛고기를 몽땅 집어넣어 끓인 마르티니크 특별 요리 파테앙포를 준비해두었다. 이 호화로운 식사에는 당연히 아주 다양한 펀치가 곁들여졌고, 만찬은 새벽까지 이어졌다. 모두가 웃고 농담했고, 특히 모나의 아들까지 이 시간을 함께하려고 가족과 함께 살고 있던 몽펠리에에서 찾아왔다.

이반만이 외톨이가 된 느낌이었고, 사람들의 유쾌한 기분에 공감할 수 없었다. 게다가 그는 돼지고기도 먹지 않았고, 술도 마시지 않았다. 어느 때보다 알릭스와 크리스티나의 기억이 떠나지 않았다. 그들이 곁에 있는 듯한 희열 속에 빠져 그들의 냄새가 느껴지는 듯했다. 그는 고통스러운 예감에 괴로웠다. 하늘이 그에게 최후의 치명타를 가하기 전에 마지막 휴식을 허락한 것 같은 느낌이었다. 미래가 또 무엇을 마련해두고 있을까? 불안한 생각이 줄곧 떠나지 않았다.

이틀 뒤 우체부가 그에게 등기우편을 한 통 전했다. 라상테 교도소 소장이 신분증을 지참하고 오라며 다급히 그를 소환한 것이다. 그 놀라운 편지를 조금 더 면밀히 살펴보자. 평범한 편지지에 타자기로 친 것인데, 상단에 커다란 교도소 인장이 찍혀 있었다. 이 편지는 무슨 의미일까? 저들이 이반에게 바라는 게 무엇일까?

"아무것도 아닐 거야." 위고가 안심시켰다. "만수르와 네 관계

때문에 널 체포하려 했다면 벌써 그랬겠지. 경찰관들이 이미 떼로 몰려와서 너를 잡아다가 그들과 함께 가뒀을 거라고."

너새니얼 호손의 말에 따르면 감옥은 서구 세계의 어두운 꽃이다. 라상테 교도소는 그런 호칭에 전혀 부합하지 않았다. 파리 14구 중심에 자리한 그 교도소는 별다른 특징 없는 방대한 건물이다. 두꺼운 규석 담장에는 석회 초벽이 발려 있다. 궁륭 모양의 문을 지나면 넓은 안뜰로 이어졌다. 그 평범한 외관에도 불구하고 점점 더 강렬한 직감이 이반을 엄습했다. 어떤 불길한 힘이 그 건물 안에 숨어서 자신을 기다리고 있을 것 같았다. 그것이 꼭 짐승처럼 덮쳐 그를 갈기갈기 찢어놓을 것만 같았다. 그는 공화국 대통령의 사진이 장중하게 걸려 있는 사무실로 들여보내졌다. 세 남자가 그를 기다리고 있었다. 그중 둘은 제복 차림에 납작한 모자 아래로 거만하고 창백한 얼굴을 드러낸 경찰관들이었다. 세번째 남자는 곱슬거리는 갈색 머리에 구릿빛 피부가 돋보이는 호감형의 민간인이었는데, 그가 상냥하게 미소 지으며 자기를 소개했다.

"저는 앙리 뒤비뇨라고 합니다. 당신의 사촌인 만수르의 변호사죠. 제 아버지도 당신들처럼 과들루프 출신이었어요." 그가 덧붙였다.

상냥하게 인사하는 변호사의 말을 대뜸 자르며 경찰관 한 명이 여전히 거만한 표정으로 이반에게 파란색 서류철을 펼쳐 보이더니 물었다.

"당신한테 아주 나쁜 소식을 알려야겠어요. 당신을 찾기 위해 먼저 과들루프에 수소문하고, 그후엔 말리에 수소문하느라 연락이 늦어졌습니다."

두번째 경찰관이 눈을 내리깔더니 소식을 전했다.

"당신의 사촌 만수르 디아라는 자기 감방에서 자살했어요. 당신 앞으로 편지를 한 통 남겼고요."

자살? 이반은 그 말의 의미를 도무지 이해할 수가 없었다. 만수르가 이반에게 남긴 편지를 어렵사리 구해 여기 신는다. 편지는 길지 않지만 애틋한 마음이 담겨 있다.

　내 친구 이반,

　내가 했던 말 기억날 거야. "돈만 있으면 된다. 돈을 벌 수만 있다면 수단은 뭐든 괜찮다"고 한 말.

　보다시피, 내 생각이 틀렸어. 이제 이렇게 운명의 끝자락에 다다른 신세가 되니 어쩌면 네 말이 맞는다는 생각이 들어. 세상을 바꾸려면 사람들의 마음과 머리를 공략해야 하나봐. 하지만 어떻게 그럴 수 있을까? 마음과 머리는 돌멩이처럼 딱딱해졌고 몸속에 감춰져 있는데.

네게 편지를 쓰는 건 너를 형제 이상으로 더 소중하게 생각하기 때문이야. 너는 나를 존중하고 배려해준 유일한 사람이야. 우리가 어디선가 다시 보게 되리라 확신해.

너를 사랑하는 만수르가

이반이 처리해야 했던 괴로운 절차에 대해서는 길게 얘기하지 않겠다. 그보다는 그를 덮친 깊은 실의에 대해 얘기해보려 한다. 그는 좀비처럼 이리저리 서성였다. 누이가 살뜰히 보살피지 않았더라면, 사나워 보이는 겉모습 아래 엄마처럼 부드러운 마음을 감추고 있던 모나가 관심을 기울이지 않았더라면, 그는 아마 미쳐버렸을 것이다. 가장 고통스러운 순간은 분명히 빌레르프랑수아시립묘지의 공동 묘혈에 만수르를 던져넣고 매장한 순간이었다.

앙리 뒤비뇨도 그 자리에 참석하겠다고 고집했다. 그가 자기 출신에 대해 얼핏 말하기는 했지만, 사실 그는 자기 아버지를 알지도 못했고, 과들루프에는 가본 적도 없었다. 그는 외할아버지와 외할머니의 호화스러운 아파트에서 어머니 손에 자랐다. 대대로 뒤비뇨 일가는 변호사 집안이었다. 그들의 부유한 고객들은 수임료를 늘 정확하게 현금으로 지불했다. 그 집안사람들은 재능 많은 여자들과 결혼했다. 대개 피아니스트, 바이올리니스트 혹은 첼리스트였는데, 그들은 가문의 친구들을 위해서만 연주했다. 그 여자들 중 오직 한 사람, 아르메니아 출신으로 이 가문의 8대손인 조세프 뒤비뇨의 마음에 불을 지른 아락시라는 여자는 이름이 널리 알려져 카네기홀에서 초청 바이올린 독주를 하기도 했다. 앙리는 뒤비뇨 집안에서 사회문제에 관심을 가진 첫번째 인물이었다. 그는 요즘 넘쳐나는 불법체류자들을 보호하기 위한 단체를 창설했다.

만수르의 장례를 치르고 난 뒤 그가 이반에게 친근하게 팔짱을 끼며 말했다.

"우리 다시 볼 수 있을까요?" 그는 꼭 유혹자 같은 표정으로 물었다.

들리는 소문에 따르면 그는 동성애자이고 변호하는 사람들과 연인 관계일 경우가 많다고 했다. 어쨌든 입증된 사실은 아니었다. 짙은 안개 속을 걷고 있던 이반은 정신을 차리고 대답했다.

"다시 뵙게 되면 저도 아주 기쁠 것 같습니다."

그러자 앙리 뒤비뇨는 그에게 슬쩍 명함을 건네주었다. 그는 그처럼 사회문제에 관심이 많은 다른 변호사 두 명과 샤틀레광장에 위치한 사무실을 나눠 쓰고 있었다. 이반은 이튿날 그의 사무실로 바로 찾아갔다.

"기분은 좀 어때요?" 앙리가 여전히 상냥하게 물었다. "내가 하려는 말은 아주 심각한 얘기예요. 당신 사촌은 경찰 주장대로 자살한 게 아닌 것 같아요. 고문당하고 맞아서 죽었어요."

이반은 겨우 정신을 차리고 외쳤다.

"고문이라니!"

"얼굴을 뒤덮은 혈종들과 머리에 대충 꿰매놓은 큰 상처들 못 봤어요?"

그랬다, 이반의 눈에는 그런 게 전혀 보이지 않았다. 고통에 눈이 멀었던 것이다. 앙리가 다시 열띤 어조로 말을 이었다.

"신문 과정이 어떤지 당신은 모를 겁니다. 경찰은 당신 사촌 같은 피라미 딜러들, 작은 밀매상들은 대개 무시해요. 저들이 얻어내려는 건 거물들의 이름이죠. 먼 나라에서 마약을 들여와 원하는 곳으로 보내는 힘있는 자들 말이에요. 그걸 알아내려고 무슨 수단이라도 쓰지요."

이반은 범죄영화에나 나올 법한 이야기를 듣는 느낌이었다.

"우리가 뭘 할 수 있죠?" 그가 더듬거리며 말했다.

"우선 증거를 확보하려고 시도해봐야죠." 앙리가 대답했다. "당신 사촌이 온화한 성격이었다는 걸 증언해줄 사람들을 좀 찾아봐요. 그가 무참히 살해된 희생자라는 걸 모두에게 알려야 해요."

앙리와 대화를 마치고 이반은 앙드레 지드의 『지상의 양식』 초판본을 파는 고서적상 옆 센강변에 서 있었다. 그가 어떻게 거기까지 왔을까? 몸이 어떻게 움직인 걸까? 어떻게 내달리는 차들을 피해서 횡단보도를 건넜는지 그는 알지 못했다. 머리를 한 대 얻어맞고 반쯤 정신을 잃은 듯한 느낌이었다.

평소와 같은 우중충한 날이었고 비가 내렸다. 이반은 만원버스에 올라탔고, 버스는 여러 정류장을 거친 뒤 브륀대로까지 그를 실어갔다. 어머니의 가르침을 떠올리고 그는 몸이 불편해 보이는데도 아무도 신경쓰지 않는 노부인에게 자리를 양보했다.

"고마워요." 부인이 말했다.

그리고 슬프게 고개를 저으며 말을 이었다.

"예전엔 요즘 같지 않았어요. 요즘 사람들은 다 무관심하고 자기밖에 모르고 주변 사람과 교감할 줄 몰라요. 전에는 나 같은 노인을 보면 누구나 일어나서 자리를 양보하곤 했는데. 이제 우리는 너무도 정신없는 시대를 살고 있어요. 그러니 온갖 테러들이……"

이반은 아무 대답도 하지 못했다. 유모차를 밀고 버스에 올라탄 젊은 여자 때문에 멀리 떠밀렸기 때문이다.

매번 상처를 입을 때마다 그렇듯이, 그는 유일한 피신처를 떠올렸다. 누이의 품속이었다. 브륀대로의 국립경찰학교는 유리와 콘크리트로 지어진 우아하고 현대적인 건물 안에 있었다. 이반은 국민의 안녕을 위해 헌신하는 경찰관들의 사진이 벽에 잔뜩 붙어 있는 입구를 가로질렀다. 사진 속 경찰들은 아이들이 길을 건널 수 있게 돕고 있었고, 또 어떤 경찰들은 장애인의 휠체어를 밀고 있었고, 또다른 경찰들은 수해민들이 보트에 오르도록 돕고 있었다. 심지어 오케스트라를 구성한 경찰들도 있었다.

허연 백인 남자 안내원은 그가 찾아온 이유를 듣고서, 이바나 네멜레는 참으로 매혹적이고 고상한 여성이라며 찬사를 쏟아냈다. 몇 분 뒤 이바나가 나타났는데, 제복 위에 짙은 초록색 패딩 점퍼를 걸친 모습이 몹시도 매혹적이었다.

"백설공주님, 아무 일 없는 거죠?" 안내원이 음흉한 미소를 띠며 물었다.

"네, 다 좋아요." 이바나가 이반의 팔짱을 끼며 대답했다. 이반이 놀라서 나지막이 물었다.

"너를 백설공주라고 부르는데도 가만히 있어?"

"우리끼리 하는 농담이야." 그녀가 침착하게 대답했다. "재미로 하는 농담이야. 뭐든지 인종차별로 보는 사람들처럼 삐딱하게 굴지 말았으면 해."

그녀는 그를 멀지 않은 바로 안내했다. '르바스탱가주'*라는 바였다. 일단 안에 들어서자 꽤나 이상한 그 이름의 의미가 확실

---

* 프랑스어로 '갑판 난간'이라는 뜻.

해졌다. 벽에는 바다를 항해하는 여객선 갑판 위에 서서 유쾌하게 웃고 있는 여행객들의 사진이 가득했다. 사실 르바스탱가주는 대서양 횡단 상사에서 일했던 직원이 은퇴 후에 연 바였다. 그곳은 단골들로 가득했다. 다트를 하는 손님도 있었고, 카드게임이나 도미노게임을 하는 손님도 있었다. 그 가족적인 분위기를 보자 이반은 도단의 바들이, 손님들이 흰 나무 탁자 위로 주사위를 굴리던 그곳 분위기가 떠올랐다. 종업원이 이바나에게 물었다.

"뭘 드릴까요? 늘 드시는 작은 블랙커피 드릴까요?"

이번에는 이반도 공연히 화내지 않고, 생각을 혼자 삭였다.* 그리고 조금 전 앙리 뒤비뇨와 나눈 이야기를 최대한 그대로 전했다. 그의 말을 듣고 이바나는 단호히 고개를 저었다.

"절대로 이 일에 끼어들지 마." 그녀가 조언했다. "난 그 변호사를 보자마자, 자기 이름 떨칠 생각만 하고 너를 대단히 위험한 상황으로 끌어들일 사람이라고 생각했어. 고문이라고? 그리고 또 뭐! 알제리전쟁 때라도 되는 것 같네. 혼돈에 빠져 갈피를 못 잡던 정부의 명령에 경찰이 순순히 따르던 때 말이야. 네 생각과 달리 경찰은 가난한 자들을 지지하고 돕고 모든 위험으로부터

---

* '작은 블랙'이라는 말에서 이반이 인종차별을 느꼈음을 암시한다.

보호하기 위해 존재하는 거야."

이반은 차마 반박하지 못했다. 프랑스에서 살게 된 이후로 그는 누이가 자꾸만 멀어지는 느낌이 들었다. 이바나는 점점 더 경찰 수업에, 새 친구들과 새 삶에 빠져들었다. 그런데 그는 원한만 잔뜩 품고 있었다.

얼마 후 세 사람이 바에 들어섰다. 청년 둘과 젊은 여자 한 명이었는데, 셋 모두 이바나처럼 짙은 초록색 패딩점퍼 아래 같은 제복을 입고 있었다. 그들은 허락도 구하지 않고 두 사람이 있는 테이블로 와서 앉았다. 이바나가 그들에게 이반을 소개했다.

"당신이 그 유명한 쌍둥이 형제군요?" 알도가 물었다. 뻣뻣한 갈색 머리카락 아래로 넓적하고 각진 얼굴이 도드라진 남자였다. "나한테도 쌍둥이 누이가 있지만, 우린 경우가 전혀 달라요. 우리는 엄마 뱃속에서부터 서로를 싫어했어요. 여기가 아니면 어디서 이런 얘기를 하겠어요. 열여섯 살에 누이는 파리에 프랑스어를 제대로 배우러 온 인도 고아주써 출신 남자를 만났어요. 그리고 그 사람과 결혼해서 함께 떠났죠. 누이가 그 사람을 사랑한 게 아니라 나와 바다만큼 거리를 두고 싶어서 떠난 거라는 생각이 머리에서 떠나질 않아요."

모두가 웃음을 터뜨렸다. 그후 대화는 학교생활 쪽으로 흘러갔다. 경찰학교 학생들은 최근의 모의 테러 훈련 이야기에 열을

올렸다.

이반은 관심 있는 표정을 지으려고 애썼다. 하지만 그들이 이야기중인 테러는 현실이 아니었다. 그건 모의 훈련이었고, 허구였고, 게임이었다. 하지만 만수르의 죽음은 명백히 현실이었다. 누구도 그를 되살리지 못하리라.

무리 중 한 사람이 저녁을 먹으러 가자고 제안했다. 모두 그 동네 한국 식당으로 갔다. 딱 봐도 지출 내역에 신경을 많이 쓸 것 같은 손님들이 그득한 검소한 곳이었다. 소박한 사람들에게 어울리는 소박한 즐거움. 고도로 기교 부린 레스토랑의 음식들을 맛봐온 이반은 그곳 음식이 맹맹하다고 생각했다. 그래도 식욕이 왕성한 척, 대화를 전체적으로 잘 따라가는 척해야만 했다. 그만 빼고 모두가 이바나를 아끼며 친근하게 대해서 그는 충격을 받았다. 알도는 드러내놓고 이바나에게 치근거렸다. 이반은 그 친밀함에서 배제된 채 그들의 농담도 이해하지 못하고, 말장난에도 웃지 못해서 괴로웠다.

밤 열시경 그는 이바나와 함께 RER를 탔다. 의자에 앉은 남녀들이 피로에 지쳐 잠들어 있었다. 이것이 삶이란 말인가? 그래, 세상을 파괴하고 원하는 대로 다시 만들어야 했다.

한편 이반이 앙리 뒤비뇨를 멀리하리라 기대한 건 이바나의 오산이었다. 이틀 뒤 그 변호사는 이반에게 다시 전화를 걸어 캉

브레시스 난민촌에 함께 가자고 제안했다. 몇 년 전부터 캉브레
시스는 칼레처럼 프랑스의 얼굴에 자리잡은 곪은 상처가 되었
다. 우파건 좌파건 정부는 그 곪은 상처를 없애려고 애썼지만 뜻
대로 되지 않았다. 그 난민촌에는 에리트레아인들, 소말리아인
들, 코모로인들, 그리고 서아프리카인들이 밀집해 있었다. 모두
영국으로 건너가서 일자리와 주거지를 찾겠다는 꿈을 꾸는 자들
이었다.

"왜 제가 그런 곳에 함께 가길 원하시는 거죠?" 이반이 놀라서
물었다.

앙리 뒤비뇨는 당황하지 않고 설명했다.

"정부는 그 난민촌을 비우고 몇 킬로미터 더 떨어진 텐트촌으
로 사람들을 이주시키기로 결정했어요. 그곳에선 모든 것이 안
정적일 거라고 주장하죠. 아이들을 위한 학교도 있고, 의료 시설
도 있다면서요. 프랑스에 정치적 망명을 요청하는 사람들에게는
일자리도 제공될 거라고 하고요. 새 난민촌은 진짜 인간들이 살
만한 곳이라고 주장하지요."

"말만 들으면 모든 게 다 좋아 보이는데요." 이반이 말했다.
"거기에 흠잡을 게 뭐가 있죠?"

"말과 행동 사이에 존재하는 괴리를 당신이 직접 봤으면 해
요." 앙리가 힘주어 말했다. "경찰이 캉브레시스의 난민들을 철

수시킬 겁니다. 그들이 원하건 원하지 않건 말예요. 필요하다면 강제로라도 철수시키겠죠. 가보면 당신의 형제에게 닥친 일이 나의 잘못된 상상에서 나온 게 아니라는 사실을 이해하게 될 겁니다."

이반은 이바나에게는 이 계획에 대해 아무 말도 하지 않기로 마음먹고, 하룻밤을 꼬박 새우며 고민한 끝에 앙리 뒤비뇨의 초대에 응하기로 결심했다. 변호사는 평소처럼 잔뜩 치장하고, 짙은 회색 페도라를 쓰고 르노 메간을 몰고 아침 여덟시에 그를 데리러 앙드레 말로 주택단지로 왔다. 그 참에 그는 모나에게서 그녀가 세상에서 최고의 커피라고 주장하는 자메이카 블루마운틴 커피 한 잔을 얻어 마실 수 있었다. 매번 그렇듯 그녀는 어김없이 자기 과거 얘기를 늘어놓았다. 노란 줄무늬 실내가운을 걸치고 그녀는 젊은 시절의 아름다운 날들에 대해 오래도록 얘기했고, 프랑시스 카브렐의 〈오트사부아의 부인 집에서〉를 조금 부르기까지 했다. 그녀가 입을 다물자 앙리 뒤비뇨는 찬사를 쏟아냈다.

그제야 두 남자는 마침내 길을 떠날 수 있었다.

"난 고속도로를 싫어해요." 앙리가 주차장을 떠나며 말했다. "국도로 가면 더 오래 걸리긴 해도 덜 지루할 겁니다."

프랑스에 온 뒤로 한 번도 파리 지역을 떠나본 적 없는 이반에게도 나쁘지 않은 기회였다. 그는 자기도 모르게 이 뜻하지 않은 나들이를 한껏 즐겼다. 겨울인데도 아직 초록을 입은 나무들이 있었다. 스쳐지나가는 마을과 도시 들은 가난해 보였지만 외지인에게 호의적일 것 같았다. 이날따라 비가 내리지 않았다. 뜻밖의 태양이 파란 하늘 한가운데서 창백하게 빛났다.

정오가 조금 못 되어 그들은 캉브레시스에 도착했다. 갑자기 바람이 일더니 구름을 모조리 몰아냈다. 캉브레시스는 두세 갈래의 나란한 길 위에 늘어선 허름한 건물들이 전부인 곳이었다. 저멀리 기복 없이 잔잔한 바다가 보였다. 해변에는 파도가 수 킬로미터를 달려와 사그라졌고, 늙은 여자의 젖가슴처럼 푹 꺼진 모래언덕이 간간이 보였다. 대조적으로 이반은 어린 시절의 생기 넘치고 햇볕 쨍쨍했던 해변을 떠올렸다. 그 시절에는 그런 풍경에 별로 관심이 없었다. 딱하게도 그랬다. 그는 자신이 가진 것을 소중히 여길 줄 몰랐다. 그런 자신의 무분별함과 경박함 때문에 알릭스와 크리스티나도 죽임을 당한 것이다. 때때로 그는 자신의 몸을 받아들이던 그녀의 몸이 떠올랐고, 자신도 사라지고만 싶었다.

예전에 캉브레시스 난민촌은 시에서 무료로 제공한 체육관 두 곳이 전부였다. 지금은 수 킬로미터에 걸쳐 펼쳐져 있는데, 이제 무엇으로도 확장을 막을 길이 없는 듯 보였다. 겨울 하늘 아래 나무 오두막이나 땜질한 양철 오두막들이 신발 밑창에 쩍쩍 들러붙는 불그스름한 진흙 골목길을 따라 비스듬히 줄지어 늘어서 난민들은 후원자들이 선의로 기증해준 옷을 되는대로 입고 있었다. 난민만큼이나 경찰관도 많았는데, 품에 어린아이들을 안고 나이 지긋한 남자들과 여자들의 걸음을 부축하며 멘토처럼 행동하는 모습이 보였다.

앙리 뒤비뇨와 이반은 곧 경찰관들의 눈길을 끌었다.

"당신들은 누굽니까?" 한 경찰관이 그들 곁으로 달려와 물었다. "여기 기자는 필요 없어요."

"우리는 기자가 아닙니다." 앙리가 말했다. 그리고 자신이 구호단체 '펼친 손'의 단체장이라고 설명했다.

이 단체의 소재지는 '칼레의 시민들에게'라는 희한한 이름이 붙은 작은 광장에 면해 있었다. 가구가 간략하게 채워진 공간에서 프랑스인 여러 명이 몇 안 되는 난민을 에워싸고 긴 탁자 주변으로 반원을 그리는 의자들에 앉아 있었다. 앙리 뒤비뇨를 보자 산타클로스처럼 수염과 머리카락이 하얀 프랑스인이 벌떡 일어나더니 원망하듯이 말했다.

"한참 전부터 기다렸어요. 우리가 보호하는 사람들 대부분이 명령에 따라 이미 난민촌을 떠났다고요."

앙리 뒤비뇨는 탁자 건너편에 앉아 말하기 시작했다. 이반은 여전히 소외감을 느끼며 맨 뒷줄에서 빈 의자 하나를 찾았다. 그는 주변에서 벌어지는 일을 거의 이해하지 못했다. 갑자기 곁에 있던 청년이 미소를 지으며 자신을 소개했다.

"나는 율리시스 테메를랑이라고 해. 그쪽은……?"

"이반 네멜레. 과들루프에서 왔어."

"과들루프? 과들루프에서 오는 난민도 있나?" 상대가 물었다. "나는 소말리아에서 왔어. 만가라라는 마을에서. 우리 아버지는 학교 교장 선생님이셨거든. 왜 내 이름이 율리시스이고, 동생 이름은 디딜러스인지 설명이 되지."

율리시스니 디딜러스니 하는 이름을 들어도 이반에게는 아무것도 떠오르지 않았다. 그는 제임스 조이스에 대해 한 번도 들어본 적이 없었기 때문이다.* 옆자리 청년이 너무 잘생겨서 자꾸 눈길이 갔다. 율리시스는 키가 거의 2미터에 가까울 만큼 컸다. 곱슬곱슬한 머리카락이 반듯한 그의 얼굴 위에 왕관처럼 얹혀 있었다. 베이지색 파카에 너무 짧은 초록색 바지, 옷차림은 초라했지만 얼굴에서는 빛이 났다.

앙리 뒤비뇨가 이해할 수 없는 얘기를 줄곧 이어가고 각종 서

---

* 디딜러스는 조이스의 『젊은 예술가의 초상』에 등장하는 왜소하고 가난한 주인공의 이름이다.

류를 펼치고 있어서 얼마 후 이반과 율리시스는 밖으로 나왔다. 아주 가까운 바로 가서 율리시스는 맥주를 주문했다.

"술을 마시네?" 이반이 비난조로 말했다. "무슬림이 아니구나?"

율리시스는 어깨를 으쓱했다.

"아니, 무슬림 맞아. 하지만 난 온갖 편협한 신앙심은 좀…… 과들루프에 대해 알고 싶어. 안 믿기겠지만 어렸을 때 우리 선생님이 '비외자비탕'에서 오신 분이었어. 이런 시구절을 가르쳐주셨지. '나는 바람을 사랑하는 섬에서 태어났어. 그곳 공기에서는 설탕과 시나몬 향이 나요.' 뭐 이런 내용이었어. 이 시 알아?"

아니, 이반은 다니엘 탈리*를 알지 못했다. 하지만 율리시스는 그의 대답을 듣지 않았다. 지독한 수다쟁이인 그는 자기 추억에 빠져 있었던 것이다.

"내가 태어난 마을 만가라는 진짜 경이로운 곳이었지. 16세기에 생긴 곳이야. 나는 밤이면 아직도 그곳 꿈을 꿔. 절벽을 파서 지은 집들, 가파르고 좁은 길을 따라 짐을 실어나르는 당나귀들을 상상해봐. 토요일에는 가축시장이 열렸고, 아이들은 눈이 적갈색인 커다란 암소들에게 장난을 쳤지.

---

* 마르티니크 출생 시인.

불행히도 내가 열 살 때 아버지가 돌아가셨어. 아버지를 질투하던 이웃들한테 독살당한 거라고들 하더군. 그게 사실인지 나로선 도무지 알 길이 없어. 내가 아는 건 아버지가 돌아가시고 경제력이 전혀 없었던 어머니는 모가디슈로 떠나 이모한테 신세를 질 수밖에 없었다는 거야. 바로 거기서 형벌이 시작되었지. 나는 내 동생과 사촌들과 함께 상상할 수 있는 모든 수단을 동원해 돈을 마련하려고 애썼어. 훔칠 수 있는 건 모조리 훔쳤고. 한번은 호화 요트를 타고 세계 일주를 하다가 모터가 고장나서 멈춰 선 외국인들의 가방을 털었는데, 그 사람들은 우리를 불쌍히 여겨 정기적으로 과일과 채소를 사주었어. 사촌들은 굶기를 밥먹듯 하는 데 지쳐서 유럽으로 이민을 갔지. 그들은 이 년 동안 고초를 겪은 끝에 영국에 도착했고, 우리에게 그 기적 같은 소식을 알려왔어. 그리고 우리를 그곳으로 불렀어. 거기서 일자리를 찾았거든. 일자리! 내 동생과 나는 오직 한 가지 생각뿐이었어. 우리도 떠나야 한다는 생각.

디덜러스와 나는 리비아로 갔어. 사람들 말로는 거기서 배 몇백 척이 유럽의 도시들로 떠난다고 했어. 그런데 리비아는 정말이지 끔찍했어. 바에서 나오다가 주먹다짐이 일어나 내 동생이 죽는 바람에 나만 홀로 배를 타야 했지. 벌써 삼 년째 나는 캉브레시스에서 맴돌고 있고.

영국으로 건너가려고 몇 번이나 시도했는지 몰라. 하지만 늘 막혔지. 이젠 포기해서 그럴 일도 없어."

"프랑스에 남기로 한 거야?" 이반이 놀라서 물었다. "정치적 망명을 신청할 거야?"

율리시스가 부루퉁하게 입을 내밀며 말했다.

"아직 모르겠어."

왜 이반은 율리시스가 자기 계획을 숨긴다는 느낌을 받았을까? 두 사람이 모임 장소로 돌아간 후 율리시스가 앙리 뒤비뇨에게 파리로 데려가달라고 부탁하는 모습을 보며 그 인상은 더욱 짙어졌다.

"파리로요?" 앙리 뒤비뇨가 놀라며 물었다.

"네," 율리시스가 가볍게 대답했다. "친구들이 며칠 함께 지내자고 초대했어요. 볼테르대로에 살지만 아무데나 내려주시면 제가 알아서 갈게요."

그로부터 얼마 후 이반은 썩 내키지는 않았지만 모나의 제안을 받아들여 마르슬랭베르틀로중학교에서 일하기로 했다. 그런데 예정되었던 구내식당이 아니라 가장 힘든 일을 하는 청소팀에 배속되었다. 교실 바닥을 닦고, 휴지통을 비우고, 분필통을 채우고, 칠판에 광택제 같은 걸 칠해야 했다. 최악은 서리에 얼어붙어서 미끄럽고 위험한 운동장을 빗자루로 쓰는 일이었다.

이 모든 일을 학생들이 도착하기 전에, 학교 문이 열리는 여덟시 전에 끝내야 했기에, 이반은 매일 새벽에 일어나 블루마운틴이 건 뭐건 커피 한 잔을 삼킨 후, 오들오들 떨며 바람 부는 앙드레 말로 주택단지 주차장을 가로지르고 서서히 깨어나는 거리를 지나 학교까지 걸어서 갔다.

그는 자기 삶을 이해하지 못했다. 다시 한번 그는 자신이 수습 일을 받아들이지 않았더라면, 초콜릿 만드는 사람이 되기를 거부했더라면 이런 초라한 상황에 이르게 되었을까 생각했다. 과들루프에서 살 때 그는 행복을 상상하며 심장이 고동쳤었다. 무슨 일이 일어났던 걸까? 왜 불운이 그를 계속 쫓아다닐까? 그에게는 친구가 없었다. 의지할 사람도 없고, 슬픔을 나눌 사람도 없었다. 이바나는 점점 더 멀게만 느껴졌다. 아침에는 그의 이마에 다급히 입맞춤을 해주고 떠났고, 저녁에는 자기 방에 틀어박혔다. 게다가 그는 위고와 모나의 계속되는 잔소리를 더는 견딜 수가 없었는데, 특히 모나는 그에게 일자리를 찾아준 뒤로는 뭐든 해도 된다고 생각하는 것 같았다.

금요일마다 이반은 경건하게 모스크를 찾았는데, 사람들은 이맘의 이름을 따서 그곳을 라도간 모스크라고 불렀다. 그가 그곳에 가는 건 기도를 하기 위해서만이 아니었다. 그를 창조해놓고 지금은 잊어버린 듯한 신과 끊임없이 대화를 나누기 위해서였다. 왜 신은 산 자들의 악행과 심술을 그저 보고만 있을까? 이 의문이 그의 머릿속에서 끝없이 맴돌았다. 그가 모스크에 가는 건 메카를 향해 고개를 조아리는 겸허한 사람들 무리에 섞이는 게 좋아서이기도 했다. 그런 순간이면 고독감은 사라졌다. 자기만큼 빈곤하고 취약한 형제들을 만난 느낌이 들었다. 그들에게도 어쩌면 결국 행복이 찾아올 것이다.

어느 금요일, 새로운 이맘이 등장했다. 프랑스어도 서툴고 인물도 볼품없는 라도간과 달리 새 이맘은 당당해 보였다. 그는 율리시스와 무척 흡사했다. 그처럼 갈색 피부에 검고 매끄러운 머리카락, 반짝이는 눈, 힘있는 우렁찬 목소리. 이반은 얼마 지나지 않아 이 이맘에 대해 알게 되었다. 기도하는 곳에서 험담이 떠도는 건 상상할 수 없지만 모스크 내 간이식당에서 신도들은 박하차를 홀짝이며 온갖 얘기를 했다. 새 이맘의 이름은 아미리 카푸르였다. 그는 파키스탄에서 왔고, 나이지리아 북부의 성스러운 도시인 카노에서 오래 살았다고 했다.

이반은 그의 설교에 충격을 받았다. 이맘은 떨리는 목소리로 단언했다.

"자신의 운명은 자신의 손에 쥐어야 합니다. 여러분이 아무짝에도 쓸모없는 아이라도 되는 양 멸시하고 냉대하는 걸 더는 받아들이지 마십시오. 모든 수단을 동원해서, 분명히 말하지만 모든 수단을 동원해서 우리를 둘러싼 세상을 파괴하고, 그 폐허 위에 인류에게 훨씬 호의적인 안식처를 건설해야 합니다."

이반이 이런 종류의 연설을 듣는 건 처음이 아니었다. 그러나 그날 그의 마음속엔 특별한 울림이 있었다. 새로운 에너지가 온몸을 휘감아 모든 것에 용감히 맞설 준비가 된 느낌이 들었다. 그 이맘과 얘기를 나누고 싶은 마음이 간절했다. 그러나 그가 대기실 문을 밀어 열었을 때 열두 명가량의 신도가 이미 대기하고 있어 그는 실망하고 물러났다.

바로 그날 저녁, 율리시스가 전화를 걸어 그를 저녁식사에 초대했다. 율리시스는 결국 자기가 말한 대로 뜻을 이뤘다. 캉브레시스 난민촌을 떠나 파리에서 일자리를 구한 것이다. 이반은 샘이 났다. 파리에서 일자리를, 그것도 보수가 괜찮은 일자리를 찾는다는 건 거의 기적에 가까웠다. 그에게는 결코 그런 행운이 미소 짓지 않으리라! 술을 마시는 질 나쁜 무슬림과 계속 어울리고 싶은 마음은 전혀 없었지만 앙드레 말로 주택단지에서 보내는 저녁 시간이 얼마나 울적할지 모르지 않았기에 그는 초대를 받아들였다. 저녁이면 이바나는 교재와 타이핑해놓은 강의 노트와 함께 자기 방에 틀어박혔다. 위고는 곧 기아나 친구 중 하나를 만나러 갈 터였다. 그는 헤실거리고 노래를 불러대는 모나와 단둘이 있어야 할 신세였다. 아니면 텔레비전으로 바보 같은 영화나 보든지.

뜻밖에도 이반은 파리가 좋아지기 시작했다. 이 도시를 결코 자신의 것으로 만들지 못하리라는 건 잘 알았다. 자신이 결코 이 도시에서 한자리를 차지하지 못하리라는 것도 알았다. 그럼에도 낮이고 밤이고 활기찬 이 도시는 꼭 마약처럼 행복감을 안겼다. 파리의 거리거리가 그의 귀에 활기찬 멜로디를 속삭여 춤추고 싶은 욕망을 일깨웠다. 빌레르프랑수아의 침울함과는 모든 게 달랐다. 파리의 행인들은 훨씬 개방적이고 쾌활해 보였다. 마치 너무 아름답고 너무 지적이고, 너무도 재능이 많아 도무지 다가갈 수 없는 여자를 사랑하는 느낌이 들었다.

율리시스는 파리 한복판 볼테르대로에 위치한, 외관은 상당히 아름답지만 심각한 결점이 있는 건물에 살았다. 승강기가 없었다. 이반은 꽤나 볼품없는 양탄자가 깔린 가파른 계단을 7층까지 걸어올라가야 했다. 율리시스가 문을 열어주었을 때 이반은 그를 못 알아볼 뻔했다. 몇 주 전에 만났던, 초라한 파카와 바지를 걸친 난민은 흔적도 없었다. 율리시스는 최신 유행으로 우아하게 차려입고 있었다. 예전에 필아필 정장에 파란 실크 머플러를 목에 두른 만수르처럼. 이 변신은 어떻게 이뤄진 걸까? 어떻게 설명하지? 이반은 질문을 억누르고, 집주인을 따라 잘 정돈된 미로 같은 방들을 지나 아기자기하게 꾸며진 침실까지 갔다. 모로

코풍 값비싼 이불이 덮인 침대가 놓여 있었다.

"우와, 세상에! 떼돈이라도 벌었어?" 그가 농담처럼 율리시스에게 물었다.

율리시스는 진지하게 고개를 저었다.

"말했잖아, 일자리를 구했다고."

그는 담배에 불을 붙였다. 이 질 나쁜 무슬림은 술만 마시는 게 아니라 담배도 피웠다.

"좀 특별한 일이야. 너처럼 체격이 좋은 젊은 남자한테는 참고가 될 수 있을 테니 설명해줄게. 내가 삼 년이나 지낸 캉브레시스 난민촌이 얼마나 끔찍했는지 넌 모를 거야. 열 명에서 열두 명이 같이 써야 했던 샤워장과 화장실이 얼마나 더러웠는지를 말하는 게 아니야. 레스토랑이라고 이름만 붙인 허름한 주점에서 내놓는 형편없는 음식에 대해선 아예 말을 말자. 내가 하려는 말은 그곳에 만연한 난잡한 생활, 여자들과 청소년들 때로는 심지어 어린아이들을 대상으로 매일같이 벌어지는 강간에 대한 거야. 사실, 힘없는 사람들 모두가 대상이 됐지. 난 운이 좋아서 거기서 빠져나왔어. 내가 알고 지내게 된 어느 부부가 나를 많이 도와준 덕택이었지."

그는 잠시 침묵을 지키다가 조금 난감한 어조로 다시 말을 이었다.

"그 사람들이 내게 에스코트가 되라고 제안했어."

"에스코트?" 이반이 놀란 표정으로 되물었다. "그게 무슨 뜻인데?"

율리시스의 난감한 표정이 더욱 짙어졌다. 그는 모호한 몸짓을 하며 말했다.

"아마 영어이거나 스페인어 같은데, 모르겠어. 그건 중요치 않아. 있잖아, 요즘 여자들은 예전 같지 않아. 우리나라에서 얘기하는 여자들 같지도 않고. 여자들에게도 확실한 의사가 있어. 에너지도 있고. 욕망도 있지. 육체적 욕망 말이야. 여자들은 자신들이 원하는 게 뭔지 알아. 그들은 자신들을 만족시키고 삶의 쾌락을 맛볼 수 있게 해주는 남자들을 원하지. 온갖 쾌락을 말이야, 내 말 이해하겠어?"

아니, 이반은 하나도 이해하지 못했다.

"무슨 얘기야?" 그가 다시 물었다.

율리시스는 솔직하게 다 얘기하려고 마음먹었다.

"내 말은 네가 한 달에 수천 유로씩 벌 수 있다는 거야. 갖고 태어난 무기를 쓸 줄만 안다면. 네 페니스는 얼마나 커?"

"뭐?" 이반이 잘못 들은 줄 알고 외쳤다.

율리시스가 진정하라는 뜻으로 손짓을 했다.

"농담이야, 농담. 진지해져보자고. 요즘 나는 세 명의 여자를 에스코트하고 있어. 그중 한 여자는 광고회사를 운영하고. 또 한 여자는 유명한 배우야. 초기 작품들이 유망했지. 세번째 여자는 성형외과 전문의야. 세 여자 모두 내게 필요한 돈을 주면서 싫은 기색은 전혀 없어."

차츰 이반도 진실을 알게 되었다. 그도 완전히 천진한 건 아니었으니까. 그러니까 그가 상상할 수 있는 그 어떤 일보다 최악이었다. 율리시스는 여자들에게 몸을 팔고 있었다. 다름 아닌 남창이었다. 뜨거운 담즙이 입속으로 올라왔다. 그는 토할 것 같아서 일어나 성큼성큼 출구 쪽으로 갔다.

"바보같이 굴지 마." 율리시스가 이반을 붙잡으려 애쓰며 말했다.

이반은 더이상 그의 말을 듣지 않았다. 네 계단씩 다급하게 뛰어내려와 건물 밖 인도에 섰고, 제자리에서 머뭇거리다가 어느 커플과 부딪칠 뻔했다. 자신의 행동을 의식하지 못한 채 그는 노로를 건넜고, 곧장 앞으로 내달리기 시작했다. 몇 년 만에 달리는 터라, 전설적인 선수 파파갈로 티암*보다 빨라 보이는 이 키 큰 흑인이 지나가도록 행인들은 길을 터주었다. 그는 공원으로 들어갔다. 낮에는 유모차를 탄 아기들과 세발자전거를 타는 아

---

* 세네갈 출생 프랑스의 높이뛰기 선수.

이들로 가득했지만 그 시간 공원은 황량했다. 그는 벤치에 털썩 앉았다. 냉기가 옷을 뚫고 전해졌다. 욕지기가 가시지 않았다. 그는 자신이 타락하고 더러워진 느낌이 들었다. 시몬이 마르세유 비누로 잔뜩 거품을 내어 그의 몸을 씻겨주고 호리병박 바가지로 따뜻한 물을 머리 위에 부어주던 시절의 꼬마로 되돌아가고 싶었다. 그가 혐오감에 사로잡힌 채 꼼짝 않고 있는데 한 청년이 그의 앞에 멈춰 서더니 의도가 명백히 드러나는 미소를 지으며 애교 섞인 말투로 물었다.

"춥지 않아요?"

이반의 머리로 피가 솟구치더니 미처 제어하지 못한 두 손이 그 유혹자의 목에 다가들었다. 세상이 내놓는 건 이런 것이었다. 매춘부, 동성애자, 에스코트. 모조리 파렴치했다.

우리는 이 파멸적인 저녁에 일어난 사건들을 정확히 재구성해낼 수 있다. 일부러 '파멸적'이라는 말을 쓴 건 우리가 이 이야기를 이어오는 동안 이해하려고 애써온 이반의 급진화가 바로 이 순간에 온전히 이루어진 것으로 보이기 때문이다. 이때까지 그가 살면서 겪은 몇몇 사건도, 특히 그가 사랑한 알릭스와 크리스티나의 죽음도 그를 급진적 변화로 이끌진 않았다. 그사이 갑자기 돌발 사건들이 새로이 불거졌다. 만수르의 죽음과 율리시스의 타락은 결정적이었다.

그에게 멱살을 잡힌 청년의 비명소리에 이날 저녁 콘서트가 예정돼 있던 바타클랑 공연장으로 가던 행인들이 모여들었다. 사람들은 주먹질과 발길질을 가해 이반에게서 희생자를 떼어놓았다. 하지만 이반은 키도 크고 힘도 세어서 사람들을 따돌리고 달아날 수 있었다. 그는 볼테르대로에 있던 빈 택시에 올라탔다. 택시 운전사는 흑인이었고 과들루프인이었다. 플로리앙 에르나투스는 백인들 무리에 쫓기며 어려움에 처한 같은 인종의 남자를 보자 도와야겠다는 생각뿐이었다. 이런 행동은 점점 더 드물어져서 강조할 만하다. 백인들은 항상 서로를 죽여왔다. 이를테면 나치와 유대인이 그렇잖나. 하지만 반대로 흑인들은 '네그리튀드négritude', 인종 차원의 연대라는 이념에 선동되어 언제나 서로를 도와야 한다고 믿었다. 요즘은 이런 생각도 더는 통용되지 않는다.

"어디로 가십니까?" 플로리앙 에르나투스기 엑셀을 밟으며 이반에게 물었다.

"모르겠어요…… 네, 빌레르프랑수아로 갑시다." 이반이 말을 더듬으며 대답했다.

빠르게 달리는 택시 주위로 바와 건물 들의 불빛이 지나갔다. 좌석에 앉아 탈진한 채, 평소 자기 얘기를 거의 하지 않던 그가 자기 삶을 얘기하기 시작했다.

"모두가 그래요." 플로리앙이 어깨를 으쓱하며 말했다. "나라고 뭐가 나을 것 같습니까? 우선 나는 아버지를 본 적이 없어요. 어머니한테 자꾸 물었더니 어머니는 아버지 이름이 '봉'이라고 말해줬어요. 크로스타사社 선박이 앤틸리스제도에 기항하던 시절 크루즈선 '엠프레스 오브 더 시즈'호 선실을 청소하던 필리핀 사람이었다더군요. 우리 어머니는 결혼 10주년 기념 여행을 하던 흑백 혼혈 벼락부자 가문의 막내딸을 봐주는 유모였어요. 어머니 말이 사실이었을까요? 난 전혀 모릅니다. 몇 년 동안 나는 맨발로 걸어다니거나 운동화를 신고 다녔죠. 구두 살 돈이 없었으니까요. 한때는 필리파치 농장에서 일하기도 했어요. 불행히도 어느 화창한 날 바람에 바나나나무들이 쓰러지는 통에 다시 실업자가 되었죠. 그래서 살로몬 돼지 농장에서 일했는데, 돼지들이 뎅기열에 걸려 그곳도 문을 닫아야 했어요. 파리에 와서야 드디어 일자리를 찾았죠. 이 택시는 내 것이 아니고, 나는 그저 운전수일 뿐이에요."

플로리앙은 어떤 식으로 아버지를 찾으려고 애썼는지는 말하지 않았다. 그는 해운회사 크로스타의 본사가 있는 자메이카로 갔고, 거기서 세 차례 주방일을 했다. 하지만 선실을 청소하는 필리핀 사람 백여 명 가운데 봉이라는 이름을 가진 사람은 끝내 만나지 못했다.

우리는 플로리앙 에르나투스가 이반을 대해준 방식에 대해 칭송할 수밖에 없다. 그는 이반을 빌레르프랑수아로 실어다주었고, 내비게이션이 있는데도 이리저리 헤맸지만 돈 한 푼 받지 않았다. 공짜였다. 그는 앙드레 말로 주택단지에 도착한 후 이반이 A동 계단을 오르는 걸 돕기도 했다. 그리고 함께 위고의 작은 아파트로 들어가 이불을 걷고 흡사 어머니처럼 이반을 자리에 눕혔다. 이때부터 이반의 행동이 눈에 띄게 달라졌다고 확실히 말할 수 있다. 그는 훨씬 더 침울해졌다. 더이상 미소 짓지 않았고, 소리 나게 웃음을 터뜨리는 일은 더더욱 없었다. 일상의 사소한 사건들까지 분석할 태세였다.

그는 한 주 내내 이마에 물수건을 얹고 이불 속에 웅크린 채 보냈다. 이바나는 이반을 돌보려고 이틀 동안 수업에 빠졌다. 모나가 그저 감기일 뿐이니 의사를 부를 필요 없다고 거듭 말했지만 이바나는 걱정했다. 마침내 이반은 눈을 뜨더니 옷을 입고 이맘 아미리 카푸르와 얘기를 나누기로 단단히 마음먹고 모스크로 갔다. 그는 그 남자가 자기 삶을 바꿔놓으리라는 걸 알고 있었다.

이맘 아미리 카푸르는 자기 집무실에서 이반을 맞이했다. 그곳에 들어서는 사람들은 모두 호사스러움에 깜짝 놀랐다. 점점 늘어나는 무슬림 인구를 생각해서 시에서 내준 옛 체육관을 개조한 초라한 모스크 안에 아름다운 공간을 꾸며놓은 것이다. 검은색과 황금색 글씨들이 벽면을 뒤덮고 있었다. 세계의 주요 기도 장소를 찍은 사진들도 있었다. 메카 바로 옆에 골고다 사진이 있었고, 파리의 노트르담대성당이 웨스트민스터사원 사진과 나란히 있었다. 이맘은 더없이 흥미로운 이력을 지닌 인물이었다. 그는 라호르에서 몇 킬로미터 떨어진 라구라는 작은 마을에서 신의 이름을 드높인 두 엄격한 이맘의 아들이자 손자였다. 그가 열다섯 살 때 그의 아버지는 살만 루슈디에게 사형선고를 내린 아야톨라 호메이니에게 축하 편지를 쓰게 했다. 나쁜 무슬림은 그렇게 죽어야 한다고 그의 아버지는 고함치곤 했다. 그후 그는 메디나에서 삼 년을 보냈다. 이른 아침부터 기도 시간을 알리는 종소리가 울리는 엄숙한 도시였다. 카노에서 사는 동안에는, 기도가 잦아서 단조로운 흥얼거림이 되고 만 성스러운 그 도시의 여러 기관을 일신하고 재편성하는 업적을 남겼다.

아미리 카푸르는 이반을 뚫어져라 바라보았다.

"첫번째 질문, 왜 너는 이슬람교로 개종했지? 네가 태어난 곳에서는 기독교가 왕이라는 걸 알아. 왜 개종했지?"

이반은 잠시 생각하고 말했다.

"잘 모르겠어요. 저는 말리에 살았었어요. 제 누이와 제가 살던 부락에서 우리는 유일한 가톨릭교인이었어요. 그래서 언제나 이방인이고 불안정한 느낌이었지요. 그때까지 사이가 좋지 않았던 아버지와 가까워지고 싶었던 것 같아요."

이맘이 놀라며 물었다.

"누이가 있다고?"

"쌍둥이 누이예요." 이바나에 대해 이야기할 때마다 자기도 모르게 사로잡히는 열정에 달뜬 채 이반이 대답했다. "어머니 뱃속에서 제가 먼저 나왔어요. 저는 남자고요. 이런 두 가지 이유로 전 제가 더 우월하다고 느꼈던 것 같아요. 하지만 그건 사실이 아니에요. 누이는 정말 모범적이고, 저는 누이보다 열등해요. 저는 누이를 정말 사랑해요."

"신만이 그런 열렬한 사랑의 대상이 될 수 있어." 이맘이 퉁명하게 잘라 말했다.

그 갑작스러운 질책에 이반은 슬퍼졌다.

이맘은 한층 부드러운 어조로 다시 말을 이었다.

"신을 향한 너의 믿음은 무기만큼 단호한가? 신을 위해 사람을 죽일 수 있어?"

이반은 다시 머뭇거렸다. 그가 엘 코브라를 죽인 분대 소속이었던 건 사실이지만, 그림자 군단의 일방적인 결정에 복종한 건 단지 두려움 또는 비겁함 때문이었다. 그 행위는 개인적인 의지로 한 것이 아니었다. 그럼에도 그는 대답했다.

"네, 할 수 있습니다."

그들은 오래도록 시선을 교환했다. 아미리 카푸르는 이반이 아직 단순하며, 자기 내면을 명료하게 보지 못한다는 것을, 그렇지만 예외적으로 특출한 존재이며, 가장 먼저 제자로 선택할 만한 아이라는 것을 간파했다. 그가 찌꺼기만, 이를테면 누이를 향한 적절치 못한 사랑 같은 것만 털어낼 수 있게 조금 도와준다면.

아미리 카푸르는 자기 책상 서랍을 뒤져 두툼한 서류 묶음을 꺼내더니 펼쳤다.

"화요일과 목요일 저녁에 시간 있어?" 그가 물었다. "그렇다면 쿠란 학교 아이들을 돕는 일을 맡길게. 그애들의 숙제를 다시 읽고, 평가하고, 그애들이 신과 가까워질 수 있게 해줘. 넌 그럴 능력이 있어. 느껴져."

잠시 침묵하더니 그가 다시 말했다.

"보수는 얼마 되지 않는다는 걸 미리 털어놔야겠군. 너도 알다시피 프랑스에 있는 모스크들의 재정 상태가……"

이반은 서둘러 말했다.

"우리 사이에 돈은 문제되지 않습니다. 원하신다면 무보수로라도 할 겁니다."

삶이란 얼마나 놀라운가! 같은 주에 이반은 두 가지 명예로운 일자리를 찾았다. 그에게 한 번도 관심을 기울이지 않았던 마르슬랭베르틀로중학교 교장이 그를 교장실로 호출한 것이다. 놀랍

게도 교장은 불운한 자동차 사고로 몇 달 동안 병원 신세를 지게
된 관리 교사 자리를 대신 맡아달라고 제안했다.

"크게 할 일은 없을 겁니다." 교장이 말했다. "남아서 자습하
는 학생들을 지켜보면 됩니다. 모나 행슬랭 부인 말로는 당신이
고등학교 과정을 훌륭하게 마쳤으며, 과들루프 학교에서 당신
서류를 쉽게 받을 수 있을 거라고 하더군요."

이반은 적어도 이번만큼은 그를 신경써주는 듯한 신에게 감사
했다.

이제 그는 마르슬랭베르틀로중학교와 모스크에 딸린 쿠란 학
교를 오가며 시간을 보냈다. 그는 모스크에서 보내는 시간을 좋
아했다. 그곳에서는 왠지 모르지만 깊은 애정이 느껴지는 아이
들에게 둘러싸여 있었기 때문이다. 그는 2세대니 3세대니 하는
표현은 알지 못했지만 그 의미는 즉각 이해했다. 이 아이들은 그
들 조상의 나라에 한 번도 가본 적이 없었다. 그들은 그 나라를
알지 못했다. 프랑스에서 태어난 그들은 스스로 프랑스인이라
생각했고, 에펠탑을 세운 역사를, 혹은 생마르탱 운하를 판 역사
를 자랑스러워했다. 그들 중 몇몇은 '아르키'*들의 후손이었는데,
프랑스에 도움이 필요할 때 그들의 조부모가 크게 도왔다는 사

---

* 알제리전쟁 때 프랑스 군대에 지원한 원주민 병사를 이르는 말.

실을 모르지 않았다. 그들은 자신들의 이야기에 관한 한 행복한 무지 속에서 지냈다. 연필깎이가 사라지거나 교재가 찢어졌다고 '더러운 아랍놈'이라는 느닷없는 욕설을 듣게 될 때까지는. 물론 그들은 곱슬머리였고, 피부색도 조금 진했다. 하지만 그들은 생각했다. 우리가 아랍인들인가? 게다가 아랍인이라는 게 대체 무슨 말이지? 조금 더 깊이 탐구를 이어간 아이들은 아랍인들이 믿는 종교가 무엇보다 비난의 대상이 된다는 사실을 발견하게 된다. 이슬람교. 그들은 아연했다. 그들이 별 가치를 부여하지 않고 중얼대던 헛소리 때문에 죄인이 된 것이다. 파키스탄이나 인도네시아처럼 낯설고 먼 나라에서 자행된 행위의 장본인으로 취급받는 것이다.

처음으로 이반은 이슬람이 무엇인지 생각하지 않을 수 없었다. 어떤 이들은 전사의 종교라고 했다. 하지만 모든 종교가 그렇지 않던가? 종교들은 모두 열성적으로 전도를 하고 개종하는 사람들 수가 늘어나면 기뻐하니까. 또 어떤 이들은 여성을 혐오하는 종교라고도 말했다. 기독교도 마찬가지 아닌가? 기독교가 여자들에게도 남자들처럼 영원불멸의 영혼이 있을까 의문을 품었던 게 그리 오래전 일도 아니잖나.

반면에 이반은 마르슬랭베르틀로중학교에서 맡은 새 직무를 그리 좋아하지 않았다. 그는 그곳 아이들이 그랑제콜을 목표로

삼고 있지만 건방지기만 할 뿐 별로 우수하지 않다고 생각했다. 그곳에서 그가 주로 하는 일은 3학년의 덩치 큰 애들이 어린 1학년 애들을 괴롭히지 못하게 막는 것이었다. 그는 삥뜯는 것을 막았고, 그가 오기 전에 무질서뿐이었던 이곳에 질서를 세웠다. 얼마 지나지 않아 아이들은 등뒤에서 그를 '배트맨'이라고 불렀다. 그 별명을 알게 된 그는 친하게 지내는 남학생 세르주에게 물었다.

"배트맨? 왜 나를 그렇게 불러?"

세르주가 망설이지 않고 대답했다.

"항상 가장 약한 아이들을 도우려고 날아오시니까요."

이반은 그 대답이 만족스럽지 않았다. 그건 그가 바라던 것이 아니었다. 그는 세상을 바꾸고 싶었다. 유일한 문제는 그 목표에 어떻게 이르는지 여전히 모른다는 사실이다. 그는 이맘 아미리 카푸르가 자신을 도와줄 수 있으리라 기대했지만, 아직은 아무 일도 일어나지 않았다. 때때로 그는 이맘이 그를 관찰하고 생각할 시간을 갖고 있는 거라고 느꼈다.

이반과 이바나는 이제 함께 나누는 게 별로 없었고, 각자 나날이 점점 더 다른 행성에서 살고 있다는 이야기는 굳이 할 필요도 없다. 이반은 그 상황이 무척 괴로웠으나 이바나는 그래 보이지 않았다. 행복했고, 심지어 현재의 삶에 더없이 만족하는 듯했다.

그녀는 시험을 통과했고, 경찰학교 2학년으로 진급했다. 소소한 활동들도 맡아 그걸 자랑스러워했다. 치안이 좋지 않은 지역 순찰도 돌고, 학교 주변에 머물며 어린아이들을 동반한 부모들이 길을 건널 때 도와주고, 때로는 교통정리도 했다. 일요일이면 이바나는 보이지 않았다. 이반이 누이와 점심을 같이 먹는 건 생각할 수도 없는 일이었다. 그녀는 파리의 노트르담대성당, 몽마르트르, 루아르 지방 성들을 방문했고, 특히 샹보르성城을 좋아했다. "유럽에서 가장 큰 삼림공원 안에 세워진 그 성은 루아르에서 가장 넓은 성이다. 역사적 기념물로 지정된 사냥용 숲과 관상용 정원을 갖추고 있다." 그녀와 가장 가까운 친구는 마일란이었다. 불가리아 출신에 금발이고, 가늘고 예쁜 목소리를 가진 경찰학교 학생이었다. 그녀는 이미 스스로 실비 바르탕*이라도 된 양 다양한 구호단체가 주관한 콘서트에서 솔로로 노래했다. 이바나와 마일란은 떼어놓을 수 없는 사이였다. 함께 있지 않을 때는 휴대전화를 귀에 대고 끝없이 대화를 나누었다. 이 모든 이유로 이반은 마일란을 싫어했다.

마일란이 퐁텐블로에 있는 그녀 부모의 농장에서 공연하는 자리에 왜 그는 함께 가기로 했을까? 아마도 초봄의 기운 덕에 날

---

* 불가리아 출생 프랑스 가수. 2005년 세계보건기구 친선대사로 활동했다.

개라도 달린 듯 뭐든 해낼 것 같은 느낌이 들었는지도 모른다. 그의 혈관 속에서 피가 훨씬 빠르게 흐르는 것 같았다. 오랜 우기가 뒤따르는 과들루프의 지독한 태양도 없고, 일 년 내내 내리쬐어 질식할 것 같은 말리의 더위도 없는 이곳 날씨는 다채롭고 쾌적했다. 달이 바뀌면 풍경이 달라졌다. 마치 마술사가 마법 지팡이로 치기라도 한 것처럼.

마일란의 부모는 퐁텐블로숲에서 멀지 않은 넓은 농가에 살았다. 그들은 딸의 콘서트를 위해 무엇 하나도 우연에 맡겨두지 않았다. 그들은 앞뜰에 커다랗고 하얀 천막들을 설치하고 둥근 테이블과 의자들을 배치했다. 이따금 인근 돼지우리의 고약한 냄새가 바람에 실려오지만 않았더라면 모든 게 완벽했을 것이다. 이반은 누이와 함께 앉았는데, 이바나는 금세 친구들을 만났고, 그들과 어울리는 게 더 즐거운 듯 보였다. 무대 위에서는 남자들이 이중창을 하고 있었다. 페린은 히녀였네. 신부님네 하녀였네. 디 그동댕. 그 지역의 오래된 노래라고 누군가 이반에게 설명해주었다. 집이 떠나갈 듯 박수갈채가 쏟아지는 걸 보니 청중의 마음을 사로잡은 듯했다. 이반의 경우는 달랐다. 한 시간 뒤 그는 그 모임과 청중의 무미건조한 낄낄거림을 더는 견딜 수 없었다. 그 자리를 떠나야만 했다.

그는 자리에서 일어나, 놀란 누이의 귀에 대고 속삭였다.

"곧 돌아올게. 걱정 마."

그는 밖으로 나가 아스팔트 도로로 나섰다. 점점 더 강하게 내리쬐는 햇살에 얼굴에서 땀이 흐르기 시작했다. 퐁텐블로역이 어디 있는지 몰라서 지나가는 차를 얻어 타기로 결심했다. 다섯 번째 차까지 기다렸더니 한 운전자가 멈춰 섰다. 폭스바겐을 모는 금발 남자가 차창 밖으로 고개를 내밀었다.

"어디 가게?" 그가 미소를 지으며 물었다.

전혀 모르는 사람이 내뱉는 반말에 이반은 놀랐다.

"퐁텐블로역에 가려고요."

금발 남자가 웃음을 터뜨렸다.

"방향은 맞네. 20킬로미터만 더 직진해. 그럼 도착할 거야."

당황한 이반의 얼굴을 보고 그가 말을 이었다.

"농담이야. 타. 나도 역에 가는 길이야. 내려줄게."

그는 연신 친근한 태도로 말을 이었다.

"내 이름은 해리야. 너는? 어디서 일해?"

이반은 그 질문에 대답할 수가 없었다. 상대는 거듭 물었다.

"라팔뤼? 아니면 뒤몽텔? 어느 종마사육장에서 일해?"

"난 종마사육장에서 일하지 않아요." 이반이 말했다. "콘서트에 초대받아서 온 거예요."

"콘서트? 뒤몽텔에서 일하는 줄 알았지. 그 집에서 너 같은 사람을 많이 고용하거든."

너 같은 사람? 그게 무슨 뜻이었을까? 해리는 이반이 입고 있
는 우아한 실크 정장도, 깃을 빳빳이 세운 멋진 셔츠도, 고급 신
발도, 만수르와 함께하며 우아하게 차려입던 시절의 마지막 유
물들은 하나도 보지 못했다. 그저 그의 피부색만 본 것이다. 그
가 흑인이라는 것만, 옛사람들의 표현을 빌리자면 '검둥이'라는
사실에만 주목했고, 그저 하등한 존재로 보았다. 다시 시동을 걸
기 전 해리는 차에 있던 CD들을 뒤적였다.

"콜뤼슈* 코미디 들려줄까? 이거 들을래? 그 사람 스탠딩 코미
디 중에 제일 재밌는 부분 녹음본이야."

이반은 불시에 허를 찔려서 그저 더듬더듬 이렇게 대답했다.

"콜뤼슈? 난 누군지 모르는데."

이마 위로 앞머리를 짧게 자른 멜빵바지 차림의 뚱뚱한 남자
가 희미하게 떠오르긴 했다. 하지만 그가 주절주절 하는 이야기
에는 한 번도 관심을 기울여본 적이 없었다.

"말도 안 돼." 해리가 파란 눈을 동그랗게 뜨고 외쳤다. "콜뤼
슈도, 레스토 뒤 쾨르**도 못 들어봤어?"

---

* 1970~1980년대에 왕성하게 활동한 프랑스 코미디언.
** 1985년에 콜뤼슈가 세운 무료 급식 단체.

요즘 사람들에겐 권리가 없어요

배고플 권리도 추울 권리도

저마다 자기만 생각하라는 것도 흘러간 얘기예요

내가 당신을 생각할 때는 나를 생각하는 거죠

내가 뭘 잘못한 거지? 자동차가 출발할 때 이반은 생각했다. 해리는 과들루프와 마르티니크의 위대한 타악기 연주자들 이름을 알까? 다행히 역까지 금세 도착했다. 이반은 내리면서 고맙다는 인사를 우물거렸다.

빌레르프랑수아의 집에 도착하니 모나가 거실에서 카드점을 치고 있었다.

"벌써 오는 거야?" 그녀가 놀란 얼굴로 말했다. "이바나는 어디 있어?"

그녀는 그의 대답을 기다리지 않고 말을 이었다.

"오늘 카드점에는 온통 고약한 운수만 나오네. 시커멓기만 해. 스페이드 잭만 나와."

모나와 이반의 관계는 크게 달라졌다. 처음에 그녀는 위고가 그를 비판할 때 옆에서 거들었고, 이반을 건달로 생각했다. 그리고 줄곧 이반을 평판 좋은 중학교 역사 교사인 자기 아들과 비교했다. 그러다 차츰 그를 다른 방식으로 대하기 시작했다. 어쩌면 이반의 우월한 신체 조건의 영향이 크리라 짐작해볼 수 있을 것이다. 그의 성기가 바지 속에 갑갑하게 갇혀 곧 삐져나올 듯 불거진 모습을 볼 때면 모나는 잘생긴 남자를 좋아해 남자친구를 수집하듯 수없이 사귀던 시절이 떠올랐다. 하지만 이런 비방은 접어두자. 차라리 이반의 성격과 친절함에 모나가 마음을 빼앗겼다고 하자. 그는 그녀가 크루아 니베르 시장에 갈 때 따라나서서 식료품을 잔뜩 실은 무거운 짐수레를 앞장서서 밀고 다녔고, 장을 보고 돌아오면 아파트 건물의 가파른 계단을 오르며 무거운 짐을 옮겨주었다.

이반은 누이와 할 얘기가 있어 그녀가 돌아오길 기다리며 텔레비전 앞에 자리를 잡았다. 그녀는 주변 사람들에게서 어떤 즐거움을 얻고 있는 걸까? 과들루프에서 살던 시절에 품었던 야망은 이미 잊은 걸까? 불행히도 이바나는 밤 열시경에 모나에게 전화를 걸어 마일란의 집에서 밤을 보낼 거라고 알렸다. 더 울적해진 이반은 매트리스를 펼치고 잠을 청했다.

다음날 그는 다시 이맘 아미리 카푸르를 찾아갔다. 이맘과 얘기를 나누면서 그의 문제에 좀더 신경쓰게 해볼 작정이었다. 이맘은 커피를 마시며 쿠란에 빠져 있었다.

"무슨 좋은 바람이 불어서 날 찾아왔나?" 그가 따뜻하게 물었다. "너에 관해선 좋은 얘기만 들리더군. 학생들이 네가 정말 좋은 선생이라고 하더라고."

이반은 안락의자에 몸을 파묻은 채 침울하게 대답했다.

"제 느낌은 그렇지 않아요. 제 생각엔 모든 게 엉망이에요."

그러곤 최근 몇 주 동안 있었던 일들에 대해 아주 사소한 것까지 자세히 이야기했다. 율리시스와 함께 있으면서 느낀 환멸에 대해서도 침묵하지 않았다.

이맘은 그의 말을 끊지 않고 지대한 관심을 기울이며 들었다. 이반이 스스로 확실히 인지하지는 못한 채 그간 내면에 품고 지내온 불안 속으로 뛰어든 자신의 모습에 놀라고서 입을 다물자 이맘은 책상 서랍에서 타이핑된 종이 한 장을 꺼내더니 그에게 내밀었다.

"먼저 넌 읽어야 해." 그가 명령했다. "읽어. 오직 앎만이 구원해줄 수 있어. 네가 스스로 제기하는 많은 의문에는 답이 없지 않아."

이반은 목록을 힐끗 보았다. 거기에는 그가 그림자 군단의 일원이었던 시절에 이스마엘이, 그리고 그보다 먼저 도단 학교 시절에 제레미 선생이 일러준 이름들과 책들이 있었다. 프란츠 파농, 에릭 윌리엄스, 월터 로드니, 장 쉬레카날…… 그는 한 번도 그 책들을 사 보거나 읽어보려는 노력을 하지 않았다. 이제는 그걸 후회했다.

"잠깐만요." 그가 말했다. "가장 괴로운 문제는 아직 얘기하지 않았어요. 제가 누이를 얼마나 좋아하고 의지하는지 아실 겁니다. 제 쌍둥이 누이 말이에요. 저한테는 그애가 전부나 다름없어요. 그런데 누이와 점점 더 멀어져요. 누이는 공부와 이곳 생활에 마음을 빼앗기고 있어요. 누이에게 저는 아무 존재도 아니에요. 그 때문에 정말 힘들어요."

이맘은 어깨를 으쓱했다.

"여자들은 생각이 모자라. 솔직히 말해 넌 네 누이를 지나치게 좋아해. 그건 건전하지 못한 감정이야. 누이가 네게서 멀어지면 그러도록 내버려둬. 그게 둘 모두를 위하는 길이야."

지금껏 누구도 이반에게 그렇게 혹독하게 말한 적이 없었다. 이바나가 빛을 비춰주지 않는다면 그의 삶은 어떤 고립된 방이 되고, 어떤 지하 독방이, 어떤 감옥이 되겠는가. 이맘이 말을 이었다.

"행동해, 네게 필요한 건 실천이야. 행동으로 옮겨. 내가 추천해줄 테니 네가 어른이 되도록 도와줄 젊은이들 무리와 어울려봐. 진짜 어른이 되는 거야. 네 심정을 이해해. 우리가 빠져 있는 서구 사회는 소멸될 거야. 너무 자만해서 잘못을 거듭하고 있으니까. 그 파멸의 과정에 우리가 휩쓸리지 않아야 해."

이어지는 몇 주 동안 이반은 이맘이 해준 말에도 불구하고 점점 더 외톨이가 된 느낌이었다. 이바나가 곁에 없는 시간이 더 많아졌다. 외국에서 언어 연수를 받느라, 햇살 좋은 나라에서 휴가를 보내느라. 그렇게 그녀는 마일란과 함께 포르투갈 바닷가의 작은 휴양지 파로로 갔다. 심지어 그녀는 매정하게도 그곳에 사흘간 체류하면서 이반에게 전화 한 통 걸지 않았다.

그동안 위고와 모나는 앙드레 말로 주택단지에서 갑갑해하며 이반과 이바나가 따로 나가 살 집을 구하도록 등을 떠밀었다. 때맞춰 모나는 아파트 하나를 찾아냈다. 크루아 니베르 시장 맞은편이라 위치는 최악이었다. 아침부터 저녁까지 온갖 물건을 사라고 떠드는 장사꾼들의 외침이 들리는 곳이었다. 게다가 온종일 과일, 야채, 고기, 생선 냄새가 뒤섞인 악취가 났다. 불행히도 이 일은 성사되지 않았다. 쌍둥이의 수입이 턱없이 부족했기 때문이다. 이 일로 이반의 좌절감은 한층 깊어졌다. 그는 알았다. 참으로 관대하다고 주장하는 이 나라에, 전 세계 만인의 조국이라는 이 나라에 그를 위한 자리가 없다는 걸. 그가 사라진들 누가 신경이나 쓰겠는가? 아마 이바나는 마음 쓸 것이다. 그러다 마일란의 가슴에 얼굴을 묻고 이내 위로받을 것이다.

10월 2일에 이반은 이맘이 만나보라고 추천해준 압델 아지즈 이사르를 드디어 만나게 되었다. 10월 2일이라는 이 날짜를 잘 기억하자. 숙명적인 날짜이기 때문이다. 그리고 우리가 보기에 종말의 시작을 가리키는 날짜이기도 하다. 압델 아지즈 이사르는 빌레르프랑수아에서 이반이 살던 건물보다 조금 더 말쑥한 건물에 살았다. 그 건물에는 엘리베이터가 있었고, 입구에 마약 밀매상이 득실거리지도 않았다. 그는 차갑게 이반을 맞이했다. 아미리 카푸르가 자꾸만 부적응자들을 보내와서 경계하는 듯했다. 압델 아지즈는 무슬림이지만 인도 바라나시에서 태어났다. 성스러운 갠지스강 좌안에서 그의 아버지 아주즈는 꽤 우아한 여성복가게를 운영하고 있었다. 1948년 인도에 고통스러운 영토 분할이 일어났을 때 아주즈는 고향을 떠나길 거부했다. 모든 종교가 조화롭게 공존할 수 있다고 믿었기 때문이다. 그의 가게에 세번째 화재가 일어나고, 그 자신은 죽은 사람처럼 길바닥에 내버려지고 나서야 가족과 함께 다카로 가기로 결심했다. 따라서 압델 아지즈는 폭력과 공포의 역사 속에서 자라게 되었다. 그가 이반에게 퉁명하게 물었다.

"나한테 뭘 기대하지? 뭘 하고 싶은 거지? 유럽에 남고 싶은 거야, 아니면 우리들 나라 중 어디로 떠나고 싶은 거야?"

"파리에 남고 싶어요." 이반은 여전히 헤어지고 싶지 않은 이바나를 생각하며 대답했다. "하지만 아무래도 좋아요! 당신이 나한테 맡기는 임무를 수행할 겁니다. 당신이 가라는 곳에서요."

압델 아지즈는 이반을 머리끝에서 발끝까지 살폈다.

"무기 다룰 줄 알아? 폭발물은?"

"알아요." 이반이 말했다. "말리에서 민병대에 있었고, 거기서 배웠어요."

압델 아지즈의 눈빛이 한층 날카로워졌다.

"사람 죽여본 적 있어?" 그가 불쑥 물었다.

이반은 머뭇거리다가 평소에 하던 설명을 반복했다.

"네, 그런데 그저 특공대원으로 지목받고 한 일이었어요. 개인적으로 결심하고 해본 적은 없어요."

압델 아지즈는 무뚝뚝했지만, 다갈색 머리에 우아한 검은색 머플러를 쓰고 파괴적인 미소를 띤 젊은 여자가 내온 박하차를 그에게 건넸다.

"내 아내, 아나스타지야." 그가 소개했다.

그러곤 느닷없이 감상에 젖어 덧붙였다.

"우리는 팔루자에서 만났어. 그래, 그 황량한 돌밭이 우리 사랑의 배경이었지. 온갖 역경에도 버텨낸 강인한 사랑이야. 우린 아이가 셋 있어. 모두 아들이지."

차를 마신 뒤 문 쪽으로 향하는 이반에게 압델 아지즈가 콕 찍어 말했다.

"넌 수염을 기르지 않네."

이반은 문손잡이를 잡은 채 멈춰 섰다.

"수염요?" 그가 조금 놀라 반문했다.

압델 아지즈의 잘 다듬어진 부드러운 수염은 아직 앳된 그의 얼굴에 원숙함을 더해주었다.

이반은 변명이라도 하듯 덧붙였다.

"수염은 쿠란의 권고 사항이지 계율은 아니잖아요."

그렇지만 이날부터 이반은 수염을 길렀고, 이바나와 모나는 한목소리로 반대했다. 뺨에 아무리 에센스오일을 발라봐도 수염은 빈약했고 숱도 적어서 결코 그의 얼굴을 돋보이게 해주지 않았다. 몇 주 뒤 그는 포기하고 수염을 완전히 밀었다.

압델 아지즈가 말하지 않은 게 있는데, 그가 팔루자에 수차례 체류하는 동안 체제의 고위 간부들과 막역한 사이로 지냈다는 사실이었다. 그는 도시를 통치하는 위원회를 위해 일했다. 그들이 내린 결정들을 집행하는 일을 맡았다. 다시 말해 그는 모든 공개 처형에 적극적으로 가담했다. 간통한 여자들 머리에 총을 쏘았고, 도둑들의 손목을 잘랐으며, 중죄인들에게 달군 쇠로 낙인을 찍었다. 한마디로 그는 살인자였다! 압델 아지즈가 또하나 말하지 않은 건, 그의 아내 아나스타지가 사담 후세인 휘하 장군들 중 한 명의 딸이라는 사실이었다.

이반은 이삼 주가 지나도록 압델 아지즈를 다시 보지 못했는데 그가 자기를 잊었다고 생각될 정도였다. 그러다 어느 모임에 오라는 호출 문자를 받았고, 그 자리에서 열두 명가량의 젊은이들을 알게 되었다. 그중 몇몇은 기껏해야 열일곱이나 열여덟 살쯤 되는 아주 어린 청소년이었다. 그들은 대개 시리아, 레바논, 이란이나 이라크에서 살았고, 많은 첩단 활동에 가담한 이력이 있었다. 그들은 테러를 기획하는 최고지도부의 명령에 따라 파리에 온 것이었다. 어떤 종류의 테러일까? 아직 아무도 알지 못했다. 이반의 눈길을 끈 건 두 여자, 쌍둥이 자매 보툴과 아프사의 존재였다. 터키 출신인 두 여자는 브뤼셀에 살았고, 얼마 전부터 프랑스에 머물고 있었다. 브뤼셀에서 그들은 '아마조네스'라는 단체 소속이었고, 언젠가 유명한 가수가 되길 희망했다. 죽음의 신이 그들을 거꾸러뜨리지 않는다면. 그들은 죽을 가능성도 겁내지 않았다. 죽음이야말로 최고의 기사 서임식이 아닌가? 보툴과 아프사가 이반의 삶에 막대한 영향을 끼쳤던 것으로 보인다. 그는 두 여자와 친구가 되었고, 빌레르프랑수아 중턱에 위치한 그들의 아파트로 매일 찾아갔다. 두 여자가 그에게 불러일으킨 감정은 더없이 복잡했다. 그는 그들의 호리호리한 몸매, 빛나는 눈, 반짝이는 치아가 드러나는 짧은 윗입술을 좋아했다. 그리고 무엇보다 그들의 영리함에 감탄했다. 그는 그의 누이가 두 여자를 닮았으면 싶었다. 누이가 두 여자처럼 반항적이고 냉소

적이길 바랐다. 누이가 그들을 둘러싼 사회에 비판적인 눈을 갖기를, 서구를 향해 언제라도 경계심을 드러내길 바랐다. 그러기는커녕 이바나는 그 사회에 나날이 더 순종적이고 보수적으로 변해갔다. 그녀는 마일란과 함께 영화관과 공연장을 찾았고, 별볼일없는 책과 영화에 대단한 작품이라며 열광했다.

"넌 취향이라곤 전혀 없어." 그녀는 이반을 책망했다. "넌 아무것도 좋아하지 않아. 만사에 불평만 해."

이반은 맞는 얘기라고 생각했다. 그녀의 책망에는 분명히 일리가 있었다. 하지만 어떻게 전혀 다른 사람인 척한단 말인가?

보툴과 아프사에게서 '노래하는 베르베르인들'이라는 놀라운 이름의 그룹 공연 티켓을 받고서 그는 곧바로 이바나를 초대했는데, 놀랍게도 그녀는 함께 가길 딱 잘라 거절했다.

"가고 싶지 않아?" 그가 놀란 얼굴로 물었다. "왜?"

그녀는 부루퉁한 표정을 지으며 말했다.

"아마도 청중은 온통 마그레브 사람들일 것 같은데. 숨기지 않고 말할게, 난 아랍인들을 좋아하지 않아."

"아랍인을 좋아하지 않는다니!" 그가 아연해서 외쳤다. "어떻게 그런 소리를 할 수 있어? 그건 흑인을 좋아하지 않는다는 말이나 마찬가지야. 아랍인은 우리 친구야. 아니, 우리 형제야." 그는 제레미 선생의 수업을 떠올리며 고쳐 말했다. "심지어 난 그들이 본보기이자 사상적 지도자들이라고 생각해, 그들도 예전에는 우리처럼 식민화됐었어. 하지만 알제리에서 엄청난 전쟁을 치르고 해방되었지."

이바나는 물러서지 않았다.

"어쩌면 네 말이 진실인지도 몰라. 하지만 내가 아는 건, 아랍 남자들은 여자를 대할 때 대가를 바라고 구애하거나 저속한 수작질의 대상으로만 본다는 거야. 여자들은 그 우스꽝스러운 천을 뒤집어쓰고 남자들을 신이라도 보듯 바라보고 말이지."

보툴과 아프사는 이반에게 곧 그들 삶의 가장 비밀스러운 부분까지 털어놓았다. 아버지는 야간경비원으로 어머니는 가정부로 일하며 가족은 생계 문제에 급급했고, 두 자매는 스무 살이 될 때까지 서로에게 연인이었다. 어떤 남자 어떤 여자도 그들에게는 맞지 않았다. 그들은 서로의 품에 안겨 잠들었고, 열정적으로 사랑을 나누었다. 오직 서로의 굴곡진 육체만이 만족감을 안겼다. 어느 밤 그들은 자다가 갑자기 깨어났다. 가브리엘 천사가 그들 침대 발치에 앉아서 울고 있었다. 천사는 고개를 들어 눈물이 그렁한 눈으로 그들을 응시했고, 그들의 관계가 어떻게 신을 모독했는지 설명했다. 천사는 그들이 죄악을 저질렀으며, 신이 그들을 위한 천국의 문을 영영 닫아버렸다고 말했다. 이 광경을 본 두 사람은 크게 상심했다. 그제야 그들은 자신들의 중죄를 인식했고, 관계를 끝내고 더는 죄를 짓지 않았다.

이반이 두 사람의 고백에 상당한 영향을 받았으리라 짐작할 수 있다. 그는 자신이 쌍둥이든 아니든 이바나에게 품어온 감정과 욕망이 자연스럽지 않다는 것을 처음부터 알고 있었다. 그렇지만 그것이 신에 대한 모독으로 간주되리라고는 단 한 번도 생각하지 못했다. 그는 비난받아 마땅한 행동은 전혀 하지 않았다고 생각하며 스스로 위안을 구했다. 누이의 몸을 부적절하게 건드린 적은 없었다. 그가 의도적으로 착각하고 진실을 감췄을까? 이바나는 정말 영벌의 원인이었을까?

그후 이반의 불안은 더욱 극심해졌다. 매 순간 죄책감으로 인한 두려움이 그를 강박적으로 사로잡았다. 그는 이것만 아니면 자신의 삶은 나무랄 데 없다고 되뇌었다. 그리고 하루에 다섯 번씩 기도를 했다. 라마단 때는 단식했고, 금요일마다 빠짐 없이 모스크에 갔다. 돈은 별로 없지만 가능할 때마다 적선을 했다. 경건하게 쿠란을 읽고 또 읽었다.

이반의 급진화를 인식한 사람이 있다면, 그와 율리시스의 불화를 알게 된 변호사 앙리 뒤비뇨였다. 그에게는 불화의 이유가 명백해 보였다. 그래서 그는 확실히 알아보려고 이반을 저녁식사에 초대하기로 마음먹었다. 앙리 뒤비뇨는 밤의 쾌락을 열렬히 좋아하는 사람이었다. 그에게 삶은 일몰 후에 시작되었다. 파리는 술이 넘쳐나는 바와 고급 요리가 나오는 레스토랑, 모든 것에 호기심 많은 고도로 세련된 사람들을 만날 수 있는 장소들이 끝없이 이어지는 곳이었다. 그는 이반을 포르트마요에 위치한 카라반사라이로 데려갔다. 그 주인은 일본에서 오래 살았고, 그 후 중국에서 살다가 파리에 정착한 사람이었다.

경박한 태도에 항상 스타 같은 미소를 짓고 있지만 앙리는 사람을 판단할 줄 알았다. 그는 이반 역시 가장 위험한 폭도들을 배출한 종種에 속한다는 걸 직감했다.

오르되브르로 나온 가리비 요리를 먹으며 그는 이반에게 불쑥 물었다.

"율리시스는 이제 안 만나는 것 같네?"

이반은 석류주스를 마저 마시고 나서 질문에 부정적으로 대답했다.

"그 친구의 어떤 점이 싫은 거야?" 앙리가 집요하게 물었다. "착하고 장점이 많은 친구야."

"장점이 많다고요?" 이반이 외쳤다. "율리시스가 무슨 일을 하는지 아세요?"

이반은 분노를 거침없이 드러냈다.

"여자들에게 몸을 판다고요."

앙리는 이반의 눈을 바라보며 말했다.

"넌 그 친구가 캉브레시스에 남아서 잘생긴 얼굴 때문에 계속 강간당하고, 피부색 때문에 모욕당하고, 돈 몇 푼 벌려고 사방으로 뛰어다니며 수치스러운 일을 하고, 그러다 결국 만수르처럼 얻어맞다 죽는 편이 낫다고 생각하는 거야? 그게 더 낫겠어? 그게 더 낫겠느냐고? 그가 그 지옥에 남기를 바라는 거야? 아프리카 격언처럼 세상은 고약한 곳이어서 누구도 살아서는 못 빠져나가."

이반은 접시를 밀쳤고, 앙리 뒤비뇨가 다시 단호하게 말했다.

"판단하지 마! 제발 판단하지 마. 진실을 못 듣겠으면 나한테도 등을 돌려."

이반은 앞으로 몸을 숙였고, 입술 사이로 말이 새어나왔다.

"당신은 세상에서 일어나는 모든 파렴치한 일에 축복이라도 내리려는 겁니까? 내가 보기엔 당신도 율리시스만큼이나 경멸스러워요. 당신에게는 신의 말씀 같은 건 중요하지 않죠?"

"확실하진 않지만 만약 신이 존재한다면 신은 '사랑'이야." 앙리가 빈정거렸다. "당신들은 이런 속성에 대해서는 전혀 생각하지 않지."

이반은 벌떡 일어섰고, 의도치 않게 극적인 어조로 말했다.

"앞으로 서로 할말은 없을 것 같네요."

그러더니 그는 성큼성큼 레스토랑을 떠나 어둠 속으로 사라졌다. 그는 어디로 가고 있는지 모르는 채 곧장 앞으로 걸었다. 주변 동네는 우아했고, 맹렬하게 불이 밝혀져 있었다. 그는 무심결에 마치 대역죄인이라도 바라보듯 원한 가득한 눈빛으로 행인들을 노려보았다. 그들이 무슨 죄를 저질렀나? 불행하게 사는 그와 달리 너무도 행복해 보이는 죄. 그는 그렇게 분노하다가 얼마 후 벤치에 털썩 앉았다. 키스에 열중하던 연인들이 그를 보고 겁에 질린 듯 황급히 일어나 가버렸다. 이반은 오래도록 꼼짝하지 않았다. 다시 가던 길을 가기로 마음먹고, 그는 RER로 이어지는 지하철 입구에 이르렀다. 앙리는 신의 사랑 운운하면서 그의 가장 깊은 내면을 건드렸다. 그는 문득 자신이 율리시스를 부당하게 대했다는 생각이 들었다. 율리시스도 그처럼 희생자였고, 나름대로 살아남으려 애쓴 것뿐이었다.

그 시간에 RER는 거의 비어 있었다. 어린 소매치기들이 어쩌다 보이는 여행객들의 주머니를 몰래 터는 동안 긴 꽃무늬 원피스를 입은 동유럽 여자들은 여행객들의 주의를 딴 데로 돌리려고 노래를 불렀다. 이반은 악취 나고 바람이 불어들어오는 그곳에 들어설 때마다 매번 똑같은 혐오를 느꼈다.

마침내 그는 빌레르프랑수아에 도착했다. 미적지근한 밤에 이바나는 항상 붙어다니는 마일란과 주택단지 인근에 놓인 벤치에 나란히 앉아 있었다. 두 여자는 영화를 보고 나온 참이었고, 그에게 영화에 대해 수다스럽게 설명하려 들었다. 제목이 정확히 기억나지 않았던 것이다. 〈선탠하는 사람들〉*이었던가? 두 여자는 자문했다. 먼지 쌓인 계단을 오를 때 이바나가 그의 팔을 붙잡으며 말했다.

"내가 아직 좋은 소식을 안 전했네. 난 아주 행복해. 빌레르프랑수아 경찰에서 그 많은 지원자들 가운데 나를 택했어. 내가 뽑혔다고, 상상이 가? 다음달부터 난 거기서 실습생활을 시작할 거야."

"네가 행복하면 나도 행복해." 이반이 대답했다. "그런데 달라지는 게 있어?"

"내 일터에서 아주 가까워지지." 그녀가 대답했다. "지금처럼 새벽에 일어날 필요도 없고, 아침을 허겁지겁 먹지 않아도 되고, 늘 미어터지는 그 끔찍한 RER를 탈 필요도 없어."

4층에 도착해서 이반이 평소처럼 얘기를 나누기 위해 누이의 방으로 향하자 그녀가 멈춰 세웠다.

"나 피곤해서 죽을 지경이야. 잘 자. 좋은 꿈 많이 꿔."

그는 문을 닫고 들어가는 누이를 당황한 눈으로 바라보았다.

그렇게 이반은 살면서 최악의 한 주를 보냈다. 그는 무슨 일이

---

* 1978년에 처음 선보인 프랑스 코미디 영화 시리즈.

일어나고 있는 건지 이해하려고 이바나의 사소한 미소와 몸짓까지 살폈다. 그녀가 그에게 무얼 감추고 있는 걸까?

어느 저녁 마르슬랭베르틀로중학교에서 돌아온 그는 비좁은 거실에서 누군가를 기다리고 있는 남자와 마주쳤다. 혼혈인 듯한 갈색 피부에 꽤 잘생긴 청년이었다. 낯선 남자가 황급히 일어나며 외쳤다.

"당신이군요! 쌍둥이! 만나서 반가워요. 나는 당신 누이의 가장 가까운 친구 아리엘 제니입니다. 감히 이렇게 말해도 되는지 모르겠지만."

그때 이바나가 멋지게 치장하고 향수까지 뿌리고서 방에서 나왔다. 그녀를 본 아리엘은 놀리듯이 이반을 향해 아다모의 노래 가운데 유명한 멜로디를 흥얼거렸다.

"내가 당신의 누이를 데려가도 될까요?"

두 연인은 웃으며 사라졌다. 아리엘 제니, 이 낯선 발음의 이름은 유대인의 이름이 아니던가? 이반은 허구한 날 텔레비전에 나오지만 한 번도 주의깊게 본 적이 없어서 이스라엘과 팔레스타인의 갈등에 대해 별로 아는 게 없었다. 이따금 파괴된 집이나 부상당한 아이들 곁에서 우는 여자들을 보고 안쓰러워했지만 그뿐이었다. 그때까지 그는 유대인들에 대해 호감도 반감도 느끼지 않았다. 왜 나치가 유대인들을 악착스레 추격하고 학살하려

했는지 결코 알지 못했다. 그는 오늘날 유대인들이 무엇 때문에
많은 이들의 비난을 받는지도 이해하지 못했다. 단단히 결속된
공동체를 이루는 것이 범죄인가? 갑자기 유대인이라는 존재가
경쟁자처럼 인식되었다. 아리엘은 경쟁자인가?

이바나는 자정 조금 전에 돌아왔다. 즐거운 시간을 보낸 사람
처럼 활기찬 얼굴이었다.

"아직 안 잤어?" 그녀가 여전히 텔레비전에서 눈을 떼지 않는
이반을 보고 놀라며 외쳤다.

이반이 소리쳤다.

"그 아리엘이란 놈 누구야? 유대인이잖아?"

이바나가 눈을 치켜뜨며 말했다.

"유대인에게 무슨 유감이라도 있어?"

이반이 누이의 손목을 붙들며 말했다.

"그놈을 언제부터 만난 거야? 둘이 어떤 사이지? 어딜 갔다
온 건데?"

이바나가 퉁명하게 말했다.

"뭐가 어떻든 네가 나한테 질문할 권리는 없어. 대답도 안 할
거지만."

이튿날 이반은 번민에 사로잡혀 존재를 까맣게 잊고 있던 압
델 아지즈 이사르로부터 그를 부르는 문자를 받았다. 이날 압델

아지즈는 혼자였고, 전에 방문했을 때보다 덜 차갑고 덜 부자연스러워 보였다.

"테러 계획이 얼추 잡히고 있어." 그가 말했다. "사람들에게 충격을 주기 위해 크리스마스 저녁에 할 예정이야. 형태는 달라질 거야. 지침이 달라졌으니까. 예순에서 여든 명 정도 희생자를 내던 대규모 테러는 이제 적절치 않아. 지도부에서는 같은 날 여러 장소에서 동시에 발생하는 소규모 테러를 선호해. 그래서 경찰 양로원과 유대인 학교, 그리고 아마도 성당에서 인질극을 각각 고려하고 있어."

압델 아지즈는 이반에게 두툼한 봉투 하나와 지시사항이 타이핑된 종이 몇 장을 건넸다. 이반에게는 브뤼셀로 가서 무기와 탄약을 가져오는 임무가 맡겨졌다.

"켈레르 정비소로 가. 거기서 세우드를 찾아서 자동차 한 대를 사흘간 빌려. 브뤼셀에 다녀오는 데 그 정도면 충분할 거야. 물론 네 진짜 이름은 대지 말고. 이 신분증을 제시해. 브뤼셀에 도착하면 오스탕드가 13번지로 가. 그곳에 내 사촌 지르파나가 살고 있어. 거기서 무기를 받아오면 돼. 악기 케이스 속에 숨겨줄 거야. 겁낼 것 하나 없어. 길에서 경찰이 검문하면 네 신분증에 적힌 대로 넌 현악기 장인이고 바이올린, 첼로, 기타를 팔고 있다고 말해…… 그리고 물건을 나한테 가져와. 필요할 때 내가 쓸

거니까."

그즈음 이반의 마음 상태로는 벨기에에 가는 이 임무가 행복한 일탈처럼 느껴졌다. 이틀 뒤, 그는 해방감을 느끼며 고속도로로 접어들었다. 누이와 관련된 불안과 걱정은 뒤로 남겨둔 채, 다시 살아나는 느낌이 들었다. 높이 뜬 태양이 하늘에서 그에게 유혹의 미소를 보내는 듯했다. 혈관 속에서 다시 피가 활기차고 따뜻하게 흐르기 시작했다. 그는 몇 시간 동안 달리다가 식사를 하려고 고속도로 휴게소로 들어갔다. 요란한 재즈 음악이 흐르는 그곳에서 손님들이 감자튀김에 곁들여 '돌연사'라는 맥주를 마시고 있었다. 그 이름이 처음에는 재밌다고 생각했지만 이반은 금세 생각에 잠겼다. 돌연사, 즉사. 지하디스트들이 원하는 바로 그것 아니던가? 자신을 파괴하고, 알라의 정원으로 달려가는 것, 그리고 풍미 넘치는 처녀들을 향유하는 것. 문득 그런 생각들이 터무니없고 유치해 보였다. 어떻게 그런 것에 만족할 수 있지? 그런 식으로 이렇게 세상을 바꿀 수 있지? 자기 자신을 죽임으로써? 혁명을 위해서라면 그보다는 정신을 예리하게 세련하고, 근육을 긴장시켜야 하지 않을까? 더는 알 수 없었다. 무엇이 그를 인도했는지 이해되지 않았다. 제레미 씨의 주장들이 어렴풋이 기억에 떠올랐다. 불행히도 이반은 그때 제대로 듣지 않아서 기억나는 게 거의 없었다. 브뤼셀까지 마지막 남은 몇 킬로미터는 깊은 몽상에 잠긴 채 달렸다.

브뤼셀은 런던이나 파리나 뉴욕과 비교될 수 없다. 훨씬 작고, 고도로 기교를 부려 치장한 도시 친척을 마주한 시골 사촌 같아 보인다. 그러나 브뤼셀은 살짝 낡은 듯한 매력을 풍긴다. 이반은 파리의 도로보다 덜 붐비면서 가지치기가 잘된 가로수들이 늘어선 도로를 따라가는 것이 즐거웠다.

불운하게도 오스탕드가를 찾기까지 한 시간 가까이 헤맸다. 오스탕드가는 어느 동네의 한적한 골목이었는데, 그곳 상점들에는 이국에서 온 물건들만 전시되어 있었다. 기도 양탄자, 주전자, 뷔르누*, 히잡, 부르카, 묵주, 쿠란과 형형색색의 밀짚 수세미. 갑자기 유럽은 사라지고 먼 곳의 문화들이 그 자리를 채우고 있었다. 행인들도 이국 사람들이었다. 마그레브, 터키, 인도, 파키스탄.

지르파나는 코가 휘어진 거인이었다. 그의 사촌과는 달리 아주 상냥하고 유쾌했다. 그는 오래전부터 알아온 사이처럼 이반을 끌어안았다.

"오는 길은 괜찮았어?" 그가 물었다. "길에 경찰은 많지 않고? 지난 테러 이후로 사방에 깔렸는데."

---

* 후드가 달린 망토형 외투로, 알제리를 비롯한 북아프리카에서 즐겨 입는다.

이반이 경찰은 한 명도 못 봤다고 대답하자 그는 놀랐다. 지르파나는 꽤 멋진 아파트를 소유하고 있었는데, 고상한 취향의 가구로 채워지고 무하마드 알리의 사진이 잔뜩 붙어 있는 방으로 이반을 안내했다.

"알리가 죽던 날 난 아이처럼 울었어. 그는 내 영웅이야." 그가 이반에게 설명했다. "알리가 이슬람으로 개종해서만은 아니야. 그가 자기 몸을 사원으로 만들었기 때문이지. 우리는 그를 본받아야 해, 각자 자기 몸을 가장 아름다운 작품으로 만들어야 해. 마침 스포츠센터에 갈 건데. 같이 갈래?"

이반은 운동에 필요한 건 아무것도 갖고 있지 않다고 대답했다. 수영복조차 없었다.

"그런 거야 뭐." 지르파나는 자기 방으로 가서 줄무늬 반바지 하나를 가지고 돌아왔다.

두 남자는 계단을 내려갔다. 어둠이 깔려 있었고, 공기는 선선해지고 있었다. 행인들이 점점 늘어나 도로를 채웠다. 상점 진열창들에 하나둘 불이 들어왔고, 그 범세계적인 분위기를 풍기는 동네에서 마음 놓이는 친밀감이 뿜어져 나왔다. 어디선가 음악이 들려왔다. 지르파나와 이반은 에키녹스 센터로 향했다. 여행의 피로도 잊은 채 이반은 거의 두 시간 동안 자전거 페달을 밟고, 뛰고, 역기를 들어올리고, 스트레칭을 했다. 지치도록 몸을 쓰고 나니 이상하게도 기분이 유쾌했다. 도단에서 친구들을 부추겨 바다로 나가던 시절의 어린아이로 되돌아간 듯했다. 녹초가 되어 물 밖으로 나오면 그는 누이의 품에 폭 안기곤 했다.

지르파나는 탁월한 요리사였다. 저녁식사로 해산물 파이와 살구 파이를 내놓았다. 이반이 요리들이 맛있다고 칭찬하자 그가 슬픈 듯이 말했다.

"네가 지난달에 여기 와서 밥을 먹었더라면 내 아내 아말이 그 칭찬을 들었을 텐데. 아내는 요정의 솜씨를 가졌거든."

이반은 지르파나가 아내에 관해 얘기하고 싶어한다고 느꼈다.

"어디 계신데요?" 그가 물었다.

"날 떠났어." 침울한 목소리로 지르파나가 설명했다. "지난번 공항 테러 때 무기를 제공한 사람이 나라는 걸 알고는 단 일 초도 망설이지 않고 떠났어. 게다가 우리 아이 조란을 데리고 가버렸지. 그후로 난 혼자가 되었어."

"떠나요?" 이반이 외쳤다. "그럼 아내분은 진짜 무슬림이 아니었나보죠?"

"너보다 더 신실한 무슬림이야." 지르파나가 열을 내며 통명하게 응수했다. "장인은 라호르에서 아주 유명한 이맘이었어. 아내가 열네 살 때 아버지가 첫 메카 순례에 데려갔지. 아내는 쿠란을 암송하곤 했어. 하지만 우리가 쿠란의 메시지를 전혀 이해하지 못했다고 말하곤 했지. 우리가 잘못된 방법으로 세상을 바꾸려 한다고. 신의 말씀을 이해하지 못했다고 말이야. 신은 서로를 죽이라고 한 게 아니라 서로를 사랑하라고 했다고."

그건 바로 이반이 품고 있던 의문들이었다! 이런 사념들과 얼마나 흡사했던가!

어쩌면 아말의 말이 옳았을까? 그럴지도 몰랐다.

지르파나가 일어나서 침실 쪽으로 가더니 사진첩을 품에 안고 돌아왔다. 볼이 통통한 아기, 두 발로 단단히 버티고 선 꼬마, 조란, 온통 조란 사진이었다. 두말할 것 없이 예쁜 아이였다.

"넌 아직 아버지가 아니구나!" 지르파나가 말했다. "자식을, 아들을 갖는 게 어떤 건지 넌 아직 몰라. 세상의 형태를 바꾸고 싶게 만드는 게 바로 아이야. 필요하다면 칼라시니코프 자동소총을 써서라도 말이지. 아이가 피부색 때문에, 혹은 그만큼 하찮은 다른 이유 때문에 교실에서 맨 뒷자리로 내쫓기는 일이 없도록. 반 친구들에게 놀림감이 되지도 않고, 왕따가 되지도 않도록. 그 아이의 미래에 실업자가 아닌 더없이 멋진 인생이 펼쳐지도록 말이야. 조란이 태어나기 전만 해도 나는 아무짝에도 쓸모없는 놈이었어. 그애가 나를 지금의 모습으로 바꿔놓았어. 전사로, 신의 병사로."

이반은 지르파나가 어떤 일을 겪었을지 완벽하게 이해했지만 아무 대답도 하지 않았다. 꼭 다른 사람에게서 자기 얘기를 듣는 것만 같았다. 그도 선생들로부터 무시당한 적이 있었다. 그도 반 친구들의 놀림감이었다. 그도 스무 살에 실업자였다.

이틀 뒤 그는 프랑스로 돌아왔다. 돌아올 때도 갈 때처럼 길에서 경찰관과 한 번도 마주치지 않았다. 그는 압델 아지즈에게 첼로 셋, 알토 바이올린 셋, 그리고 헤아릴 수 없이 많은 기타를 배달했다. 악기 케이스들은 이중 바닥으로 제작되었고, 무기로 채워져 있었다.

"이걸로 우리는 저들에게 멋진 '작은 밤의 세레나데'*를 연주해줄 수 있을 거야." 압델 아지즈가 비웃음을 섞어 말했다.

물론 이반은 모차르트에 대한 암시를 알아차리지 못했다. 하지만 상대방이 아주 세련된 농담을 하려 한다는 건 제대로 알아차렸다.

여러분이 무슨 생각을 할지 안다. 이번에도 여러분은 이바나의 이야기가 충분하지 않다고 책망할 것이다. 이반의 마음 상태는 세세하게 말해주면서 이바나의 이야기는 없다고. 미안하게 생각한다! 이제 그 잘못을 바로잡으려 한다.

이바나는 최근 몇 달 동안 엄청나게 달라졌다. 잘 웃는 포동포

---

* 모차르트의 〈아이네 클라이네 나흐트무지크〉를 말함.

동한 소녀에서 빼어난 미모의 숙녀로 변했다. 깊은 우수가 배어나는 눈빛은 보는 이의 심장을 직격했다. 그건 이바나가 마음이 찢기는 고통을 받았기 때문이다. 그녀는 경주의 끝이 치명적이라는 걸 알면서 울퉁불퉁한 길을 따라 맹렬한 속도로 달리는 자동차 운전자 같은 심정이었다. 그녀도 이반처럼 두 사람 사이의 감정이 자연스럽지 않다는 걸 모르지 않았다. 하지만 그 감정을 제어하기 위해 언제나 자신이 할 수 있는 모든 걸 해왔다. 이제는 더이상 견디기 힘들어 비상수단까지 동원했다. 그렇다. 그녀는 아리엘 제니를 사랑하지 않았다. 게다가 그를 어떻게 알게 되었던가? 더없이 진부한 방식을 통해서였다. 그는 그녀가 수업을 듣는 경찰학교의 교관이었다. 이스라엘에서 오래 산 그는 대테러전 전문가였다. 텔아비브는 안전한 도시가 되지는 못해도 적어도 예전처럼 세상의 모든 위험이 혼재한 곳은 아니었다. 그곳의 버스들도 옛날처럼 죽음의 함정이 아니었다.

그녀는 아리엘의 하얀 몸이 거슬렸다. 그의 몸을 보면 시몬이 좋아하던 싸구려 블랑망제*가 떠올랐다. 가랑이 사이가 늘 팽팽한 이반의 모습에 익숙해져 있던 그녀는 불거지지 않은 경찰 제복 속에 납작하게 숨어 있는 그의 성기를 짐작했다. 그런데도 그

---

* 우유와 녹말가루로 만드는 하얀 푸딩의 일종.

녀는 그와 결혼해서 클라마르에 있는 소박한 그의 아파트에서 함께 살고, 그의 아이를 낳기로 결심한 것이다.

유난히 절망에 사로잡혔던 어느 날, 그녀는 그와 키스를 해버렸다. 그의 입술은 밋밋하고 아무 매력도 없었지만 그녀는 결혼에 동의했다. 약혼식 날짜까지 정했다. 그날은 친구들을 초대하고, 그가 그녀의 손가락에 청금석 반지를 끼워줄 예정이었다. 그의 어머니가 끼던 반지라고 그는 자랑했다.

이 계획을 이반에게 어떻게 털어놓을까? 그는 어떻게 반응할까? 이바나는 난감해서 모나에게 조언을 구하기로 결심했다. 위고와 모나는 늘 이반을 아무짝에도 쓸모없다고, 심지어 말종이라고 판단하고 그에게 별로 관심을 기울이지 않았지만, 이바나는 아끼고 좋아했다. 그들이 운이 없어 갖지 못한 딸처럼 여겼다. 이바나의 온화하고 무척 싹싹한 면을 좋아했다.

어느 저녁, 단둘이 있게 되었을 때 이바나가 모나에게 물었다.

"이반과 제가 서로에 대해 표현하는 감정에 대해 하실 말 없었어요?"

모나는 재스민차가 담긴 잔을 내려놓으며 고개를 저었다.

"너희는 쌍둥이잖아. 다시 말해 한 사람이 둘로 갈라져 서로 다른 몸으로 나뉜 거지. 너희를 다른 모든 사람처럼, 보통 사람들처럼 판단해서는 안 돼. 아니, 너희 태도에서 충격받은 건 전혀 없었어."

"내가 아리엘과 약혼했다는 걸 이반에게 어떻게 말하면 좋을까요?" 이바나가 말을 이었다. "이반이 어떻게 생각할까요? 엄청난 충격을 받진 않을까요?"

모나는 생각할 시간을 벌기 위해 차를 한 모금 마시더니 이윽고 천천히 말했다.

"그 사실을 알면 이반은 분명 좋아하지 않을 거야. 하지만 빨리 사실을 말해줘야 해. 미룰수록 말하기 더 힘들어질 거야."

그러나 다음날도 그다음날도 다시 이틀 뒤에도 이바나는 이반에게 약혼 계획을 밝힐 용기가 나지 않았다. 그녀는 자책했다. 바람이 불면서 추워지기 시작한 거리를 걸어서 아침에 경찰서로 갈 때마다 자신을 질책했다. 저녁에 앙드레 말로 주택단지로 돌아올 때도 자책했다. 이 때문에 초췌해지고 불안해진 그녀의 모습이 더욱 매혹적으로 보여 아리엘 제니는 그녀에게서 눈을 떼지 못했다.

그러는 동안 모나는 이바나에게 매일 물어보며 채근했다.

"이반에게 말했어?"

이바나는 고개를 저었다.

"아뇨, 아직요. 요새 이반의 얼굴이 어떤지 아시잖아요."

이반은 실행 날짜가 임박해지는 테러 생각에 몰두해 있었다.

압델 아지즈는 모든 지시를 내렸다. 그러나 명확히 해야 할 몇 가지가 남아 있었다. 아침 일찍 움직일까 아니면 밤까지 기다릴까? 계획은 이랬다. 공범 세 명의 도움을 받아 이반은 경찰 양로원에 침입해야 한다. 네 사람은 최대한 많은 희생자를 내고, 서둘러 샤스루로바가로 가서 주차해둔 차를 타고 벨기에로 달아나야 한다. 벨기에에 가면 이번에는 지르파나의 집이 아니라 몰렌벡이라는 작은 도시에 사는 카림의 집으로 피신해야 한다. 이반은 이 모든 계획이 두려웠다. 그는 이 계획에 열렬히 동조하지 않았다. 전혀. 온갖 퇴행성 질병에 걸려 몇몇은 누워 지내기까지 하는 늙은 경찰관들을 살해하고 싶은 마음은 조금도 없었다. 그런 행동이 어떻게 세상을 바꾸겠는가?

경찰서는 똑같은 건물 두 채로 이루어졌는데, 인도와 나란한 통로가 두 건물을 잇고 있었다. 한쪽 건물에는 무슨 주택부 정무차관의 낯선 이름이 붙은 르네 콜르레 양로원이 있고, 다른 쪽에는 앙드레 지드의 소설을 기려 '라포르트 에트루아트'* 라고 이름 붙인 교육센터가 있었다. 이반은 왜 차라리 경찰 실습생들로 가득한 두번째 건물을 공격하지 않을까 생각했다. 그래, 실습생들은 무장하지 않았겠지만, 그들 주변의 경찰들은 무장하고 있어

---

* 프랑스어로 '좁은 문'이라는 뜻.

자기방어를 아주 잘할 테지.

이런 망설임의 시간은 한 주 가까이, 테러 전날 저녁까지 이어졌다. 그러다 자정을 얼마 앞둔 시각에 이반은 세찬 발길질로 누이의 방문을 날려버렸다. 그는 제정신이 아니었는데, 술을 입에 대지 않던 그가 꼭 술을 마신 것처럼 보였다. 그는 비오듯 땀을 흘렸다. 그가 새빨개진 눈을 부릅뜨며 말했다.

"무슨 소리야?" 이반이 외쳤다. "너, 그 비겁한 놈의 애인이야?"

이바나는 어린 시절 말다툼을 할 때 수백 번도 더 그랬듯이 그의 입에 가만히 손을 갖다댔다.

"잠깐, 어떻게 된 일인지 내가 설명할게."

그는 그녀의 말을 듣지 않고 무릎으로 밀쳐 침대 위에 쓰러뜨렸고, 매혹적인 그녀에게 달려들어 옷을 잡아 뜯고 발가벗겼다. 동시에 자신도 옷을 벗었다. 파란색 캘빈클라인 팬티까지 거칠게 벗어던졌다. 그리고 이바나의 목과 가슴을 만졌고, 이바나는 울먹이기 시작했다.

"날 가져, 가지라고, 그게 네가 원하는 거라면!"

그는 거칠게 응수했다.

"오래전에 그랬어야 했는데."

그러나 그는 무섭도록 발기한 채 그녀의 몸속으로 들어가려던

316

순간 다시 몸을 일으켜 용서를 구하는 표정으로 그녀를 바라보더니 방 밖으로 달려나갔다.

이바나는 힘겹게 일어나 침대 가장자리에 앉았다. 그리고 도움이라도 청하듯 중얼거렸다.

"돌아와, 돌아와!"

그녀의 눈에서 눈물이 펑펑 쏟아져 얼굴 위에 반짝이는 고랑을 그렸다. 그녀는 무엇 때문에 울었을까? 두 사람 모두 그토록 갈망했으나 도무지 실행할 수 없을 것 같은 그 관능적 행위 때문이었을까? 이바나는 밤새도록 울었다. 아침이 되자 침울하게 경찰관 제복으로 갈아입고서 여섯시 삼십분에 양로원에 도착했다. 매일 아침 그녀는 '라포르트 에트루아트' 건물에서 수업을 듣기 전에 그녀를 좋아하는 간호조무사들과 함께 한두 시간 일했다. 간호조무사들은 그녀에게 '작은 마더 테레사'라는 별명을 붙여주었다.

무엇이 여러분의 머릿속을 복잡하게 만들지 알고 있다. 아마 그렇게 무섭도록 발기했던 이반이 어떻게 되었는지 궁금할 것이다. 그러니 뒤로 돌아가보자. 옷을 대충 주워 입고 누이의 방을 뛰쳐나온 이반은 대포알처럼 빠르게 거실을 가로질러 층계참으로 나섰다. 그때 마침 영화를 보고 돌아온 이웃집 여자 스텔라 노말이 자기 집 문을 열고 있었다. 스텔라 노말은 기아나 출신으

로 법학 공부를 하러 파리에 왔다. 그러나 불행히도 법학이 적성
에 잘 맞지 않아 스물두 살에 실업자가 되었다. 이반과 그녀는
마르슬랭베르틀로중학교에서 일 년 넘게 나란히 교실을 청소하
고 운동장을 쓸며 서로 알고 지냈다. 한때 스텔라는 아주 잘생긴
흑인 이반에게 깊이 끌렸었는데, 그의 무관심에 체념하고 다른
곳을 바라볼 수밖에 없었다. 반쯤 옷을 벗은 채로 층계참에서 바
지 앞 단추를 잠그려고 애쓰는 그를 보고 그녀는 놀라서 외쳤다.

"무슨 일이야?"

이반은 그녀의 말이 들리지 않는 듯했고, 별안간 그녀를 아파
트 안쪽으로 이끌었다. 그는 아무 말 없이 그녀를 소파에 눕히고
는 난폭하게 그녀의 몸속으로 들어갔다. 매사에 이의를 제기하
는 사람들은 이걸 강간이라고 말할 것이다. 합의되지 않은 모든
성관계를 그렇게 부르니까. 우리는 그 점에 대해서는 왈가왈부
하지 않겠다. 강간이건 아니건 스텔라는 느닷없는 쾌락을 맛보
았다. 그런데 별안간 이반이 눈물을 쏟았다.

"무슨 일인데?" 스텔라가 다정하게 중얼거렸다. "아주 슬퍼
보여."

이반은 주먹 쥔 손으로 눈물을 닦고는 평생 처음으로 누구에
게도 해본 적 없는 고백을 시작했다.

"이바나한테 욕망을 느낀다고?" 그녀가 놀란 동시에 흥분해

318

서 외쳤다. "그게 가능해?"

그는 그녀의 말을 듣지 않고 계속 말을 이었다. 스텔라와 이반은 남은 밤을 서로 끌어안고, 자고, 꿈꾸고, 정사를 나누고, 내밀한 얘기를 하며 보냈다. 이반은 실컷 울었고, 스텔라는 그를 위로했다.

"그렇게 원하면서 왜 이바나가 말한 대로 그녀와 하지 않았어?"

"누이는 나의 태양이자 나의 영벌이었어." 이반이 울적하게 말을 이었다.

스텔라가 새벽 여섯시에 깨어났을 때 침대에는 그녀뿐이었다. 그녀는 기계적으로 옷을 입고 평소처럼 마르슬랭베르틀로중학교로 갔다.

이튿날 이반의 얼굴이 모든 일간지 일면에 '짐승' '살인자' '괴물' 같은 더없이 부정적인 말과 함께 실렸을 때, 스텔라는 전날 밤의 일이 꿈인 줄 알았다. 같은 사람이 맞나? 그녀에게 기댔던 상처 입은 허약한 존재, 어린아이처럼 그녀의 가슴을 움켜쥐던 그가 이렇게 회개할 줄 모르는 야만인이었단 말인가? 당황한 그녀는 빌레르프랑수아 시청의 심리상담 지원실로 갔다. 그녀를 맞이한 심리상담가는 경박해 보이는 예쁜 여자였다. 평소 생각하던 정신과의사의 모습과는 전혀 달랐다. 아무 말 없이 스텔라의 이야기를 듣던 상담가가 물었다.

"당신이 죽을 뻔했다는 걸 아시겠어요? 그자가 당신을 죽일 수도 있었어요."

"그가요?" 스텔라는 어깨를 으쓱하며 외쳤다. "파리 한 마리도 못 죽일 사람이에요."

"하지만 양로원에서 육십 명이나 죽였는데요." 의사가 응수했다.

천사인가 악마인가? 이반은 결정적으로 후자로 분류되었다.

빌레르프랑수아 테러는 세세하게 알려졌다. 지나치게 세세하게. 테러 소식은 전 세계 신문, 인도네시아나 터키의 엉터리 신문까지 포함해 전 세계 신문의 일면을 장식했다. 이 테러가 특히 극악무도해 보인 건 퇴직 공무원들, 사회를 지키는 데 일생을 바치고 이제는 무거운 세월의 희생자가 된 노인들을 표적으로 삼았기 때문이다. 그런데 오직 변호사 앙리 뒤비뇨만이 직감한 측면이 있다. 유명한 아일랜드 작가 오스카 와일드의 「레딩 감옥의 노래」를 읽지 않으면 누구도 이해하지 못할 것이다. 여기 그 시의 몇 행을 인용한다.

누구나 자신이 사랑하는 것을 죽이지
이 노래를 듣는 사람 모두가

어떤 이는 냉혹한 눈길로 죽이고

비겁한 자는 입맞춤으로

명예로운 자는 검으로 죽이지

우리가 재구성할 수 있었던 사실들을 최대한 여기 묘사한다. 이반과 세 공범이 샤스루로바가 길모퉁이에 자동차를 세우고 내렸을 때, 아직은 이른 시간이라 그 구역은 여전히 잠들어 있었고, 거의 황량했다. 주인 없는 개들만 떠돌며 쓰레기통을 뒤졌다. 이반과 살인 공범자들은 르네 콜르레 양로원에 일곱시 정각에 들이닥쳤다. 수면 시간 종료와 하루의 시작을 알리는 날카로운 종소리가 한 시간 전에 울렸고, 입소자들은 잠에서 깨어 있었다. 간호조무사들은 곧 계단을 올라 층마다 투입되어 몸을 가누지 못하는 노인들을 화장실로 데려갈 것이었다. 그리고 밤사이 공포에 떤 노인들을 다독일 것이었다. 나이가 들면 다시 어린아이가 되어 어둠을 무서워하니까. 노인들은 상상에서 탄생한 위협적이거나 무시무시한 피조물들로 어둠을 채운다. 3층 공동침실에서는 언제나 시상에 잠겨 있는 옛 중사 피프뤼가 매일 아침 습관대로 스프링 노트에 열정적으로 지난밤의 꿈 내용을 적고 있었다. 몇 분 뒤면 총알 하나가 그의 가슴을 관통하고, 피 묻은 노트를 손에서 놓쳐 미완성의 글이 되리라는 걸 그는 알지 못했다. 지하에서는 주방 담당자들이 각 방으로 올려 보낼 아침식사를 분주히 준비하고 있었다.

이반과 동료들의 임무는 아주 단순했다. 방마다 들어가 움직이는 모든 것에 총을 쏘는 것. 이반은 침착하고 단호했다. 괜한 가책을 키우며, 이것이 세상을 바꿀 방식인지 자문할 때가 아니었기 때문이다. 맡은 임무를 완수해야만 했다.

하지만 언제나 모래 한 알이 기름칠 잘된 기계를 고장나게 하는 법이다. 이번에 그 모래알은 엘로디 부셰라는 존재였다. 그녀는 가장 최근에 채용된 간호조무사였다. 예전에 엘로디 부셰는 간호사가 되기를 꿈꿨다. 하지만 간호사가 되기 위해 통과해야 할 시험에 합격하지 못했다. 그래서 간호조무사가 되기로 방향을 틀었다. 처음에는 약간 그 일을 경멸했지만 차츰 좋아하게 되었고, 그녀는 더없이 열심히 일했다. 그날 그녀는 RER가 늦는 바람에 일터에 늦게 도착했다. 길에서 그녀는 칼라시니코프 자동소총의 폭발음과 부상자들이 울부짖는 소리를 듣고서 무슨 일이 일어났을까 생각했다. 테러? 요즘 세태를 보면 불가능한 일이 아니었다. 따라서 그녀는 위험을 알리려고 가까운 바 '아 베르스 투주르'로 달려갔다. 바는 아직 문을 열기 전이었고, 종업원인 곱슬머리 아랍 청년이 무기력하게 대걸레로 바닥을 훔치고 있었다. 두 사람은 전화기로 달려가서 시청에 도움을 청했다.

그러는 동안 이반과 살인 공범들은 양로원 4층에 도착했다. 거기서 이바나는 오늘도 또 옷에다 실수를 하고 수치스러워하는 전직 헌병대 루슬레 씨 쪽으로 몸을 숙이고 있었다. 이바나와 루슬레는 아주 잘 통했다. 루슬레는 몇 년 동안 코트수르방 데셰에 배속된 적이 있어 과들루프에 대해 모르는 게 없었다. 둘은 해변의 황금빛 모래밭을, 호화로운 바다를, 어느 지점에서 보면 앙티구아섬까지 펼쳐지는 전망을, 때로는 초록빛이고 때로는 붉은색 유약을 바른 듯한 편도나무 잎사귀들을 묘사했다. 그리고 아무리 빈곤해도 햇살 아래 웃고 있는 듯한 나무 오두막들과 그 주변에서 노는 다양한 피부색의 아이들도 빠뜨리지 않고 묘사했다.

공동침실로 들어서는 살인자들의 소리에 이바나는 눈을 들었고, 전직 헌병대 루슬레의 침대 위로 몸을 던져 노인의 앙상한 어깨를 팔로 감쌌다. 그녀는 이반의 눈을 바라보았다. 두 사람이 서로에게 느꼈던 모든 사랑과 욕망이 그 눈빛 교환 속에 지나갔다. 죽음에 임박한 사람들이 흔히 그러듯 지나온 삶 전체가 그들의 눈앞에 펼쳐졌다. 9월의 어느 포근하고 향긋한 밤 시몬의 배에서 나오던 순간부터 짙은 안개가 가득한 그 흐린 가을 아침까지 이반과 이바나는 지나온 삶을 되돌아보았다. 그들이 두 발로 일어서기 시작했을 때 시몬은 오두막 벽에 대고 키를 쟀다. 오랫동안 둘은 키가 같았다. 어느 해 갑자기 이반이 크기 시작하더니 몇 달 만에 누이보다 머리 하나만큼 더 커졌다. 이바나는 자기 옆에서 길게 자라나는 그 몸을 보고 놀라며 감탄했다. 그 근육을 담기에 얼마나 아름다운 골격인지. 오랫동안 둘은 어머니를 따라 합창단에 다녔고, 누구도 구분하지 못하는 똑같은 목소리로 노래를 불렀다. 어느 화창한 날, 기적이 일어났다. 모든 기적처럼 예고 없이.

도단의 성당에서는, 과들루프 전역에서 그러듯이, 8월 15일마다 성모승천 대축일 미사를 거행한다. 그날 사제들은 그중 피부색이 가장 밝고 가장 예쁜 혼혈아들을 찾아 천사 날개를 달고, 하늘거리는 하늘색 원피스를 입혀 제단에 올라 성모마리아상의 머리에 왕관을 씌우게 한다.

그동안 성당 한쪽에서는 어린이 성가대가 서서 성가를 부른다. 이반과 이바나도 성가대 활동을 해왔다. 어느 날 이바나의 목소리가 성당 가득 경건하게 울려퍼졌다. 이반은 그 목소리를 들으며 누이의 몸이 얼마나 경이로움을 품고 있는지 생각했다. 이 순간부터 이바나는 세이렌이나 꾀꼬리 같은 다양한 별명으로 불렸다. 그리고 과들루프의 성당 모든 곳에서 초대받아 솔로로 노래했다. 푸앵트아피트르대성당에서 콘서트를 끝냈을 때 얼마전 카르베문학상을 받은 어느 작가는 그녀에게 '마술피리'라는 별명을 붙였다. 이런 별명들은 이바나의 운명이 평범하지만은 않음을 입증했다.

테러가 있던 날 이반은 우물쭈물하지 않았다. 그는 망설이지 않고 이바나에게 총을 겨누고 쏘았다. 그것은 그가 해야 할 유일한 일, 완수해야 할 유일한 행위였다. 이바나는 이반을 오롯이 이해했다. 따라서 그녀는 총알을 감사히 받으려는 듯이 가슴을 활처럼 활짝 열었다. 치명적인 부상을 입고 그녀는 침대 발치에 쓰러졌다. 이 행위 이후에 이반은 총구를 자기 쪽으로 돌려 자살하려고 했다. 그런데 일이 전혀 다르게 흘러갔다.

신고를 받은 시청은 헌병특공대에 알렸고, 중사 레몽 루지아니가 통솔하는 저격병 2개 분대가 파견되었다. 중사는 특공대에게 지하디스트들을 어떻게서든 생포하라고 지시를 내려두었다. 생포한 테러리스트들에게서 명령을 내린 자들에 관한 정보를 끌어낼 작정이었다. 이반이 스스로의 계획을 미처 실행할 겨를도 없이 레몽 루지아니가 그의 다리에 총을 쏘았다. 이반은 쓰러졌고, 쓰러지면서 공범들까지 넘어뜨렸다. 그들은 피범벅이 된 채 앰뷸런스에 태워졌고, 빌레르프랑수아병원으로 신속하게 이송되었다.

거기서 한참 멀리 떨어진 과들루프는 시차 때문에 아직 어둠에 잠겨 있었다. 티 사포티, 라 베트 아 만이베, 마살라 마칼루 같은 평범한 혼백들이 다녀간 밤. 일상적인 밤이었다. 하지만 언제나 아기처럼 잘 자던 시몬에게는 그렇지 못했다. 그녀는 말라리아, 뎅기열, 지카 같은, 모기가 왕처럼 설쳐대는 나라들에 흔한 질병 중 하나에 걸린 듯 불덩이처럼 온몸에 열이 나는 채로 잠자리에 들었다. 이빨이 떨리지 않게 하려고, 그 소리로 옆에 누운 미샬루 영감을 깨우지 않으려고 세 번이나 일어나서 물을 들이켰다. 그와 결혼한 뒤로 시몬은 행복했다. 마음에 들지 않는 점은 딱 하나였다. 그가 종종 장부에 부채 내역을 끄적이며 돈이 없다고 불평한다는 점이었다. 어쨌든 빌레프랑수아에서 크리스마스 휴가 계획을 세울 만큼은 돈이 충분하지 않다고 그는 단호하게 말하곤 했다. 그가 항상 똑같은 소리를 반복하는 데 지치기도 했고, 오랫동안 자식들을 보지 못한 터라 시몬은 미샬루 영감 몰래 이바나와 뜻을 맞췄다. 이바나는 다음 크리스마스 때 어머니와 새아버지를 데려오려고 직장에서 대출을 받아두었다.

열에 달뜬 채 잠든 시몬은 꿈속에서 울고 있는 어머니를 보았고, 어머니가 끔찍한 소식을 가져왔다는 걸 알았다. 무슨 소식일까? 숨이 답답해진 시몬은 동이 트기도 전에 잠에서 깼고, 정사를 나눈 후 혼곤히 잠든 미샬루 영감을 깨우지 않으려고 조심스레 침대에서 나왔다. 좁은 부엌에서 그녀는 무심코 라디오를 켰고, 첫 뉴스를 들었다. 또다시 본토에 테러가 발생했습니다. 이번에는 경찰 양로원입니다. 소식을 전하는 여자 아나운서의 목소리가 들려왔다. 보통 때 같으면 이런 뉴스에 어깨를 으쓱하고 말았을 것이다. 이 년도 채 안 되는 동안 벌써 세번째 테러라니. 그런데 느닷없는 통증이 가슴을 후벼팠다. 이번에는 뭔가 다르다는 느낌이 들었다. 그녀와 아주 밀접하게 관련된 일이리라.

그녀의 예감은 틀리지 않았다. 커피를 마시려던 찰나 정장 차림에 넥타이까지 맨 세 남자가 불쑥 찾아와 얼빠진 얼굴로 말을 더듬었다.

"시몬, 당신 딸이 테러 때 살해당했답니다."

"살해당하다니!" 바로 그 순간 미샬루 영감이 침실에서 나오며 외쳤다.

"얼른, 얼른 본토로 가야 해요." 시청에서 나온 세 남자가 외쳤다.

"그럴 돈을 어디서 구한단 말입니까?" 미샬루 영감이 말했다.

"그건 우리가 부담합니다." 세 남자가 대답했다.

그 순간 그들이 이바나에 대해서만 얘기한 건 놀랄 일이 아니다. 다른 테러리스트들과 마찬가지로 당시 이반의 신원은 아직 밝혀지지 않았고, 그후 며칠도 마찬가지였다. 반면에 이바나 네멜레가 누구인지는 쉽게 알 수 있었다. 과들루프 출신, 경찰관, 간호조무사팀 자원봉사자.

오후 두시가 되자 과들루프에 또 한 명의 희생자가 발생했다는 사실이 과들루프 전역에 알려졌다. 사실 아무도 놀라지 않았다. 물론 '성녀 베르나데트 수비루'를 비롯해 다른 '마더 테레사'들은 피부가 하얫겠으나, 이 섬에는 성인품에 오르지도 못하고, 남편도 없고, 돈도 없지만, 하느님과 교회의 계율을 따르며 아이들을 길러온 검은 피부의 여자들이 수없이 많았다. 텔레비전방송팀이 시몬의 인터뷰를 준비했다. 불행히도 시몬이 너무 우는 바람에 전혀 도움이 되지 못했다. 그녀는 연신 이 말만 반복했다.

"피티트 앙 무앵! 피티트 앙 무앵!"*

할 수 없이 카메라는 그새 가장 좋은 옷을 입고 멋을 부린 미샬루 영감을 찍었다. 앤디 워홀이 말한 바 있다. 누구나 십오분 동안은 세계적으로 유명해질 거라고. 그게 바로 미샬루 영감에게 일어난 일이다. 카메라 여러 대 앞에서 미샬루는 스스로 만족해하며 이바나가 생물학적인 딸은 아니지만, 분명 정신적으로는 자기 딸이라고 설명했다. 그는 이바나를 태어났을 때부터 봐왔고, 엄마 뱃속에서 나온 아이를 산파가 그의 손에 놓아주었다고 말했다. 자기 말을 뒷받침하려고 서랍장에서 시몬의 사진첩을 꺼내와 다양한 나이대의 이바나의 사진을 들이밀었다. 첫걸음마를 떼던 아기 때, 첫 앞니를 드러낸 꼬마, 처음으로 곱슬머리를

---

* 내 새끼! 내 새끼!

곱게 편 청소년 시절의 모습들.

온 나라에 테러 소식이 퍼지면서 사람들이 버스와 시외버스를 타고 폴카라이브공항으로 몰려들었다. 시몬이 거기서 오후 늦게 비행기를 탄다는 소식이 알려진 것이다. 할 수 있는 사람은 성당으로 가서 잠시 묵상했다. 카니발 분위기는 아니었다. 그 반대였다. 기뻐할 때가 아니었다. 엄청난 고통이 감돌았는데, 간혹 자부심도 섞여 있었다. 드디어 과들루프 여자가 신문 일면을 장식했기 때문이다. 에어마디니나 비행기 안에서는 잔뜩 흥분한 승무원들이 시몬에게 샴페인, 새우, 캐비어, 연어를 자꾸만 가져다주었고, 시몬은 아무것도 목구멍으로 넘길 수 없어 손도 대지 않은 채 미샬루 영감에게 건넸다. 여덟 시간의 비행이 몇 분처럼 빨리 흘러갔다.

오를리공항에 도착하자 열기가 갑자기 가라앉았다. 한쪽 구석에 두 남자가 어색한 표정으로 팻말을 흔들고 서 있었다.

"이바나 네멜레의 어머니십니까?" 두 남자 중 한 사람이 놀라울 정도로 차갑게 물었다.

그들은 빌레르프랑수아 시청에서 보낸 사람들이었다. 두 남자의 태도는 과들루프에 남겨두고 온 따뜻함과 사뭇 달라서 시몬은 심장이 얼어붙었다. 미샬루 영감이 함께 있어서 다행이었다. 그녀는 그에게 힘주어 기댔다.

시청에서 나온 남자들이 차를 갖고 오지 않아서 예약 택시를 타야 했다. 택시는 빌레르프랑수아로 향했다. 아침 아홉시가 채 되지 않았는데도 위압적인 멋진 건축물인 시청 주변에 군중이 밀집해 있었다. 호기심 많은 사람들, 신문과 텔레비전 기자들이 었다. 플래시가 번쩍번쩍 터졌다. 마르세유, 니스, 스트라스부르 처럼 먼 도시에서도 리포터들이 급파되었다. 침울한 분위기의 시청 2층 홀의 북새통은 이루 말로 표현하기가 어려웠다. 멋없이 키만 크고, 가로줄을 그어놓은 듯한 콧수염의 백인 시장이 조금 씩 소음을 잠재우며 연설을 시작했다.

"얼마 전 일어난 이 새로운 비극에, 다른 숱한 범죄에 더해진 이 극악무도한 범죄에 온 프랑스가 공포에 휩싸이고 상심했습니다. 프랑스는 눈물을 흘리고 슬퍼하지만 강합니다. 여러분께 분명히 말씀드리건대, 프랑스는 오늘날 우리를 해치려는 광신도들보다 언제나 더 강할 것입니다."

시몬과 미샬루 영감에게 관심을 기울이는 사람은 없었다. 같은 피부색을 가진 사람이 아무도 없어서 두 사람은 길을 잃고 고립된 느낌이었다. 이반은 어디에 있을까? 시몬은 열에 들뜬 채 오직 그 생각뿐이었다. 공항에 도착하면 아들을 볼 수 있으리라 기대했었다. 전화를 걸었지만 알아들을 수 없는 기계음만 들려왔다. 이런 비극이 가족에게 일어났는데 대체 아들은 어디에 있단 말인가? 누이에 대한 각별한 감정은 차치하더라도 이반은 언제나 정답고 자상한 아들이었다. 이런 고통의 순간에 어머니를 혼자 내버려둘 아들이 아니었다. 시간이 흐를수록 시몬의 마음속에서 불안은 커져갔고, 이반에 관한 어두운 예감이 점점 엄습했다. 위고와 모나는 아무 도움이 되지 못했다. 그들 역시 이반이 곁에 없다는 사실에 시몬만큼이나 놀랐다. 시몬의 불안 가득한 질문들에 대답해줄 사람이 아무도 없었다.

두 가지 충격적인 일이 극도로 혼란 상태에 빠진 그녀를 완전히 뒤흔들어놓았다. 첫번째는 도착하고 바로 다음날 공식적으로 딸의 시신을 확인하러 가야 하는 것이었다. 빌레르프랑수아병원에는 명성이 자자한 전문가팀이 있었는데, '죽음의 마무리 장인'이라고 불렀다. 시신 방부 처리를 가리키는 게 아니었다. 프랑스에서는 시신 방부 처리가 거의 행해지지 않으니까. 그들은 상처로 파인 살을 매끈하게 다듬고, 일그러진 입술 위에 미소를 다시 그리고, 한마디로 살아 있는 듯한 모습으로 재창조해내는 진짜 세공사들이었다. 시몬은 이 마무리 장인팀이 아직 제 일을 하지 못한 상황에서 딸을 마주하게 되었다. 흙빛 얼굴, 긴 붕대 아래 가려진 목, 흰 가운 속에 몸을 웅크린 채 이바나는 영안실 시신 보관 서랍 속에 누워 있었다.

두번째 충격적인 일은 그다음날 시몬이 생베르나르뒤테르트르대성당 시신 안치소에 마지막 인사를 하러 갔을 때 일어났다. 그녀는 수많은 관과 독한 향기를 뿜으며 서서히 시들어가는 꽃들 앞에서 기절할 뻔했다. 그리고 며칠 밤 며칠 낮을 기다리고 나서야 이반의 부재에 대한 설명을 들을 수 있었다.

어느 아침, 그녀가 위고와 모나의 초라한 아파트에서 슬프게 아침을 먹고 있는데 사적으로 애도를 표하려는 시장을 대동하고 변호사 앙리 뒤비뇨가 불쑥 나타났다. 앙리 뒤비뇨는 시몬의 차가운 손을 맞잡더니 말했다.

"용기를 가지세요, 네멜레 부인. 제가 앞으로 전해드릴 소식은 끔찍합니다."

그는 이반이 심각한 부상을 당해 빌레르프랑수아병원에 있으며, 지하디스트 특공대 일원이었다고 이야기했다.

"탄도 검사는 아직 안 됐어요." 그가 말을 이었다. "하지만 제가 추론한 바로는 그가 누이의 목숨을 끊은 가해 당사자이기도 하다고 말씀드릴 수 있겠습니다."

이렇게 우리는 원치 않아도 페이소스에 젖을 수밖에 없게 되었다. 그 말을 듣고 시몬은 쇼크 상태에 빠졌다. 가정상비약을 갖추고 있던 모나가 서둘러 욕실로 가서 약을 가져오지 않았더라면 어쩌면 시몬은 영영 정신을 잃었을지도 모른다. 모나는 이 가련한 여자의 앙다문 잇새로 멘톨액을 부었다. 그리고 호랑이 연고를 이마와 관자놀이에 바르고 문질렀다. 아로마오일 향도 들이마시게 했다. 격한 감정과 울음과 흐느낌이 한 시간째 이어진 뒤 시몬은 정신을 차렸고, 새빨개진 눈으로 앙리 뒤비뇨를 쳐다보며 다 죽어가는 목소리로 웅얼거렸다.

"당신 완전히 미쳤군요! 이반은 지하디스트들과 아무런 연관이 없었어요. 게다가 누이를 죽이다니 그애는 그러지 못해요. 누이를 얼마나 좋아했는데!"

"바로 그래서입니다." 앙리 뒤비뇨는 이렇게 응수하고 긴 설명을 시작했다. 설전에 이골이 난 변호사의 능수능란함을 발휘하며.

그가 말을 마치자 시몬은 불타는 눈길로 그를 노려보며 외쳤다.

"당신은 아무것도 이해하지 못했어요. 아무것도! 내 아이들은 변태들이 아니에요. 그리고 거듭 말하지만, 이반은 절대 이바나를 죽이지 못한다고요!"

이어지는 차가운 정적을 깨고 시장이 서둘러 말했다. 고인이 된 이바나, 시몬과 미샬루 영감, 그리고 아리엘 제니라는 이름의 공무원을 중심으로 꾸려진 시 대표단이 과들루프까지 가는 항공권 비용은 시에서 부담한다고. 또 지방분권이 되어 있긴 하지만 도단에서 있을 종교장 비용도 시에서 부담한다고 했다. 시몬은 아리엘 제니에 대해 알았을까? 그가 자기 딸의 약혼자였다는 사실을? 그는 오후에 그녀에게 와서 조의를 표할 것이다.

과들루프 사람이건 마르티니크 사람이건 앤틸리스제도 사람이라면 모두가 프란츠 파농이 그의 유명한 저서 『검은 피부, 하얀 가면』에서 고발한 미백 콤플렉스를 가졌을 거라고 생각한다면, 백인들의 사소한 찬사나 평가에도 기분좋아할 거라고 생각한다면 심각한 오류일 것이다. 오히려 반대의 일이 더 자주 일어난다. 아리엘 제니는 시몬과 그 주변 사람들에게 다가가 인사했을 때 바로 그걸 느꼈다. 그가 집안에 들어서자마자 엄청난 증오가 그의 얼굴을 후려쳤다. 그는 신분이 달라진 느낌이었다. 갑자기 자신이 모잠비크 해안에서 노예무역을 하고, 코트디부아르에서 강제노역을 시키고, 앤틸리스제도 어느 섬에 사탕수수 농장을 소유한 식민지 개척자 지주가 된 것만 같았다. 조부모가 폴란드에서 유대인 박해의 희생자였고, 부모는 아우슈비츠 강제수용소에서 겨우 살아나왔으며, 스스로 서구의 가장 큰 희생자라고 생각해온 그였는데. 나치가 주장한 유대인 말살계획에 대해서는 굳이 환기할 필요도 없다. 모두가 알고 있으니.

그러나 아리엘과 시몬은 금세 뜻이 맞았다. 두 사람 모두 고인이 된 이바나에 대해 엄청난 사랑을 품고 있었기 때문이다. 특히 그들은 맹목적인 완고함을 보이며 나날이 피할 수 없는 진실이 되어가는 사실을 인정하지 않으려 했다. 그들에게 이반은 테러리스트가 아니었다. 그날 아침 이반이 빌레르프랑수아의 양로원에서 테러리스트들과 함께 뭘 하고 있었는지는 설명할 수 없었다. 하지만 그들은 그가 누이를 죽였을 리 없다고 생각했다. 그건 있을 수 없는 일이었다.

"저는 이반을 많이 알지는 못해요." 아리엘이 거듭 말했다. "하지만 유쾌하고, 솔직하고, 정서적으로 안정된 청년이었어요."

"입이 좀 험하긴 했지." 시몬이 거들었다. "하지만 심성은 정말 착했어. 어렸을 때 그애는 마당에서 기르던 닭이나 토끼는 안 먹었어. 이렇게 말하면서. '내 형제예요. 우린 똑같아요.'"

아리엘과 시몬은 엄청난 오해가 발생했지만 언젠가는 밝혀질 거라고 생각했다. 그들은 생사를 오간다는 이반을 보러 함께 빌레르프랑수아병원으로 가겠다고 청했다. 아리엘은 자신의 경찰 신분으로 모든 게 가능하리라 믿었었다. 딱하게도 그들은 거절당하고 말았다. 그사이 한 사람이 죽어 셋밖에 남지 않은 지하디스트들에게는 면회가 허락되지 않았다. 경찰관들이 일렬로 늘어서서 테러리스트들이 입원한 별관 입구를 철통같이 지켰다.

깊은 슬픔에 잠겨서도 시몬은 온전히 혼자 있지 못했다. 매일 앙리 뒤비뇨가 그녀를 보러 들렀는데, 결국 그들은 또다시 말다툼을 했고, 그녀는 그에게 다시는 오지 말라고 했다. 또한 율리시스도 그녀를 찾아왔다. 가련한 율리시스! 그는 수입 짭짤한 에스코트 일을 꽤 오래전에 그만두었다. 사실 그는 셀뤼타와 사랑에 빠져 있었다. 빈곤의 바람에 떠밀려 파리까지 와서 파출부 일을 하는 동향 출신 여자였는데, 그는 그녀와 초라한 다락방에서 꼭 붙어 지냈다. 그에게는 그저 하나의 직업이었을 뿐인 에스코트 일이 셀뤼타와 사랑에 빠진 후로 다르게 느껴졌고, 몸과 마음으로 범하는 배신 행위처럼 여겨졌다. 최악은 셀뤼타가 가계를 꾸리려고 그녀가 일하는 집의 부르주아 집주인들과 돈을 받고 성관계를 맺는다는 사실을 그가 모른다는 것이었다. 삶이란 놀랍지 않은가? 삶은 유머감각을 지녔으나 그 유머에 모두가 웃지는 못한다.

과들루프로 떠나기 위해 아리엘과 시몬은 팔짱을 끼고 꼭 붙어서 오를리공항으로 갔다. 미샬루 영감은 못마땅한 얼굴로 뒤에서 걸었다. 저 애송이가 그에게서 주인공 자리를 훔쳐간 것이다. 신문기자들은 아리엘에게 달려가서 마이크를 내밀었다. 허약해 보이는 편이었던 아리엘은 어깨를 펴고 가슴을 부풀렸고, 앳된 얼굴에 열띤 표정을 지었다.

"피부색이니 인종 같은 말은 몰아내야 합니다." 그가 열변을 토했다. "그런 말들은 인류에 너무도 큰 해악을 끼쳤습니다. 그런 말들 때문에 세상 여러 곳이 몽매주의와 종속 상태에 빠졌습니다. 그런 말들 때문에 사람들이 살해당했고, 또다른 사람들은 스스로를 발견자로, 승자로, 지배할 권리를 가진 사회에 가르침을 전하는 자로 명명하고 있습니다. 저는 단 한 번도 이바나와 저의 피부색이 다르다고 인식하지 않았습니다. 제게 중요한 건 그녀의 영혼이었습니다."

과들루프에서 일어난 일에 관해서는 길게 늘어놓지 않겠다. 그저 몇 가지 사실만 얘기하겠다. 폴카라이브공항에는 엄청난 인파가 몰려와 도착하는 사람들을 기다리고 있었다. 온갖 종류의 차량 행렬이 도단으로 향했다. 도단 사람들은 역사상 그렇게 많은 사람들이 모인 걸 본 적이 없었다. 이미 여러 번 얘기했듯이 도단은 볼품없는 곳이다. 자동차에 치여 길가에 던져진 두꺼비 꼴이었다. 그렇지만 이바나의 장례식 날에는 유례없이 아름다웠다. 수많은 낯선 이들이 손에 꽃을 들고서 그 인파를 모두 수용하기에는 턱없이 작은 성당에 찾아왔다. 아룸, 월하향, 칸나리스. 그리고 과들루프, 마르티니크, 기아나의 모든 마을에서 흰색 옷을 차려입고 삼색기를 흔드는 아이들을 대표단으로 보냈다. 종교단체들을 대표하는 이들도, 사제들도, 심지어 수녀원이 있는 마투바언덕에서 세속을 등진 수녀 사절단도 와 있었다. 시장은 연설에서 이날 해외 영토들이 얼마나 본토와 가까워졌는지 강조했다. 해외 영토들에서는 본토와 가족수당이나 실업수당만 공유하는 게 아니었다. 더없이 끔찍한 사건으로 인한 말로 다 할 수 없는 고통에 대해서도 공감했다. 시장 다음으로 아리엘 제니가 연단에 올랐고, 자작시 한 편을 암송해 모두를 울렸다.

"이바나는 우리에게 기쁨의 햇살이었고, 우리가 물을 주는 여린 장미였으며, 우리 목에 흐르는 땀을 식혀주는 향긋한 바람이었습니다."

이 시는 잘 알려진 아이티-캐나다 메무아르당크리에출판사가 출간한 『과들루프의 시선집』 301쪽에 실려 있다. 젊은 나이에 떠나간 이바나 네멜레를 기리는 이 종교장은 잊을 수 없는 사건이었다고 모두가 생각했다. 그 자리에 운좋게 참석한 사람들은 모두 달라졌다. 사적이고 이기적인 야심을 버렸다. 그런 비극을 지켜본 사람들은 저마다 자기 삶에 의미를 부여하고 공통의 운명을 개선하도록 자극받는다. 가장 빈곤한 사람들을 돕기 위해 경찰관이 되길 꿈꾸었던 이바나 네멜레는 모두가 닮아야 할 본보기가 되었다. 장례식이 끝나고 저마다 그날의 사건을 생각하며 침통한 마음으로 각자 집으로 돌아갔을 때, 저녁 뉴스에서 여자 아나운서 에스텔 마르탱이 딱딱한 표정으로 믿기 힘든 뉴스를 전했다. 이제 막 땅에 묻힌 의인 이바나의 쌍둥이 형제 이반 네멜레가 테러에 가담했으며, 빌레르프랑수아병원에서 사망했다는 소식이었다. 그 뉴스를 듣고 그랑드테르에서도 바스테르에서도 모두가 문 앞으로 나와 울기 시작했다. 세상에나! 과들루프는 얼마나 가련한 땅인가! 조금 전만 해도 고결한 희생자가 탄생한 땅으로 세상에 알려졌는데, 그 이미지는 추락하고 이제는 살인자가 탄생한 땅이 되고 말았다.

자정 직전 혜성 하나가 독특한 꼬리를 그리며 하늘을 가로지르자 모두가 이 밤이 예사롭지 않으리라는 걸 깨달았다. 이때부터 시몬 네멜레는 과들루프 자국의 이야기에서 특별한 자리를 차지했다. (그런데 자국 이야기라니? 그런 게 존재하나? 과들루프는 그저 프랑스의 해외 영토가 아닌가? 본토의 이야기 외에 따로 이야기라 할 게 없지 않은가.) 겉으로 보기에 별 볼 일 없는 시몬은 최고의 자식과 최악의 자식을 낳았다. 자기 뱃속에 천사와 악마를 동시에 품었다. 소책자들이 유통되었고, 시장에서 몇 상팀*에 팔리기 시작했다. 거기에 시몬의 삶이 자세히 쓰여 있었고, 표지에 도단성당에서 찍은 그녀의 사진이 실려 있었다. 가슴 앞에 두 손을 모으고 눈을 들어 하늘을 바라보는 모습이었다. 그 소책자들은 영문판을 번역해 출간한 『성공한 삶을 위한 열 가지 조언』 『꿈의 열쇠』로 이미 알려진 베니자트인쇄소에서 만든 것이었다.

슬픔은 일단 묻어두고 시몬은 기꺼이 운명에 뛰어들었다. 그

---

* 화폐 단위로, 1상팀은 1유로의 백분의 일이다.

녀는 기도 모임을 만들었고, 그 모임은 빠르게 커져서 '빛나는 오솔길'이라는 이름을 가진 종파의 중추가 되었다. 이때부터 그녀의 모습이 완전히 달라졌다. 신앙과 사랑으로 이루어진, 반쯤 초자연적인 존재 같은 모습으로 변했다. 더이상 빗지 않아 뒤엉킨 그녀의 머리카락은 서아프리카 몇몇 나라에서 볼 수 있는 어린아이 모양 마스코트의 머리카락을 닮아갔다. 그녀는 색깔들을 거부하며 이제는 흰색 옷밖에 입지 않았고, 재봉사 에스드라스 부인이 공짜로 만들어주는 헐렁한 긴 옷을 걸치고 허리를 끈으로 질끈 묶고 다녔다. 신발도 버리고 맨발로 다녔으며, 손톱도 자르지 않고 방치해 대합 껍데기처럼 회색에 날카로웠다.

매달 세번째 일요일이면 그녀는 신도들에 둘러싸여 성단에 올라갔다가 중앙홀로 돌아와 기도에 몰두했다. 그러는 동안 미샬루 영감은 불만이 쌓여갔다. 일평생 그는 과도한 신앙심을 경멸하지 않았는데 다 늙어서 그래야 할 판이었다. 종종 그는 자신만의 길을 갈까, 자신만의 평온을 되찾을까, 다시 말해 시몬을 떠날까 생각했다. 그렇지만 그는 그녀를 사랑했기에, 너무도 큰 고통을 받은 이 늙은 흑인 여자를 사랑했기에 선뜻 결심하지 못했다. 게다가 시몬은 잠자리 기술이 무척 훌륭했다. 그 무렵 시몬은 그의 심기를 거스르는 행동을 범했다. 어느 날 그녀가 자신의 신도 중 한 사람이 마련해준 집에 살겠다며 아무 예고 없이 그를 버리고 떠난 것이다. 그녀에게는 이제 남자가 필요 없었다. 신으로 족했다.

우리 이야기에서 여러 부분이 불확실성에 싸여 있다. 과들루프로 옮겨오지 않은 이반의 시신은 어떻게 되었나? 그의 시신은 다른 테러리스트들 시신과 함께 빌레르프랑수아묘지 공동 묘혈에 던져져 부랴부랴 매장된 것으로 보인다. 평소 돈독하게 지내던 이들이 관 뒤를 따라 걸어주었다. 위고, 모나, 변호사 앙리 뒤비뇨, 율리시스, 스텔라 노말. 모나는 울음을 참지 못하고 오열했고, 고개를 저으며 거듭 말했다.

"이런 죽음을 맞을 아이가 아니었는데! 이런 죽음을 맞을 아이가 아니었어요!"

스텔라 노말은 아무 말 없이 자신이 두 얼굴을 가진 야누스와 사랑을 나눈 걸까 생각했다. 경찰은 압델 아지즈를 체포했지만, 아무런 혐의점도 찾지 못했다. 그는 풀려나자마자 아내와 함께 고국으로 돌아갔다. 아마도 거기서 악행을 이어갈 생각일 것이다. 몇 주 만에 사태는 진정되었고, 일상은 언제나처럼 다시 제 흐름을 되찾았다.

그러다 12월에 과들루프에 큰 영향을 끼칠 사건이 벌어졌다. 그 영향은 이 작은 고장의 국경을 넘어 마르티니크로, 기아나로, 수리남으로, 심지어 트리니다드토바고 같은 영어권 섬들에까지 미쳤다. 대림절의 달인 12월은 카리브해 지역에서는 경건하고 평온한 달이다. 모든 일이 25일에 기념하는 기적을 중심으로 이루어진다. 어떤 성가들은 아주 잘 알려져 있다. 〈미쇼는 굴뚝에서 밤을 지새웠지〉 혹은 〈이웃님들, 지난밤 나를 깨운 시끄러운 소리는 어디서 온 걸까요?〉 같은 노래들이다. 태풍의 계절은 끝났다. 거센 바람들은 조용히 잠들어 있다. 바다는 다시 잔잔해져서 그림처럼 얌전하다. 낮에는 날치과 생선들이 수면 위로 뛰어오르며 바다를 은빛으로 장식한다. 12월 20일 밤, 이방인 무리가 도단의 브리스카유묘지 문 앞에서 이바나 네멜레의 무덤이 어디 있는지 물었다. 그들이 모르는 걸 용서해야 한다. 그들은 프티고아브 마을의 오두막 위에서 유난히 빛나기 시작하던 신비스러운 별을 따라온 아이티 사람들이었기 때문이다. 그 별은 그들 곁에서 떨어지지 않았다. 횡단하는 그들을 지켜주었다. 어떤 열성적인 해안경비대도 금지된 땅으로 몰래 침투하려는 밀입국자들과 그들을 혼동하지 않았다. 그들은 이바나의 무덤을 빙 둘러싼채 초와 꽃으로 무덤을 뒤덮고 기도하며 밤을 지새울 생각이었다. 소문을 듣고 찾아온 텔레비전방송팀이 그들을 촬영했다. 그 후로 매년 그 숙명적인 날짜 12월 20일이면 사람들은 '상처 입은 어린 자매' 순례에 몰려든다. 상처 입은 어린 자매, 사람들은 이바나를 그렇게 칭했다. 이 이름이 열성적으로 표현하는 바를 온

전히 이해하려면 'blesse'가 대략 '상처'를 의미하는 크레올어라
는 걸 알아야 한다. 물론 삶이 가한 상처들이다. 절대 지워지지
않고 영원히 고통으로 남는 상처들.

자궁의 일: 우리는 자궁을 벗어나지 못한다

　여러분이 궁금해할 한 가지 수수께끼가 남았다는 걸 알고 있다. 여러분에게는 앙리 뒤비뇨가 시몬 앞에서 한 말을 밝히는 것이 꽤 중요해 보일 것이다. 그날 그는 이반이 범한 범죄에 대해 엄숙하게 말했다. 그의 말로는 이반이 누이를 죽인 살인범이었다. 하지만 우리가 알기로 그는 이반을 직접 보지 못했다. 변호사 자격으로 시청에 여러 차례 그의 병실 면회 허가를 요청했으나, 매번 시에서는 이반이 너무 쇠약한 상태이고, 출혈이 많았던 터라 허가할 수 없다고 대답했다. 그렇다면 뒤비뇨는 무엇에 근거해서 그런 말을 했을까? 여러분이 제기할 주된 의문은 아마 이것이리라. 앙리 뒤비뇨의 말을 왜 그렇게 중요하게 여기는가? 그건 그가 높은 지적 능력을 갖추었기 때문이다. 우수한 법학 공부

외에도 그는 파리의 명망 높은 정치대학 시험을 통과했고, 미국의 최고 명문대 하버드에서 삼 년을 공부해 프랑스어만큼이나 영어도 유창했다. 파리에 돌아온 그는 앙드레 글뤼크스만*의 저서 『요리사와 식인종』의 여러 쪽을 통째로 인용하면서 그의 애제자가 되었다.

앙리 뒤비뇨는 이반과 이바나에 대해 확고한 생각을 품고 있었다. 몇몇 주장에 대해서 그는 어깨를 으쓱했다. 그에게 이바나의 슬픈 운명은 우리 모두에게 부는 나쁜 바람과도 같은 세계화의 놀라운 예시였다. 이 시대에는, 잘 알려진 바대로, 우리가 죽는 순간까지 평생 살아갈 고국이라는 개념이 더는 존재하지 않는다. 우리를 영원히 가둬놓는 국경도 더는 존재하지 않고, 한마디로 미리 그려진 삶의 도식은 더이상 존재하지 않는다. 이바나 네멜레는 과들루프의 도단에서 태어나, 고향에서 아주 멀리 떨어진 빌레르프랑수아라는 파리 외곽으로 이동했고, 그곳에서 그녀를 압도하고 그녀의 가엾은 현실을 파괴하는 비극에 휘말렸다. 물론, 이바나와 이반의 이야기는 '네그리튀드'라는 신화에 다시 한번 마침표를 찍었다. 인종이라는 개념은 더는 아무런 연대도 끌어들이지 못한다. 아니, 이미 오래전부터 이 말은 아무

---

*프랑스 철학자.

의미를 갖지 못하고 있다. 앙리 뒤비뇨를 열광시킨 건 다른 데 있었다. 이 비범한 운명들에 대해 개인적 해석을 하는 일이었다.

뒷받침을 마련하기 위해 그는 태아 의학 분야에서 세계적으로 알려진 전문가이자 그의 친구이기도 한 아이젠펠트 박사의 말을 인용했다. 그가 아이젠펠트 박사와 잘 알고 지내는 건 마약 유통 책이었던 박사의 아들이 받을 뻔한 무거운 징역형을 모면하게 해주었기 때문이다. 어머니 뱃속에서 처음에 이반과 이바나는 하나의 수정란이었다. 그후 변이가 일어났다. 아이젠펠트 교수는 그런 현상이 드물지 않다고 확인해주었다. 원인을 정확히 알 순 없어도 오히려 흔한 일이라는 것이다. 신진대사의 변화 아니면 호르몬의 변화가 원인일까? 대개 그런 현상이 일어날 때 임신부에게는 증상이 나타난다. 열이 나고 출혈이 생긴다. 아마도 이런 변이는 출산을 조금 앞둔 시점에 일어났을 것이다. 따라서 시몬 네멜레는 이미 다른 요인들 때문에 정신이 없어 아무것도 인지하지 못했을 테고, 수정란이 둘로 분화되어 세상에 나오게 된 것이다. 이것이 이반과 이바나가 서로 밀접한 관계였던 사실을 설명해주었다. 둘로 분리된 각각의 삶에 적응할 시간은 너무 짧았다. 또다시 사태를 복잡하게 만든 건 태아가 같은 성이 아니었다는 사실이다. 하나는 남성이었고, 다른 하나는 여성이었다. 따라서 그들은 매우 내밀한 삶의 방식을 고안해냈다. 꼭 끌어안고,

입을 맞췄고, 마음이 동하면 서로 내밀히 파고들었다.

아이젠펠트 교수는 앙리 뒤비뇨에게 두 사람의 이 남다른 표현은 순전히 기계적인 것이었다고 설명했다. 그런 표현에 쾌락에 대한 어떠한 탐구도, 성적 쾌감도 담기지 않았다는 것이다. 그것은 어쩌면 그저 활력의 흐름을 공유하는 방식일 뿐이었다. 그들이 세상에 나오고도 나아진 건 아무것도 없었다. 그들이 탄생한 순간 이반과 이바나의 분리된 삶이 강화되며 깊은 트라우마를 낳았으니 말이다. 그들은 긴밀하게 일체가 되어 살던 시절에 대한 습관과 향수를 간직하고 있었다. 사실 그들은 그 축복받은 시절로 돌아갈 꿈만 꾸었다.

이제 이 얘기가 여러분에게 어느 정도 설득력이 생겼는가? 그러나 여러분은 아마 이의를 제기할 것이다. 그게 사실이라면 왜 이반은 이바나를 죽였는가? 이 점에 대해 앙리 뒤비뇨는 전보다 덜 단호했고, 한결 머뭇거렸다. 그의 말은 점점 뿌연 안개 같았다. 그는 온통 가정들로 짜인 생소한 이야기만 이어나갔다. 시대와 국적을 막론하고 시인과 철학자는 언제나 앞다투어 우리에게 사랑과 죽음은 같은 것이라고, 절대라는 개념을 희구하는 동일한 것이라고 거듭 말해왔다. 두 개념은 시간과 여론의 변덕에도, 일상의 우여곡절들에도 변함이 없다. 과들루프 사람들은 명민하게도 그 사실을 잘 이해했다. 크레올어 lanmou(사랑)와 lanmo(죽

348

음)는 고작 모음 하나가 탈락하며 뜻이 달라지니 말이다. 육체적으로 서로의 안으로 빠져들 수 없었던 이반과 이바나에게는 죽음이 유일한 출구로 여겨졌다. 이반은 죽음을 제공하고, 이바나는 그것을 받아들임으로써 그들 사랑의 영원성을 서로에게 입증한 것이다.

여러분은 전적으로 설득되었는가? 아마 아닐 것이다. 여러분 가운데 일부는 그 두 사람이 그저 함께 사랑을 나누면 그만이었으리라 생각할 것이다. 그 문제로는 돌아가지 않겠다. 그들로서는 그럴 수 없었으니까. 그들이 받은 모든 교육이 그걸 금했으니까.

우리가 거듭 말했지만, 빌레르프랑수아에서 일어난 테러는 전 세계에 격렬한 지탄을 불러일으켰다. 인도, 인도네시아, 오스트레일리아, 영국 등 그 밖의 다른 많은 나라에서도. 그리고 이 테러는 성경 일화를 암시하며 '두번째 무고한 학살'*이라고 불렸다. 내심 경찰관들을 싫어하고 뒤에서 쑥덕이며 그들을 '돼지'니 '살인자'니 하고 부르던 사람들조차 경찰관들에게 닥친 운명에 깊은 충격을 받았다. 이 잊지 못할 날을 묘사한 기사는 모든 신문에 실렸다. 캐나다 일간지에도 기사가 실려서, 이반의 아내의 사

---

* 「마태복음」 2장 16~18절에 언급된 '무고한 유아 학살'을 암시한다.

촌인 아이사타 트라오레도 소식을 접했다. 〈드부아르〉지를 읽고
아이사타는 충격에 사로잡혀 손에 든 커피잔을 떨어뜨렸다. 그
녀는 중책을 맡고 있던 몬트리올의 맥길대학을 이미 떠나 시쿠
티미의 작은 중학교에서 몇 달 전부터 교사로 일하고 있었다. 한
결 소박한 그곳에서 그녀는 자신이 좋아하는 활동에 집중할 수
있었다. 위험한 정치 에세이 집필이 그것이다. 최근 들어 책 두
권을 연이어 출간했고, 큰 반향을 불러일으켰다. 첫번째 책은
『서구와 우리』, 두번째 책은 『1214년 부빈전투 승리부터 오늘날
까지의 테러리즘』이다. 이건 다른 얘기지만, 그녀는 흑인 여성들
도 다른 여자들처럼 머리 색깔을 자유롭게 선택할 수 있다는 걸
보여주려고 머리카락을 빨갛게 물들이기도 했다.

　평소 왕성한 성생활을 향유하고 있었지만 아이사타는 이반과
함께 보낸 밤을 유일무이한 기억으로 간직했다. 불멸의 기억. 상
대가 그처럼 부드럽고, 자상하고, 묘하게도 어린아이 같은 경우
는 드물었다. 그녀는 서둘러 수화기를 집어들고 바마코에 사는
사촌에게 전화를 걸었다. 사촌은 반쯤 정신이 나간 상태로 울고
있었다. 낯선 사람들이 그녀의 집에 핏빛 페인트로 잔뜩 낙서를
해놓았다. 살인자의 아내＝살인자. 그래서 그녀는 더이상 집밖을
나가지 않았다. 이틀 전 쌀 2킬로그램을 사려고 상점에 갔다가,
자유롭게 나다니는 그녀를 보고 성난 손님들에게 공격당하고 욕

설을 들었다. 아들을 돌봐주는 유모도 차마 어린 파델을 데리고 밖으로 나가지 못했다. 사람들이 그들 뒤로 몰려들어 유모차 속에 돌멩이를 던지려 했기 때문이다.

"그렇게 계속 살 수는 없어. 저들이 결국 너를 죽이고 말 거야." 아이사타가 겁에 질려 외쳤다. "말리를 떠나야 해."

"내가 어디로 가겠어?" 가련한 아미나타가 신음하듯 말했다. "우리는 하늘 아래 어디에도 친척도 친구도 없는걸."

"생각 좀 해볼게." 아이사타가 대답했다. "다시 전화할게."

며칠 동안 아이사타는 동분서주하며 아는 사람 모두에게 전화를 걸었다. 소용없었다. 받아 마땅한 벌을 받은 지하디스트의 운명에 누구도 엮이고 싶어하지 않았다. 그러다 앙리 뒤비뇨라는 이름이 눈에 들어왔다. 프랑스 신문에서 자주 언급되던 이름이었다. 직업적으로 보호받는 그 사람만이 이반을 옹호했다. 그런데 사실 아이사타와 앙리 뒤비뇨는 오래전에 알던 사이였다. 파리에서 대학에 다니던 시절 두 사람은 생기욤가의 명망 높은 학교에서 함께 수업을 들은 적이 있었다. 심지어 함께 차를 마시며 서로 살짝 연정을 품기도 했었다.

아이사타는 앙리 뒤비뇨에게 이메일, 문자, 와츠앱 메시지를 마구 날렸다. 그는 결국 답장을 했고, 그 먼 거리에도 불구하고 두 사람은 서로 합의했다. 그들은 과장된 전기에 빠지지 않고,

이반의 미화된 초상을 그리지 않고, 그를 정당하게 평가하려고 애쓰며, 보잘것없는 과들루프 사람이 어쩌다 완전히 이해하지도 못한 채 그런 활동에 휘말려들게 되었는지 보여주려고 애쓸 것이다. 변론을 어떤 형태로 할까? 아마도 두 사람은 함께 책을 써서 큰 출판사에서 출간할 것이다. 앙리 뒤비뇨는 갈리마르, 그라세, 쇠유 출판사에 인맥이 있다고 자랑했다. 여러 차례 논의 끝에 앙리 뒤비뇨는 아이사타의 휴대전화에 단 한 마디를 남겼다.

"오세요!"

아이사타와 아미나타는 귀족적인 분위기의 파리 16구 레오나르도 다빈치 대로에 있는 아파트형 호텔에서 다시 만났다. 아이사타는 이 도시를 좋아해서 주거지를 이곳으로 옮길 꿈을 꾸었고, 이곳에 처음 온 아미나타는 즉각 끔찍하다고 생각했다. 그녀는 번쩍이는 자동차로 가득한 도로들, 특히 너무 높아서 하늘을 가로막는 건물들이 마음에 들지 않았다. 태양과 달과 별들은 어디 있지? 사라졌다. 온종일 노랗게 발산되는 똑같은 빛이 사람들과 사물들을 감쌌다. 어느 저녁, 발걸음이 그녀를 센강으로 이끌었다. 그녀는 돌과 철로 만들어진 딱딱한 강둑 안에서만 흘러가야 하는, 그렇게 모욕당한 강을 보고 눈물을 흘렸다. 아이사타가 부유한 동네에 집을 구할 수 있었다는 사실에 놀랄 건 없다. 그녀는 은밀히 호화생활을 해왔다. 극우 성향의 이념을 가진 것으로 알려진 캐나다인 은행가가 몇 년 전부터 그녀에게 생활비를 아낌없이 지원해주고 있었다. 그녀가 그 관계를 비밀로 지키는 것은 두 가지 이유 때문이다. 첫째는 그녀가 백인 남자들과 결혼하거나 그들과 정사를 나누는 숱한 흑인 여자들의 구슬픈 목록에 자기 이름을 보태고 싶어하지 않았기 때문이다. 둘째는 극좌 성향의 신념 때문이었다. 하지만 그녀가 인도에 가서 여성들과 불가촉천민들의 삶의 조건에 관해 글을 쓸 수 있었던 것도 이 연인의 돈 덕분이었다. 또한 그 돈으로 그녀는 책을 여러 권 써서 일부 아랍 국가들의 독재에 맞설 수 있었고, 무엇보다 그녀가 좋아하는 주제인, 유럽의 악행들을 여러 차례 고발할 수 있었다.

아미나타와 아이사타는 서로의 품에 안겼다. 참으로 잘생기고 건장했던 이반에 대한 기억이 두 사람 사이에 번졌다. 반면에 두 여자는 이바나는 떠올리지 않았다. 두 여자의 눈에 이바나는 무시무시한 경쟁자였고, 그녀가 이반의 마음을 독차지했다고 생각했기 때문이다. 아이사타는 어린 파넬을 아주 오랜만에 보았는데, 아이는 이제 만 두 살이었다. 아이는 아몬드 모양의 눈, 입술선이 분명한 두툼한 입이 아버지를 닮았다. 이반의 큰 특징이던 부드러움은 한층 더 극대화되었다. 아이의 미소와 눈길이 사근사근해 보인다고 말할 수 있을 정도였다. 아이가 결코 복수의 전사가 되지 않으리라는 건 명백했다. 아이사타는 이반의 아들이 아버지처럼 루저가 되지 않기를 바랐다.

도착하고 바로 다음날, 앙리 뒤비뇨는 저녁식사를 위해 두 여자를 데리러 왔다. 멀지 않은 곳에 있는 생선 요리 전문 고급 레스토랑 아스토리아에 자리를 예약해두었다. 그곳으로 가면서 그는 아미나타의 손을 꼭 쥐며 상냥하게 말했다.

"걱정 마세요. 아이사타와 제가 이반에 대한 잘못된 평판을 바로잡고 그가 어쩌다 테러리스트가 됐는지 설명하기 위해 할 수 있는 일은 뭐든 다 할 생각입니다."

아미나타는 격렬하게 손을 뿌리치며 외쳤다.

"제 남편은 테러리스트가 아니었어요. 그이에 대해 절대 그런 식으로 말하지 말아주세요."

아이사타가 사촌을 어렵사리 진정시켜 식사는 별다른 사고 없이 끝났다. 세 사람은 심지어 의기투합한 듯 보였다. 코코넛 아이스크림을 앞에 두고 앙리 뒤비뇨는 구슬프게 중얼거렸다.

"우리는 모두 세상이 변해야 한다고 믿어요. 불행히도 그 방법은 알지 못하죠."

다음날 당장 아이사타와 앙리 뒤비뇨는 작업에 착수했다. 두 사람은 함께 쓰기로 한 책의 첫 글자를 쓰기도 전에 제목부터 정했다. '완강한 지하디스트'. 신문 기사들이 쏟아지고 엄청난 판매로 이어질 만한 도발적인 제목이라고 앙리 뒤비뇨는 확신했다.

두 사람은 시간표를 엄밀하게 짰다. 매일 아침 아이사타는 버스를 타고 앙리 뒤비뇨의 집으로 갔고, 앙리는 의뢰인들과의 약속을 오후나 저녁 시간으로 미루었다. 이 일을 위해 채용한 비서는 이반이 과들루프와 말리에서 만났던 사람들 모두에게 수백 통의 편지를 발송했다. 불행히도 답장은 드물었다. 두 나라가 구술전통에 익숙하기 때문이었다. 그곳 사람들은 서신에 답하기보다는 이웃에 관한 터무니없는 이야기들을 지어내는 일에 더 몰두했다. 그래도 책은 서서히 형태를 갖춰나갔다.

앙리 뒤비뇨는 당연히 아미나타와 아이사타를 위고와 모나의 집으로도 데려갔다. 위고와 모나는 특별한 이야깃거리 없는 외곽에 자리한 그들의 보잘것없는 세 칸짜리 집에서 일어난 비극에 여전히 얼이 빠져 있었다. 특히 모나는 이바나의 죽음에서 헤어나오지 못했다. 종종 아리엘 제니도 빌레르프랑수아에 찾아왔다. 그의 이야기는 세상을 한 바퀴 돌았고, 사람들은 그에게 '주눅든 약혼자'라는 조롱조의 별명을 붙였다. 그는 테러리스트들 사이에 어쩌다 이반이 끼게 되었는지 그럭저럭 설명하는 그리 사실 같지 않은 이론을 세웠다. 이반이 실업자여서 돈이 없었다는 건 모두가 알았다. 따라서 이반은 사람들이 자신에게 무엇을 기대하는지 알지 못한 채 맹목적으로 그 죽음의 특공대에 가담했던 것이다. 이런 설명의 이점은 하나뿐이었다. 사라진 사람들에 대해 그리움과 애틋한 마음으로 말하게 해준다는 것. 이바나뿐만 아니라 이반에 대해서도. 그렇게 차츰 이반에게도 성스러운 색채들이 입혀졌다.

특기할 또 한 가지 사실은, 모나가 전에는 전혀 관심을 기울이지 않았던 이웃 여자 스텔라 노말과 가까워졌다는 것이다. 이제는 서로 친근하게 말을 놓고, 자기야, 내 귀염둥이 등의 애칭으로 부르기까지 했다. 스텔라 노말은 모나를 위해 시장과 슈퍼마켓에서 장을 봐주었다. 빨래를 세탁소로 가져가고, 약국에서 관절염 진통 연고를 사다주기도 했다. 사실 두 여자는 둘의 가슴을 동시에 불태우는 무언가를 감추고 있었다.

한 가지 중요한 사건이 몇 주 전에 발생했다. 이반의 죽음의 전말과 그가 테러에서 맡은 역할이 밝혀진 것이다. 신문들은 신이 나서 그에 관해 떠들어댔다. 살인자의 얼굴처럼 보이게 하려고 일정한 각도로 찍은 그의 사진을 실었다. 사람들이 믿는 것과 달리 이반 네멜레는 오래전부터 급진주의자가 되었다고 연신 떠들어댔다. 그가 민병대 대장을 살해했던 말리에서부터. 그가 그 나라에서 달아날 수 있었던 건 상부와 공모한 덕이었다고. 어떤 공모? 그건 아직 알아내지 못했지만 조사가 계속되고 있다고 했다. 한마디로 이반 네멜레는 매우 위험한 사람이었다는 얘기였다.

어느 저녁, 모나가 거실에 앉아 얼마 전 태어난 넷째 손자의 옷을 만들려고 뜨개질하고 있을 때, 스텔라 노말이 불쑥 들어왔다. 그녀는 소파에 털썩 앉더니 눈물을 쏟았다.

"그이에 대해 사람들이 그런 식으로 떠들어대는 걸 더는 못 참겠어요. 그이 없이는 살 수가 없어요." 그녀가 말했다.

"그이라니? 누구 얘기야?" 모나가 물었다.

뜸들이지 않고 마치 무거운 짐이라도 내려놓듯 스텔라는 테러 전날 이반과 함께한 놀라운 밤에 대해 얘기했다.

"전에는 내게 전혀 관심을 보이지 않았는데 그날 그이가 내게 덤벼들었어요. 그건 난폭행위가 아니었어요. 강간이 아니었다고요. 오히려 그 반대였죠. 난 저항하지 않고 받아들였어요. 그이의 손길에 내 온몸이 불타고 있었으니까요." 그녀는 적절한 말을 찾아 설명하려고 애썼다. "난 완전히 타올랐어요. 마치 그이가 내 안에 있던 아주 작은 불씨에 불을 붙여 활활 타오른 것만 같았죠. 이따금 그이가 멈추면 나는 다시 땅으로 내려왔어요. 우리는 숨을 돌리고 다시 천국으로 날아올랐죠. 얼마나 오랫동안 계속되었는지 모르겠어요."

모나가 잔뜩 흥분해서 호기심을 감추지 못하고 더없이 경망스

러운 질문들을 던지는 바람에 스텔라 노말은 더 크게 훌쩍이며
그녀의 말을 막았다.

"이 이상은 얘기할 수가 없어요. 남자를 많이 만나봤지만 그
순간만은 다른 어느 순간과도 비교할 수가 없어요. 내가 털어놓
는 얘기는 비밀이에요. 절대로 아무에게도 얘기하지 말아줘요."

모나는 위고에게 아무것도 말하지 않으려고 자주 자신을 억눌
러야 했다. 간혹 그녀의 입에서 비밀이 튀어나오려 할 때도 있었
다. 그래도 그녀는 그럭저럭 잘 참았다.

얼마 후, 정확히 12월 20일에 또하나의 뜻하지 않은 사건이
발생했다. 그렇다. 바로 그 날짜, 12월 20일이다. 계시를 받은 아
이티 사람들이 도단의 묘지에 묻힌 이바나의 곁으로 그들을 인
도하는 기적의 별을 따라온 날이다. 갈릴리의 동방박사들이 눈
으로 별을 좇아온 것처럼, 크리스토퍼 콜럼버스와 그의 범선 세
척이 고집스레 태양을 따라간 것처럼이라고 셰일라*는 노래했다.
유사성은 거기까지다. 실제로 빌레르프랑수아에서 보내는 크리
스마스는 과들루프의 크리스마스와 전혀 닮지 않았다. 캐럴을
부르기 위해 포근한 밤에 오두막 앞에 모인 이웃도 없고. 죽음이
임박하다는 것을, 곧 순대나 스튜로 만들어지게 되리라는 것을

---

* 프랑스 가수.

알고 불안에 떠는 돼지도 없다. 빌레르프랑수아에서는 온 인류를 깜짝 놀라게 한 그 숭고한 기적의 기념일이 가까웠음을 알려 주는 신호는 보기 드물었다. 이를테면 시청에서는 주요 도로들에 늘어선 가로수 가지에 알록달록한 전구를 드문드문 달았다. 토요일에는 산타클로스로 분장한 뚱뚱한 남자가 지역 슈퍼마켓에서 아이들과 함께 초상화를 그렸다. 빌레르프랑수아에서 크리스마스는 차라리 슬픈 기간이었다. 머리 둘 곳 없는 노숙자들과 점점 더 늘어나고 있는 가족 없는 사람들에게는 특히 그랬다.

주변의 침울한 분위기에 매몰되지 않으려고 아미나타와 아이사타는 모나가 어린 파넬을 위해 크리스마스트리를 장식하는 데 반대하지 않았다. 파넬이 무슬림인 건 사실이다. 하지만 쿠란도 예수에게 아주 특별한 지위를 부여하잖아? 그러니 크리스마스트리로 상징되는 예수의 탄생을 기리는 걸 신성모독이라 할 수 있겠어? 이 모든 궤변에 무심한 채 아이는 반짝이는 조명을 향해 참지 못하고 손을 뻗었다. 그때 스텔라 노말이 문을 밀고 평소처럼 노크 없이 들어섰다. 모나의 집 열쇠를 가지고 있었던 것이다. 그녀의 얼굴을 보니 뭔가 중요한 일이 일어난 게 분명했다. 그녀의 얼굴은 전에 없이 심각해 보였고, 눈을 하늘로 치켜떴으며, 비를 막으려고 쓴 파란 스카프가 머리 주변에서 펄럭였다. 마치 어느 익살스러운 화가가 〈수태고지〉의 장면을 흑인 여자

버전으로 그린 것 같았다.

"앉아." 모나가 그녀 주위에서 분주히 움직이며 말했다. "차 한 잔 줄까?"

스텔라 노말은 대답하지 않았다. 그녀는 모나의 손을 잡더니 외투를 벗고 자기 배를 쓰다듬게 했다. 살짝 동그래진 배를 아직 아무도 알아차리지 못했다

"그이의 아이들이에요." 그녀가 경건하게 선언했다.

"누구의 아이들이라고요?" 아미나타가 냉랭한 어조로 물었다. 그녀는 스텔라 노말을 좋아하지 않았다. 그녀를 경박하고 성가신 여자라고 생각했다. 예쁜 기아나 여자를 그저 질투한다는 사실은 인정하고 싶지 않았다.

스텔라 노말은 꿰뚫을 듯한 시선을 그녀에게 던지며 여전히 심각한 얼굴로 말했다.

"당연히 이반의 아이죠. 의사를 만나고 오는 길이에요. 내가 쌍둥이를 임신했대요. 쌍둥이를!"

모나는 스텔라에게 달려드는 아미나타를 겨우 막아 세우고 의자에 앉혔다. 그러는 동안 아미나타는 요란하게 울음을 터뜨렸다. 한편 아이사타는 예기치 않게 일어난 이 사건을 앙리 뒤비뇨에게 알리려고 다급히 휴대전화를 찾았다. 변호사는 연락두절이었다. 그날 아침 그는 사람들이 '정글'을 해체시키고 있는 칼레

로 떠난 참이었다. 그가 운영하는 그 단체는 무슨 수를 써서라도 영국으로 가려고 마음먹은 백여 명의 미성년자를 책임지고 있었는데, 그애들을 어떻게 해야 할지 알지 못했다. 보통 때 자제력 있는 모습을 보이던 아이사타도 눈물을 쏟기 직전이었다. 그녀는 큰 실망으로 마음이 찢어지는 듯했다. 이반과 함께 보낸 특별한 밤에 대한 기억은 심각하게 훼손되었다. 그녀가 그렇게 다르다고 여겼던 이반도, 그녀의 기억 속에서 그토록 특별한 자리를 차지했던 그도 결국 다른 남자들과 마찬가지로 여자들 뒤꽁무니나 쫓는 사내였던 것이다. 세 여자와 성관계를 맺고, 아무 가책 없이 사생아들을 만들 수 있는 남자였던 것이다.

그렇게 스텔라 노말을 둘러싼 세 여자 가운데 둘은 자기 생각에 빠져 있었다. 모나만이 그 기적적인 임신 사실에 주목했다. 모두에게 멸시당하고 묘지의 공동 묘혈 속에 아무렇게나 던져진 이반이 새로운 삶으로 복수하는 듯했다. 이 일은 멋진 방식으로 부각되어야 할 것이다. 하늘을 가로지르며 빛줄기를 그리는 불꽃놀이로, 행인들의 발길 사이에서 터지는 폭죽으로. 그게 아니면 샴페인이라도 터뜨려야 할 일이었다. 모나에게는 그런 게 하나도 없었다. 라모니 럼주 한 병뿐이었다. 그새 아미나타와 아이사타는 자리를 떴다.

파리로 실어가는 RER 안에서 슬픔에 잠긴 채 두 여자는 아미나타의 딸꾹질과 웅얼거리는 소리에 놀란 다른 승객들의 시선을 신경쓰지 않았다. 레오나르도 다빈치 대로에 도착한 아이사타는 시쿠티미*에서 평소 하던 대로 바 안쪽에 홀로 앉아 자기만의 생각에 빠진 척했다. 그러면 이국적인 것을 좋아하는 남자들이 홀로 앉은 이 흑인 여자 주위로 어김없이 몰려들었다. 때때로 그녀는 그들을 따라갔고, 그것은 자기번민을 치유하는 효과적인 방법이었다. 보아하니 파리 사람들은 시쿠티미 사람들보다 덜 과감했다. 아무도 그녀에게 다가오지 않았다. 그녀는 슬프게도 외톨이로 앉아 있다가 바를 떠나 비를 맞으며 자기 집으로 돌아갔다.

이튿날 그녀는 앙리 뒤비뇨를 그의 사무실에서 만났고, 그에게 빌레르프랑수아에서 벌어지고 있는 놀라운 에필로그를 전했다. 변호사는 잔뜩 흥분해서 외쳤다.

"쌍둥이라고요?"

"그렇게 말하더군요." 아이사타가 열의 없이 대답했다.

"생각해보세요! 그게 사실이면 좋겠군요." 앙리 뒤비뇨가 점점 더 흥분해서 외쳤다. "그애들에게 이반과 이바나라는 이름을 붙이고, 그 아이들이 뒷이야기를 쓰는 겁니다."

아이사타는 어깨를 으쓱했다.

---

* 캐나다 퀘백주의 도시.

"어쩌면 그애들이 그들 아버지의 삶에 새로운 버전을 내놓을 수도 있겠군요. 우리가 이야기하려고 계획하는 것과 아주 다른 버전을요."

"그러면 어때요." 앙리 뒤비뇨가 말했다. "진실은 존재하지 않아요. 그게 우리가 매일같이 확인하는 사실입니다. 우리 변호사들이요. 피고의 진실이 있고, 원고의 진실이 있고, 증인들의 진실이 있고, 우리는 그 모든 진술 사이를 항해하며 중도를 찾아야 할 뿐이죠."

그러더니 그는 아이사타의 팔을 붙들고 바깥으로 나가 '반딧불이'라는 레스토랑으로 이끌었다.

에필로그

　쌍둥이 이반 네멜레와 이바나 네멜레의 경이롭고 슬픈 운명을 이제 마무리짓는다. 우리는 최선을 다해 작업했고, 사건들의 정확성을 확인했으며, 세세한 사실들도 빠뜨리지 않았다. 그러나 앙리 뒤비뇨가 한 말이 사실이라면 이건 우리의 해석이고, 하나의 버전일 뿐이다. 호의적이지 않은 지적들이 벌써 귀에 들리는 듯하다. 이반에 대해 이렇게 말하는 소리가. "과들루프인이 급진적으로 변해 테러리스트가 되는 상상을 하다니 정말이지 있을 법하지 않은 일이야! 말도 안 돼."

　이런 지적에 대해 우리는 잘못 생각한 거라고 대답하겠다. 앤틸리스제도에서 유럽연합을 위해 일하는 책임 연구원인 판다야미 씨는 우리에게 수많은 섬의 빈민가에서 청년들이 대거 이슬

람으로 개종하고 있고, 일부는 중동의 나라로 싸우러 떠났다고
확인해주었다.

이바나라는 인물도 여러분에게는 그리 설득력 없어 보일지 모
르겠다. 그렇게 아름답고 매혹적인 그녀가 도단에서 청소년 시
절에 어떤 집요한 난봉꾼에게 넘어가지 않았다는 사실도, 그녀
가 마음 깊이 오직 쌍둥이 형제를 향해서만 타오르는 불꽃을 간
직했다는 사실도 이상해 보일지 모르겠다.

그럼에도 여러분에게 가장 충격적인 건 아마 두 주인공의 정
신적 사랑일 것이다. 딱하게도 그건 여러분이 섹스에 너무도 큰
자리를 부여하기 때문이다. 사랑이란 반드시 육체적 성취를 함
의하지 않는, 대단히 순정한 감정이다. 우리는 우리의 이 이야기
에서 단 한 줄도 바꾸지 않기로 마음먹었다. 온전히 받아들이든
지 아니면 그냥 내버려두든지 해야 할 이야기다.

지은이 마리즈 콩데

1937년 프랑스령 과들루프섬 출생. UC버클리, 버지니아대, 하버드대, 컬럼비아대에서 프랑스어권 문학을 가르쳤다. 2018년 대안 노벨문학상인 뉴아카데미문학상을 수상했다. 대표작으로 『세구』 『나, 티투바, 세일럼의 검은 마녀』 『울고 웃는 마음』 『빅투아르, 맛과 말』 『민낯의 삶』 『이반과 이바나의 경이롭고 슬픈 운명』 등이 있다.

옮긴이 백선희

덕성여자대학교 불어불문학과를 졸업하고 프랑스 그르노블 제3대학에서 문학 석사와 박사 과정을 마쳤다. 『노르망디의 연』 『마법사들』 『내 삶의 의미』 『레이디 L』 『흰 개』 『하늘의 뿌리』 『떠나지 못하는 여자』 『잘못된 만찬』 『목마른 여자들』 『자크와 그의 주인』 『웃음과 망각의 책』 『울지 않기』 『랭보의 마지막 날』 『프루스트의 독서』 『책의 맛』 『알베르 카뮈와 르네 샤르의 편지』 『파졸리니의 길』 등을 우리말로 옮겼다.

문학동네 세계문학
이반과 이바나의 경이롭고 슬픈 운명

초판 인쇄 2021년 11월 12일 | 초판 발행 2021년 11월 26일

지은이 마리즈 콩데 | 옮긴이 백선희
책임편집 김미혜 | 편집 이현자 김혜정
디자인 김현우 최미영 | 저작권 박지영 이영은 김하림
마케팅 정민호 정진아 김혜연 정유선 | 홍보 김희숙 함유지 김현지 이소정 이미희
제작 강신은 김동욱 임현식 | 제작처 천광인쇄사(인쇄) 신안문화사(제본)

펴낸곳 (주)문학동네 | 펴낸이 염현숙
출판등록 1993년 10월 22일 제406-2003-000045호
주소 10881 경기도 파주시 회동길 210
전자우편 editor@munhak.com | 대표전화 031) 955-8888 | 팩스 031) 955-8855
문의전화 031) 955-3579(마케팅) 031) 955-8860(편집)
문학동네카페 http://cafe.naver.com/mhdn | 트위터 @munhakdongne
북클럽문학동네 http://bookclubmunhak.com

ISBN 978-89-546-8366-1 03860

www.munhak.com